W0354960

Amanita

Pour C.

I

Chimie

Je me suis levé relativement tôt. Le goût du plastique toujours tapissé dans le fond de la gorge. Acide. Synthétique. Polychlorure de vinyle et chlorure d'hydrogène. Par la fenêtre, le soleil clignotait doucement entre les feuilles de frêne et d'aulne, scintillait dans le salon en une kyrielle de taches mouvantes – jaunes, vertes et rouges. Je me suis raclé la gorge. J'ai craché un truc marron dans l'évier et j'ai allumé une cigarette. Au bout d'un moment, la nicotine finissait par masquer les parfums de PVC qui me rongeaient les racines de la langue. J'ai fait couler du café. Je l'ai regardé passer en soufflant de petits nuages bleus. L'odeur du plastique se confondait avec celle du tabac. Encore.

Je suis sorti. Sur la terrasse, les planches étaient encore fraîches. L'air humide du matin se réchauffait doucement et des colonnes de vapeur s'élevaient au-dessus du pré. Je buvais par petites gorgées – arabica et Golden Virginia. Le bois de la rambarde a grincé lorsque je me suis appuyé dessus. Au bout du terrain, l'eau de la Bez filait entre les fougères et les arbres, régulière et hypnotique comme une descente d'arpège dans un morceau d'Oyha. Je tenais mon café à deux mains. L'air était encore frais. La chaîne de Job a tinté au sous-sol entre les pilotis de châtaignier. Et à peine avais-je descendu les quelques marches qui mènent au pré qu'il s'est mis à aboyer. Il tirait sur sa laisse et essayait de me sauter dessus. Je lui ai donné quelques tapes sur le flanc. J'ai tiré un peu sur ses oreilles en esquivant ses pattes boueuses, avant de lui servir une poignée de croquettes. « Salut mon gros. »

Au-dessus de nos têtes, le ciel était rose, gris et par endroits un petit peu bleu.

— Régale-toi, j'ai fait, en l'écoutant grogner de bonheur.

Sur la platine, Joanna Newsom jouait *Emily*.

Sa voix enfantine emplissait la baraque. Mélancolique et belle. J'ai passé mon mégot sous le robinet. La harpe résonnait contre les poutres. Je suis allé prendre une douche.

Dans le miroir : les cernes, la fatigue. Des cheveux filasse qui tombent sur mes épaules. Des poches sous les yeux et le reflet de mes joues creuses. De mes yeux gris. J'ai fait quelques grimaces pour donner le change et je me suis glissé sous l'eau. La chaleur et la vapeur ravivaient l'odeur du plastique, toujours.

« *And the stirring of wind chimes / In the morning / In the morning.* »

Dehors, des rayons de lumière dorée réchauffaient l'atmosphère.

J'ai laissé la porte ouverte.

J'ai détaché le chien.

Les fougères à demi mortes envahissaient le sentier, semblables aux antennes d'insectes géants. Les châtaignes tombaient du ciel comme autant de petites météorites pointues. J'avais décidé de monter directement sur la crête et de redescendre par le mobil-home pour contrôler l'hydrométrie et vérifier que tout se déroulait correctement. Avec ce temps qui changeait sans arrêt, il fallait que je me tienne sur mes gardes si je ne voulais pas tout foirer. Job galopait. Il reniflait les troncs, il fouillait dans les feuilles. Il respirait chaque touffe d'herbe à la recherche des mycéliums d'*Amanita muscaria*. Les tue-mouches. Les rouges avec les points blancs. Avec le temps, il avait appris à trouver les filons, alors j'essayais de ne pas le perdre de vue, de ne pas le couper dans son élan et de suivre son rythme. Je donnais un itinéraire global, et je me laissais guider.

On a longé la Bez jusqu'aux confins de la vallée. Le parfum des polymères en fusion rôdait dans les sous-bois et camouflait parfois celui de l'humus en décomposition. Les derniers odonates de l'année zigzaguaient entre les branches tombantes et les rameaux de lierre. Et de temps en temps, du bout du pied, je remuais les feuilles sans trop y croire.

Job a trouvé une piste à l'entrée du sentier qui mène au sommet du Fageas. Trente minutes de marche, au bas mot, et dans une pente qui vous scie littéralement les jambes. Job aboyait et courait en se faufilant sous les bruyères et les ronces. J'avais un mal fou à le garder en vue. Et lorsqu'il m'attendait au détour d'un arbre, il se roulait par terre et se campait sur ses pattes arrière – fou à lier et la langue pendante. Et puis, il s'est mis à monter tout droit à travers la forêt, de plus en plus vite.

Je l'entendais fouiner et grogner. Les feuilles et les châtaignes grinçaient sous mes pieds. Les bogues dégringolaient en rebondissant sur les ruines des anciennes terrasses de pierre sèche. Mon cœur cognait et résonnait contre mes os. À partir de là, la piste devenait à peine un vague sentier, à peine un passage de sanglier. La végétation se préparait à l'hiver, mourait un peu partout.

J'ai gueulé d'une voix éraillée pour qu'il mette le holà. Je m'étranglais à moitié, le tee-shirt collé contre les reins.

J'ai fait une pause en essayant de reprendre mon souffle. Les mains sur les genoux. Les mains sur les hanches. Les mains appuyées derrière la tête. Autour de moi, des rayons verts filtraient entre les troncs et les feuilles. Il me restait dans les deux cents mètres avant de retrouver le chemin de crête. J'ai récupéré doucement en écoutant les geais brailler ; le bruit des feuilles de châtaignier mortes sous les pattes de Job s'est éloigné pour ne devenir qu'une vague rumeur persistant contre mes tympans.

Au bout d'un petit moment, j'ai pu reprendre l'ascension, et au sommet, j'ai allumé une cigarette en grommelant « connerie de clébard ». J'ai fermé les yeux ; le vent me faisait du bien. Mes cheveux étaient collés contre mon front. J'ai replacé une mèche sous l'élastique, la clope coincée entre les dents.

Sur la crête, la chaleur du soleil comme une réponse ; un pendant mystique aux courants d'air sifflants et froids qui filaient d'un versant à l'autre. J'ai suivi la route forestière vers le sud-ouest en profitant de la vue sur les trois vallées du Galhid. Des masses de brume remontaient le long de la montagne et passaient les cols pour disparaître dans un immense ciel bleu. J'ai rejoint un dolmen au bout duquel une dalle de schiste surplombait le vide. Je me suis avancé sur le promontoire. D'ici, on dominait la plaine du Rauc et on voyait jusqu'à la mer : à l'est, perdues sur l'horizon, les orangeraies de l'AOOR, le désert jaune et ocre. Les serres des producteurs de tomates qui scintillent dans le soleil aux abords de Grand C. La Bez prenait la direction du sud à cet endroit-là, grosse des torrents de montagne, elle étendait son delta à travers le Rauc comme les pattes d'un oiseau. En face, Grand C. et les aiguilles des Grives. Au-delà, la mer et le ballet des porte-conteneurs. À l'ouest, plus loin, on devinait le halo gris de Poghorn qui glisse et se cogne contre les falaises, qui tourbillonne doucement. Et au pied du Fageas, les vapeurs moites et cuivrées qui s'échappent des cheminées de la ProSol.

J'ai mis mes mains en porte-voix pour appeler Job. *Putain de clebs*. J'ai sifflé deux ou trois fois. Les nuages s'étiraient et s'effilochaient en basculant de l'autre côté du col. J'ai tendu l'oreille sans bouger. Quelque chose fouillait et froissait les feuilles quelques mètres plus bas. Sous la ligne de crête, un passage entre les pierres éboulées, les fougères et les bois morts. Une ouverture qui redescendait à pic, vers la plaine et plein sud. Je l'ai empruntée et j'ai retrouvé le chien en train de pisser contre la carcasse d'une voiture à demi brûlée. La carlingue encastrée entre deux chênes. De petites feuilles lancéolées recouvraient le pare-brise. D'autres, jaunes et marron, tombaient sur le métal noir. Je me suis approché de l'épave en me tenant aux branches et aux racines. Le Fageas servait souvent de décharge sauvage. C'était assez loin de Poghorn tout en restant à une distance raisonnable. Et les types qui voulaient arnaquer des assurances ou éviter de payer une fortune à la casse de Ben Cort venaient balancer leur bagnole du haut de la piste forestière – la barrière s'ouvrait avec une clef de 14. La tôle a grincé contre une branche lorsque j'ai actionné la portière. Le pare-brise était intact. La voix dans ma tête a murmuré. L'habitacle sentait l'essence calcinée et l'eucalyptus. Un petit sapin de cellulose pendant au rétro. J'ai fouillé la boîte à gants et les vide-poches ; j'ai passé ma main sous les sièges. J'ai trouvé des capsules de bière, un paquet de chips, des mégots, quelques pièces de un et de deux, un paquet de cigarettes à moitié vide et une carte de fidélité pour un food-truck de Poghorn – dressée au nom de Yevgeni Palenko. J'ai passé en revue le reste de l'auto : quelque chose poissait contre le volant. C'était sec et marron avec des écailles aux reflets bordeaux. Des poils rêches et bruns garnissaient le siège passager et la banquette arrière. Un courant électrique s'est faufilé le long de mon nerf sciatique. Un frisson.

J'ai repris la descente en cherchant à chasser ça de mon esprit, direction le mobil-home. L'année passée, j'avais trouvé quelques beaux spécimens dans ce secteur-là.

Le lierre et les clématites rampaient sur les grillages. J'avais pris certaines précautions lorsque j'avais installé mon atelier ici. Si bien que j'avais clôturé tout le tour avec des grilles de deux mètres cinquante et des barbelés sortis tout droit des surplus de l'armée. J'avais accroché des panneaux. *Propriété privée. danger.* Ce genre de truc. Et dans l'ensemble, je n'avais pas eu trop de problèmes. J'ai ouvert le cadenas d'un tour de clef. J'ai dû forcer un peu à cause de la rouille et des lianes qui retenaient le portail et j'ai suivi le sentier parmi les herbes et les renoncules sur le déclin. D'ici, on ne voyait rien, rien de plus qu'une vaste jungle. Et, planqué sous un châtaignier, le mobil-home recouvert d'un lichen vert qui grimpe le long du plastique gris. Des moisissures bleues sous les fenêtres, qui se faufilent entre les joints. Dedans, une odeur de poussière mêlée à celle de la vodka, le ronronnement du déshumidificateur douze volts branché sur panneaux solaires. En chemin, j'avais mis la main sur quelques beaux tue-mouches. Je les ai tranchés, enfilés comme des perles sur un filin métallique puis suspendus avec les autres. J'ai remué les macérations. J'ai trempé mon doigt dans la plus ancienne et je me suis frotté les gencives. L'alcool s'est frayé un chemin jusqu'à mon cerveau. Le goût amer du *muscaria*. L'image du réel qui s'imprime sur ma rétine avec un temps de retard. Déformé. Démentiel. On y était presque. D'ici à quelques jours, je pourrais lancer une nouvelle tournée.

Je suis rentré en longeant la rivière. Des relents de plastique et de solvant arrivaient avec le vent d'ouest qui se levait.

Derrière la maison, deux gamins, des natifs, jouaient avec un ragondin crevé. De l'eau jusqu'à mi-cuisse. La bestiole était gonflée. Remplie de flotte et de gaz. Autour d'eux des taches violettes, des ondes mauves et une écume bizarre. Une pellicule grasse aux reflets arc-en-ciel, coincée dans un méandre. Les mômes avaient les pupilles dilatées. Ils disaient :

— Putain, avec un comme ça, on peut en faire au moins cinq.

— Tu déconnes, rien qu'avec la queue je peux en fabriquer deux. Tu la coupes bien au milieu. Et t'en fais deux, bien épais, des qui prennent tout le poignet. (Il a posé son pouce et son index sur son avant-bras, écartés de quinze bons centimètres.)

— Tu vas en filer un à Suzie Dekedjh ? a demandé l'autre en rigolant à moitié.

— Va te faire foutre. Aide-moi à le sortir de là.

Ils ont attrapé le ragondin par la queue et ils l'ont tiré sur la berge en grognant.

Comme il était encore tôt, j'en ai profité pour fendre quelques bûches en prévision de l'hiver qui s'annonçait. En un rien de temps, je me suis retrouvé couvert de sueur, entouré de bois éclaté et de copeaux. Je sentais les premières ampoules arriver et je me suis craché dans les mains pour que le manche coulisse au mieux. Je m'encourageais en portant la hache au-dessus de ma tête. J'expirais en la laissant redescendre et l'impact me remontait jusqu'aux épaules. J'ai fredonné de vieux standards de blues en pensant à ces mecs qu'on avait obligés à construire les voies de chemin de fer. J'avais dans la tête l'image des esclaves enfonçant des rivets entre les rails à grands coups de masse.

Je chantais : « *I'm gonna take the sins of my father / I'm gonna take the sins of my mother / I'm gonna take the sins of my brother.* »

Et puis, j'ai tout aligné. Chaque bûche, rangée comme il fallait. J'ai fait un tas solide qui résisterait aux vents de l'hiver. Je sifflotais *Sins of my father* au son mat et aigu du bois qui s'entrechoque. Et vers 17 heures, j'ai suçoté un bâton de réglisse en buvant une tisane de mélisse et je suis allé me coucher.

*

— Je vais te dire. Ici, ce foutu bled (son index se tordait contre le bois), c'est comme un putain de méandre. Toutes les merdes, les feuilles mortes, les branches mortes, les putains de bestioles mortes se coincent dans les méandres. Et elles s'y décomposent lentement. Et ici, c'est comme un putain de méandre. Le méandre de la vie. C'est comme je te le dis. Ici, on ramasse tous les paumés, les camés, les femmes battues avec ou sans enfants, les tarés, les rejetés, toutes les ordures du monde se retrouvent ici (il a montré le comptoir avec ses deux index). Et bientôt, y aura tellement de merde que ça va déborder. De tous les côtés, de tous les bords. Y en aura partout. Vraiment partout. Et tu sais quoi ? La seule solution qu'ils vont trouver, tous ces putains de génies, ça sera de tarir la rivière et de la détourner. On vivra. On survivra dans un méandre mort. Parce que c'est de ça qu'on parle. C'est de ça qu'il s'agit. Ils nous stérilisent avec leurs vaccins à la con, leurs phtalates de merde, le polychlorure, le PEG, tous ces machins qu'ils nous font fabriquer, tous ces trucs qu'on respire dès que le vent arrive de l'ouest. Ils assèchent la rivière. Ils arrêtent la vie. Ils nous stérilisent, ces ordures, ni plus ni moins.

J'ai écouté Freddy et les copains disserter sur le sens de la vie en vidant une bière ou deux et pour donner un peu d'eau à leur moulin j'ai dit :

— Des types ont balancé une bagnole dans un vallon. Je crois qu'il y avait du sang sur le tableau de bord. Sans doute un clébard. La bagnole était tapissée de poils.

— Qu'est-ce que je disais ? a demandé Freddy à la ronde. Qu'est-ce que je vous disais ? il a répété en me regardant dans les yeux.

Des fourmis me sont remontées le long du dos. Une pendule promotionnelle pour du soda annonçait

21 h 45. J'ai dit « Merde ». Et puis « Je suis à la bourre » en attrapant mon casque et ma veste.

Les autres ont regardé l'horloge en tordant la bouche :

— À plus, Cal.

L'air froid me cinglait le visage. Des larmes coulaient le long de mes joues. J'ai pris par le bois pour limiter les dégâts. Le phare découpait un triangle jaune à travers la nuit. Le moteur 250 CR vibrait ; faisait un boucan d'enfer. Dans le rétro, je voyais s'échapper un petit nuage gris. Je maintenais la poignée dans l'angle. Couché sur le guidon. Le compteur annonçait 102. La boue volait de part et d'autre des roues, constellait le dos de mon blouson. Je plissais les yeux pour distinguer la pénombre des obstacles. Les troncs massifs des frênes et des aulnes défilaient à toute allure. Des effluves de solvants et de résine synthétique s'étendaient dans l'air froid du soir, devenaient plus acides, plus complexes aussi. J'ai traversé la rivière pour rejoindre la route un kilomètre avant la ProSol. La roue arrière a chassé en mordant l'accotement de graviers. J'ai laissé couler sur quelques mètres avant de tordre la poignée à en faire décoller la roue de devant.

Les lumières et les spots de l'usine donnaient l'impression d'un lever de soleil au pied des montagnes. Sur le bord de la route, à l'entrée du check-point, un panneau rouillé de deux mètres sur trois annonçait :

PROSOL TECHNOLOGIE : LA CHIMIE AU SERVICE DES ENVIRONNEMENTS :
REVÊTEMENTS PLASTIQUES
PEINTURES & SOLVANTS
CHIMIE FINE
AGRICULTURE

AGROALIMENTAIRE
PARFUMS DE SYNTHÈSE
RECHERCHE & DÉVELOPPEMENT
INNOVATIONS EN CARBURANT DURABLE & ÉCOLOGIQUE

Les gars de l'équipe de l'après-midi prenaient des douches. Les vapeurs d'eau et les parfums de shampooing remplissaient le vestiaire. L'odeur d'alcool des déodorants et des parfums bon marché. J'ai enfilé mon uniforme – *PROSOL, LA CHIMIE AU SERVICE DES ENVIRONNEMENTS*. J'ai repris ma queue-de-cheval et j'aurais pointé à 22 heures si Kudz ne m'avait pas rattrapé dans le couloir.

— Cal !

J'ai continué, les mains enfoncées dans les poches, mais Kudz m'a retenu par l'épaule.

— Calvin ! On avait parlé du TiPi Bar. Un copain à moi tient ça. C'est un bon établissement. Bonne clientèle et tout. Un endroit au poil. Tu te souviens ?

Je voyais son enthousiasme écarteler ses pupilles. Ses espoirs repousser la fatigue dans ses retranchements. Je voyais aussi les cernes violacés couler sous ses yeux, et je pouvais entendre ses articulations grincer, tordues, abîmées, usées par les heures d'usine. À ce qu'on disait, Kudz faisait les trois-huit dans deux boîtes différentes pour payer un passeur qui devait amener sa femme et sa fille à Poghorn.

— L'inauguration est pour bientôt, tu te souviens de ça ? Le Tipi ?

— Je m'en souviens, Kudz. Qu'est-ce que je peux faire pour toi ?

Il a regardé ses godasses avant de lever les yeux sur moi. Ils étaient rouge et noir, luisants.

— Les gars disent que tu fabriques une drogue à base de champignon. De la Mô. Ils disent que c'est pas cher et que c'est ce qu'il faut pour ce genre d'occasion. Que tu peux faire ça pour moi. Ils disent que ces machins sont cool.

Il tordait ses longs doigts, osseux et frêle comme ceux d'un hérisson. Je l'ai considéré un moment en pensant que j'allais être en retard. Quelqu'un est passé dans son dos en poussant des cris d'animaux. Quelqu'un a balancé des obscénités racistes. Kudz a fait celui qui n'avait rien entendu.

— Calvin. Je ne déconne pas. Il nous faut ces trucs-là. On ne peut pas se permettre de faire une inauguration avec juste une tireuse à bière et des filles sur un podium. Tu imagines un peu ? Franchement ? Ahahaha. On ne peut pas faire ça. Mon rôle, c'est de trouver de… de la Mô. C'est comme ça qu'on dit ? De la Mô ? (Une pause pour regarder de nouveau ses pieds.) Il m'en faut, Calvin.

De l'écume se formait à la commissure de ses lèvres. Il retroussait les babines. Ses dents étaient pointues. J'ai fait demi-tour avant que ça ne dégénère.

— Calvin ! Calvin ! (Il m'a de nouveau attrapé l'épaule.) J'ai dit à mon ami que je pouvais avoir tes bonbons. J'aurai l'argent. Ma femme et ma fille pourront venir ici. On pourra te payer. Ils connaissent des passeurs, Calvin… On aura le fric. Dis-moi combien et on aura le fric. On les vendra le double, le triple au TiPi. Ça ne peut pas louper.

— Il faut que j'y aille.

J'ai pointé à 22 h 07 et j'ai consulté le tableau d'affichage :

C. Bimore : PEG – Conditionnements : 200 unités loisirs. 200 unités paramédicales. 400 unités médicales. 500 unités alimentaires.

PEG pour « polyéthylène glycol ». Une soupe à base d'oxyde d'éthylène polymérisé avec une amorce à l'organométal base. Un truc visqueux, cireux, utilisé dans le monde entier pour fabriquer du lubrifiant pour la chatte, des billes de paint-ball, de l'additif alimentaire E1521, des laxatifs et des enrobages à suppo. Quelques heures de boulot de fabrication et au moins autant de conditionnement. Des heures à appuyer sur des boutons, à tester des concentrations moléculaires le visage barré par un masque à cartouche PP4 ; des heures avec le bruit des membranes qui s'entrechoquent, le cou tordu derrière un hublot minuscule. Le goût du silicone. Âpre. Râpeux. Poisseux. Collant. Épais.

J'ai fait une pause vers 3 heures du matin. Mon dos craquait. Mes côtes me faisaient mal. Le goût du silicone. Encore. Je n'avais pas desserré les dents depuis le début de la soirée et mes mâchoires étaient littéralement verrouillées. J'ai allumé une cigarette dans l'air froid et j'ai rejoint deux types de l'entretien qui sniffaient des solvants à l'étage d'en dessous. Henri et Franck bossaient comme intérimaires pour la ProSol depuis pas mal de temps. Souvent de nuit et souvent complètement défoncés. Henri avait des tics nerveux. Des spasmes sur l'ensemble du visage. Des clins d'œil. Des rictus de la commissure des lèvres aux pommettes. Des froncements de sourcils et des cicatrices d'acné. Henri et Franck portaient des salopettes de marin jaunes et des bottes de caoutchouc blanc. Et ils passaient leurs nuits à astiquer les robots chargés de nettoyer les cuves et les caissons du département de chimie, à briquer les sols et les vestiaires avec de la javel et des crèmes à récurer.

Franck :

— Comment ça va, le chimiste ?

L'air était froid et de petits nuages s'échappaient de sa bouche. Je me suis appuyé contre une cuve de métal.

— Je suis pas chimiste, Franck.

— On s'en fout. Qu'est-ce que tu nous prépares cette nuit, hein ? Encore ce plastique pour godemiché ? il a fait en se tordant de rire.

— Vous avez de la bière ou quelque chose à boire ?

— Ouais… Tiens, a bafouillé Henri en farfouillant dans un sac-poubelle grande contenance accroché à son chariot.

— Merci. J'ai ce goût, enfin cette odeur de silicone dans la bouche, j'ai fait en agitant la main à côté de ma joue.

— Ouais, mais Dieu merci c'est du plastique à godemiché, a renchéri Franck en se claquant les cuisses.

La première gorgée de bière m'a fait un bien fou. Le reste m'a littéralement vrillé le cerveau. En un rien de temps, j'ai senti toutes les cordes de mon dos se dénouer comme par magie.

Henri, le visage parcouru de tics :

— Tu veux un peu de colle aussi ?

Franck :

— C'est Kudz qui nous l'a dégotée. Il a dit que des mecs s'en servaient comme antigel dans les bagnoles et d'autres comme conservateur dans les épices. Va comprendre. Mais pour ce qu'on en fait, c'est assez efficace.

Il me restait à synthétiser et à conditionner le PEG alimentaire. Deux à trois heures de travail, minimum. J'ai terminé ma bière. J'ai écrasé mon mégot sous mon pied et j'ai dit « Non merci, les gars. J'ai encore pas mal de boulot. On se voit tout à l'heure pour le café ».

— OK, l'chimiste. On aura le sucre.

— Je suis pas chimiste, Franck.

Au moment où je suis rentré dans le bâtiment, il y a eu deux, ou peut-être trois explosions. Les murs ont tremblé. Sacrément. Et je me suis cogné l'arcade dans le cadre de la porte. Un mince filet de sang a même glissé devant mon œil droit. Les petits génies du département carburant avaient encore foiré quelque part. La dernière fois qu'ils avaient déconné, une cuve de béton armé s'était fendue et on l'avait colmatée avec des cartouches de colle et de résine époxy. Henri et Franck avaient passé trois heures à écoper cinquante litres d'oxyde de tétraméthylène avec des seaux à serpillière.

J'ai quitté la ProSol alors que le soleil n'était pas encore levé ; mais au-dessus des montagnes le gris se teintait de bleu. Impossible de dire pour l'instant lequel allait l'emporter. Je roulais sans casque et blouson ouvert. L'air glacial plantait ses millions d'aiguilles dans mes joues. Le vent froid faisait couler des larmes sur mon visage. J'avais les muscles raides, bandés à mort. Le vent, comme une sableuse haute pression, décapait le parfum de plastique qui me collait à la peau.

Dans la forêt, des spectres de brume sortaient des arbres, s'agglutinaient sur le bas-côté en d'infinies chimères translucides. Le moteur résonnait contre le bois. J'ai relâché la poignée à hauteur du Nutts. Des néons verts et rouges clignotaient dans la brume du matin et indiquaient : *Bar 24/24.*

Depuis que la ProSol avait ouvert, des promoteurs de Poghorn avaient construit le Nutts, un lotissement de bungalows établis sur deux hectares. Des allées de PVC installées en zone inondable, vautrées sur des parpaings et des palettes à béton. À l'origine des baraques pour immigrés, et finalement des baraques pour tout le monde. Des baraques payables, à la nuit, à la semaine, au mois, à l'année.

Petit à petit, les choses s'étaient organisées, Freddy et d'autres avaient décidé de louer une de ces piaules pour en faire un bar ouvert non-stop. Un troquet plus ou moins légal avec un frigo, une bière à la pression et des sachets de cacahuètes. Le lotissement avait donné son nom au bar. « Métonymie », disait Judith, histoire de la ramener. Quelle que soit l'heure du jour ou de la nuit, des types buvaient et fumaient des clopes au Nutts. Alors j'ai fait comme n'importe lequel d'entre nous aurait fait, j'ai attrapé une bière dans le frigo et je me suis assis, le dos plaqué contre le radiateur.

J'ai ouvert la canette et le truc a fait *pschitt.*

*

Je me suis levé relativement tôt. L'odeur du plastique persistait contre ma langue. J'ai allumé une cigarette. Le ciel était blanc. J'ai enfilé un pull et un bonnet. J'ai mis en route la cafetière et je suis sorti sur la terrasse. La Bez serpentait entre les arbres.

En bas, Job grognait. Il tirait sur sa laisse. Je suis descendu. J'ai demandé « Qu'est-ce que tu as repéré ? » J'ai fait quelques pas dans le pré qui entourait la maison. J'ai longé la Bez en limite de parcelle. Et de l'autre côté de la rivière, sur l'autre rive, vers l'ouest, un lynx lapait l'eau dans un méandre aux reflets huileux. Je me suis avancé vers lui en tapant des mains. Ses oreilles ont pivoté sur elles-mêmes. Il a dressé la tête, il m'a regardé approcher. Il n'a pas compris tout de suite. Et puis, il a montré les crocs et il a hérissé ses poils. Il a doublé de volume et il s'est mis à cracher. J'ai dit « Dégage, va dans les vallées ». J'ai dit « L'eau est polluée. » J'ai hurlé « Dégage ! » Et la bestiole a fait demi-tour en direction de la forêt.

Avant de remonter à l'intérieur, j'ai donné une poignée de croquettes à Job qui couinait, qui jappait. Qui sautait dans tous les sens. Je lui ai donné une tape sur le flanc. « Donne-moi une petite heure et on y va. »

J'ai fumé une cigarette et bu mon café assis sur un tabouret dans un carré de lumière blanche. Sur la platine, Joanna Newsom chantait *Jackrabbits*. Je tapais machinalement des doigts contre le bois. Sur le mur, la une de *Poghorn Magazine*, celle avec la photo de mon frère, reflétait les rayons du soleil comme un miroir. « *Tom Bimore : le plus grand écrivain de sa génération.* »

J'ai passé mon mégot sous le robinet.

J'ai fait couler l'eau chaude.

La saveur du plastique est remontée contre mon palais et sur l'intérieur de mes joues. J'ai fait quelques grimaces devant la glace, j'ai pris la pose ; celle de Tom sur la couverture du magazine. Les sourcils levés. Si je me concentrais, j'avais l'impression que c'était lui qui me regardait à travers le miroir. On avait le même nez, des rictus identiques et, tout compte fait, mis à part ma maigreur, mon foie gonflé et mes yeux jaunes, la ressemblance était frappante. Une version usée et abîmée. J'étais l'aîné. Partagé entre l'admiration et le dégoût.

*

Un ciel de neige au-dessus de nos têtes, mais il était encore un peu tôt pour ça. On a passé la Bez. On a rejoint la route et on a continué vers l'est. On est restés dans la vallée. J'étais déjà passé par ici quelque temps plus tôt. Mais il en poussait de nouveaux chaque jour. Job courait. Et de temps en temps, je sifflais et il rappliquait en tirant la langue et en remuant la queue. Je fredonnais des chansons de Joanna. L'air était bon. Apaisant et calme.

*

« À plus tard, j'ai dit. Il faut que j'y aille. »

Je suis allé bosser. Les yeux lourds de fatigue. Le parfum du plastique emplissait la vallée, persistait et rendait l'air poisseux. Joanna dans ma tête fredonnait. Vers 3 heures du matin, j'ai bu une bière avec Henri et Franck assis sur un tank rempli d'hydrocarbure partiellement raffiné. Mes nuits étaient sans fin.

*

J'ai croisé Freddy sur le parking. Depuis qu'il était du matin on se croisait souvent – poste pour poste. On a causé de Kudz et de cette histoire de TiPi Bar. On a aussi causé de cette bagnole encastrée entre les arbres. Le vent était glacial et on s'était réfugiés sur un quai de déchargement.

Il a dit :

— Une berline noire avec un sapin au rétro, hein ?

J'ai hoché la tête en essuyant la cendre de ma cigarette contre le béton du bâtiment.

Il a avoué :

— OK. Je lui ai foutu la trouille. Et après ? Tu te rends compte de ce qu'il a fait à Karen ? Si tu veux savoir, je lui ai foutu une raclée. Je lui avais donné rendez-vous à l'entrée de la piste forestière pour une histoire à la con, des places pour le prochain match de l'USP. On s'est sérieusement empoignés, je l'ai cogné pendant cinq bonnes minutes avant qu'il ne réussisse à se dégager et à rejoindre sa bagnole ; dans la confusion, il a dû partir du mauvais côté. Il a dû sortir de la piste une fois là-haut.

— T'aimes bien faire ça ?

— Tu veux dire tabasser des mecs ?

— Ouais.

— Non. Mais il faut bien que quelqu'un le fasse. Karen est une fille en or. Elle voulait bien baiser avec lui, et ça doit pas lui arriver souvent. Putain, si tu avais vu sa gueule. Ça me réjouit pas de frapper un type, mais je me dis que si quelqu'un faisait des saloperies à Paula, j'aimerais…

Il n'a pas terminé sa phrase. Et on a discuté un moment du bien et du mal et le jour était déjà bien levé quand je me suis arrêté au Nutts. J'ai pris une bière. J'ai vendu quelques pastilles à des clients de longue date. Les types de l'après-midi buvaient des cafés et commentaient le match de la veille. J'entendais des bribes. Le bruit des vérins hydrauliques résonnait encore dans mes oreilles. « Ça va pas être facile cette saison... Virer l'entraîneur... La charnière centrale c'est ça qu'il faut changer... Cinquième à mi-saison, ça va pas être facile. »

Dans un coin, un vieux avec une casquette bleue New Holland jouait à des jeux de casino en ligne sur son téléphone.

— T'es de l'équipe de nuit, pas vrai ?

J'avais hoché la tête sans être certain qu'il avait réellement parlé.

— Et qu'est-ce que vous avez comme colonne maintenant ?

Il n'avait pas levé les yeux de son écran si bien que je me demandais si c'était bien lui qui parlait. Il a remué son cul sur la chaise. Il s'est gratté la joue et m'a regardé un bref moment.

— Alors, cette colonne ?

J'ai bafouillé un truc incompréhensible avant de me reprendre :

— Une vieille Harp avec des internes à garnissage vrac. Inox et nickel.

Je n'aurais jamais imaginé qu'il connaisse quoi que ce soit en colonne de distillation.

— Verticale ?

— Ouaip, et rafistolée un bon millier de fois.

— Merde, ils l'ont toujours. Cette machine doit avoir vingt ans. À l'époque, c'était du sacré matériel. C'était ce qui se faisait de mieux, tu peux me croire.

Il a pianoté. Il a bougonné « merde » et quelque chose d'autre avant de se renfrogner pour de bon. « Salopard. D'où est-ce que tu peux sortir un as ? »

La bière me faisait du bien. Elle me permettait de souffler un peu. Elle déconnectait deux ou trois synapses et me laissait dériver dans un bain de liquide amniotique.

Les jours qui ont suivi, je me suis levé relativement tôt. L'odeur du plastique coincé dans la gorge, toujours.

II

Mouche

Une mouche avec des reflets d'émeraude se cognait contre la vitre avec entêtement. Je l'ai chassée de la main en direction de la sortie. Le ciel était blanc. J'ai retiré mes godasses couvertes de boue et je me suis affalé dans le canapé. J'ai fumé une clope en regardant le plafond. Je me suis endormi. J'ai rêvé de Nina. J'ai rêvé qu'elle prenait un bain d'oxyde d'éthylène et qu'elle s'y masturbait copieusement. Je regardais ça depuis mon hublot. J'étais comme ces types qui explorent les abysses dans des sous-marins miniatures. Ces mecs qui observent derrière leurs vitres des poissons fluorescents et des ombres de kraken. Et puis l'oxyde a commencé à lui décoller la peau. Des lambeaux entiers pendaient sous ses bras, pendaient sous ses seins et sous son menton. Le masque vissé sur le visage, je disais « Merde ! Sors de là, Nina, bordel ! » Je cognais contre le caisson de toutes mes forces. Nina continuait en soulevant les hanches. Arc-boutée sur ses omoplates. Tendue à mort. Quelqu'un frappait contre la porte. J'ai ouvert un œil à demi conscient. Quelqu'un criait mon nom :

— Calvin !

Je me suis levé. Le poing devant la bouche, j'ai bâillé.

J'ai ouvert.

Kimiyo se tenait dans l'encadrement de la porte. Elle avait un œil au beurre noir et le nez cassé, mais je ne l'ai pas tout de suite remarqué. J'ai d'abord vu le sang qui coagulait le long de son menton et sur son tee-shirt. Elle avait les cheveux défaits. Elle a croisé les bras contre sa poitrine en faisant une grimace. Des sillons de larmes barraient ses joues. J'ai demandé :

— Qu'est-ce qui s'est passé ?

— Je peux entrer ?

— C'est Thomas ? C'est lui qui t'a mise dans cet état ?

— Calvin ?

Elle avait une dent cassée.

Je me suis écarté pour la laisser entrer. Je l'ai regardée poser son sac sur la table basse et s'asseoir sur le canapé couvert d'une lumière blanche. Elle a passé ses mains sur le tissu – à l'endroit où ma tête était posée quelques minutes plus tôt. Une petite flaque de salive s'infiltrait entre les fibres.

— Tu dormais ?

J'ai dit oui en allumant une cigarette.

— Tu veux boire quelque chose ?

Elle a fait signe que non. J'ai préparé un pot de café.

— Raconte-moi.

— Que veux-tu que je te dise ?

J'ai disparu dans la salle de bains et je suis revenu avec une trousse à pharmacie qui datait de Dieu sait quand. J'ai trouvé un flacon de povidone iodé, des compresses et des pansements.

— Tu devrais aller à l'hôpital.

— Si j'y vais, ils vont lui tomber dessus. C'est pas la première fois. Les types de l'Assistance l'ont à l'œil.

Mes dents grinçaient.

— Laisse tomber.

J'ai fait glisser un peu de povidone sur une compresse et la lui ai tendue. Elle l'a passée sur son nez en serrant les dents et j'ai remarqué une rangée de petits bleus – pas plus gros que des noisettes – alignés sur son avant-bras. Un relent de polyéthylène glycol s'est faufilé entre mes sinus. J'ai froncé les sourcils et j'ai tiré du congélateur un sac de petits pois surgelés. Je l'ai emballé dans un torchon.

— Pour ton œil.

Le café s'est mis à crachoter.

— Je voudrais rester quelque temps, elle a fait en me regardant par en dessous, toujours baignée dans cette foutue lumière blanche.

Je n'ai rien répondu. Je me suis contenté de me servir un café. Elle a relevé ses cheveux. Elle a dit :

— Il faut que tu l'appelles.

— Excuse-moi !?

— Appelle-le, dis-lui que je vais rester ici quelque temps… S'il te plaît.

— Et qu'est-ce que tu veux que je lui raconte ? « Salut Thomas, c'est ton frère. Ta femme, celle que tu viens de tabasser à mort, est chez moi. » Sérieusement, Kimi…

— Calvin…

— Regarde les choses en face, ai-je soupiré. Ton mari, mon frère, vient de te passer à tabac ! Tu ne crois pas qu'il va venir ici te chercher ?

J'ai bu une gorgée de café et je me suis brûlé la langue. J'ai fait couler un peu d'eau dans ma tasse. Des gouttes de sang et de morve dégoulinaient de son nez. Et il y avait toujours cette fichue lumière blanche qui lui tournait autour, comme un halo céleste. Une putain d'image pieuse.

— Dis-lui que… que je vais rester ici quelques jours. Le temps de réfléchir. Calvin, je n'ai pas vraiment d'autres choix.

J'ai posé ma tasse sur le four à micro-ondes. J'ai fermé les yeux et je me suis pincé l'arête du nez entre le majeur et le pouce. « Je l'appellerai. »

Job courait le long du chemin. Il piquait des sprints entre moi et une ligne d'arrivée imaginaire. De temps en temps, je sifflais et il rappliquait en tirant la langue. On était partis en longeant la montagne avec un ciel de tungstène au-dessus de la tête. Cette histoire me mettait en rogne. Je n'avais pas envie d'avoir à gérer Tom. Mais je l'avais appelé malgré tout et la situation s'était encore envenimée. Nos relations n'étaient plus au beau fixe depuis qu'il était devenu quelqu'un. Depuis qu'il était devenu un véritable abruti. Mais cette fois, il était aussi question de Kimi.

J'avais dit :

— Kimiyo est chez moi.

Et j'avais cru bon d'ajouter :

— Dans mon canapé.

Il avait demandé :

— Pourquoi est-ce que tu te mêles de ça ?

Il avait vociféré :

— Pour qui est-ce que tu te prends ?

Il avait gueulé « Connard ! » et puis « Je vais venir la chercher ». Il avait répété « Je te préviens, Cal. Je vais venir ». J'avais réussi à négocier quelques jours de répit avant de raccrocher. Je n'ai jamais compris comment mon frère et moi en étions arrivés là. Dans l'ensemble, je gardais une assez bonne image de lui. Celle d'un gamin prêt à tout pour qu'on l'estime. Adolescent, il avait inventé la Mô. Il en avait tout le temps et pour tout le monde. Il voulait être dans le coup. Il voulait qu'on l'aime. Simplement qu'on l'apprécie. Et je me demandais dans quelle mesure cogner sa femme pouvait cadrer avec cet aspect-là de sa personnalité.

J'avais enfermé Kimi à double tour au cas où Thomas se pointerait et j'étais sorti avec Job. L'air empestait le plastique. Avec le temps, j'avais cru que j'oublierais. Que je m'y habituerais. Mais ça ne passait pas. L'odeur acide et piquante des polymères s'insinuait partout. Toujours. On avait marché un kilomètre ou deux dans la vallée. Sur un chemin coincé entre la montagne et la Bez, parsemé d'orties, de clématites et de boutons d'or crevés. Je ressassais ma conversation avec Thomas. Et Job m'a ramené à la réalité. Il grognait et fouillait dans les feuilles mortes d'un frêne. Des *muscaria*. Des dizaines. Anciennes et à demi bouffées. Mais sur la plupart, les pustules blanches étaient encore intactes. Un peu plus loin, un fût rouillé émergeait le long de la berge. Sur le côté, un logo en forme de tête de mort et l'inscription *DANGER POUR LE MILIEU AQUATIQUE*. J'ai donné une tape sur le dos du chien en le félicitant et je me suis mis au travail. J'ai récolté tous les résidus de vélum avec une pince à épiler et un petit couteau. J'ai tout déposé au mobil-home, tout mis à tremper dans un litre de vodka et j'ai laissé Job tenir compagnie à Kimiyo avant de passer voir Nina.

Un bardage de bois au vernis écaillé et un cœur tracé à la craie rouge au-dessus de la porte. J'ai frappé trois coups. *Toc. Toc. Toc.* J'ai ouvert. Une clochette a tinté ;

une bestiole a grogné. La lumière argent du dehors découpait la pièce en un damier géant. Noir et gris. À l'étage, des bruits de baise. Les grincements des ressorts rouillés par la sueur. Les bois polis qui coulissent dans des rigoles de plâtre. Les *Suites anglaises* de Bach. Mes yeux ont mis un moment à s'adapter à l'obscurité. Un moment à repérer la panthère qui grognait en remuant la queue. J'ai senti la sueur couler le long de mes aisselles et j'ai articulé : « Nom de Dieu. »

La bestiole faisait les cent pas. La bestiole grognait. La bestiole montrait les crocs. Elle claquait sa queue contre le sol. Elle traversait les carrés noirs et traversait les carrés gris. La bestiole me gardait à vue et à bonne distance. Je ne bougeais plus. L'odeur du stress se mélangeait à celle du plastique. À l'étage, une fille a dit « Merde, que c'est bon ». Sur ma droite, dans un coin, la Maritchika a baragouiné avec un accent du Rauc et dans l'instant, la panthère s'est enroulée sur un carré noir.

— *Shalom*. Tu viens voir Nina ?

— Qu'est-ce que c'était que ça ?

— Thalestris. Tu as quelques-unes de tes pastilles ? Les filles en réclament.

J'ai posé la boîte sur le comptoir. J'ai empoché un petit paquet de billets.

— Thalestris ?

— La reine des Amazones. Celle-là même qui a donné trois cents filles à Alexandre le Grand dans le but d'engendrer une armée de guerrières.

Elle a plissé le nez pour remettre ses lunettes en place.

— Tu viens voir Nina ?

Je suis monté. L'escalier grinçait, les marches semblaient ployer sous mon poids. Le plâtre enduit sur les murs se décollait par endroits. À l'étage, dans le couloir, j'ai croisé un type qui bossait à la ProSol, au département développement durable. L'année passée, il nous avait demandé de participer au financement de la plantation d'arbres quelque part dans le Sud. Une compensation au vu des saloperies qui sortaient de l'usine et qui polluaient l'eau et la terre. Grâce à nous, deux cent trente-cinq hectares ont été reboisés. En arrivant à ma hauteur, il a mis sa main en visière pour cacher son visage. Je me suis écarté. Je l'ai laissé passer, j'ai remarqué une trace rouge et bleue sur son cou.

Chambre du fond. Chambre bleu ciel à liseré noir. Nina. Assise dans un rocking-chair.

Elle lisait ce bouquin de Donald Ray-Pollock, *Le Diable, tout le temps*.

Elle a dit « Salut Calvin » en posant son livre par terre. Je l'ai embrassée sur le front. Elle a fait glisser ses mains autour de mon cou :

— Tu sens bizarre, tu as rencontré Thalestris ?

— Ouais, et elle m'a foutu les jetons. Pourquoi vous avez besoin d'une panthère ? Tu veux que j'aille prendre une douche ?

— Non, non, c'est bon, ça ira.

Elle s'est assise en tailleur sur le lit et s'est balancée d'avant en arrière en se tenant les pieds. J'ai retiré mes chaussures. J'ai entendu la clochette de la porte d'entrée et la Maritchika causer avec un autre type. Je me suis allongé. J'ai posé ma tête sur ses genoux. D'ici, je voyais ses petits bouts pointer sous son tee-shirt.

J'ai demandé :

— La panthère ?

— C'est de la dissuasion.

— Pourquoi pas un chien ?

— On s'est dit que c'était plus féminin.

J'ai rigolé doucement. Je la regardais par en dessous, couverte de la lumière du soir. Autour d'elle, des particules de poussière clignotaient. Une pluie d'étoiles filantes.

— Qu'est-ce qui s'est passé ?

Ses yeux se sont fermés un petit peu, comme si elle voulait réfléchir et en même temps ne pas y penser.

— Palenko. (Je me suis souvenu de l'histoire de Freddy et de la carte de fast-food dans la bagnole, mais je l'ai laissée continuer.) Un régulier. Il est venu la semaine dernière. Dans la nuit du vendredi soir. Défoncé au Viagra et aux gélules de champignon. Il est monté avec Karen. Karen l'aimait bien. Personne n'a fait attention. Sauf qu'il a pété les plombs. Il était persuadé que Karen avait des dents qui lui poussaient dans le vagin. Il était persuadé qu'elle cherchait à lui mordre la bite et les doigts. Alors il lui a brisé la mâchoire. (Une pause.) Il lui a cassé les dents avec un coup de poing en laiton. (Elle a reniflé en se tordant les mains.) Il les a fait sauter à coups de canif. Toutes. Sans exception.

J'ai allumé une cigarette et en soufflant la fumée, j'ai soupiré sans trouver quoi dire.

— On s'est cotisées et on a envoyé Karen chez un toubib de Poghorn pour qu'elle puisse rester travailler ici. On a réfléchi un moment. La Maritchika était contre. Mais moi et les autres, on voulait faire un exemple. Alors… Alors on a demandé… (elle a regardé quelque chose au fond de mes yeux) on a demandé à Freddy de s'occuper de ça.

— Je suis au courant. Il m'en a parlé.

J'ai revu la bagnole dans la forêt. La voiture encastrée entre les arbres et ce putain de pare-brise intact.

Comment avait-il fait pour ne pas exploser, encastré entre deux arbres ? Les souvenirs imbriqués les uns dans les autres. Un été démentiel avec des températures caniculaires. Un air irrespirable et chargé de poussière. Brûlant. Adji avait reçu un coup de fil. « Un coupé bleu ciel dans un quartier résidentiel. » L'intérieur cuir poissait contre nos chemises trempées de sueur. « Deux cents billets chacun. » L'arnaque classique.

Le soir tombait. La lune brillait au-dessus de l'eau. On roulait comme des tordus sur des routes étroites et sinueuses. On buvait de la tequila. On connaissait des coins tranquilles le long de la côte. Adji chantait à tue-tête en claquant ses mains contre le volant et contre la carrosserie. Je me contentais de sourire, de frapper des mains en remuant les épaules. De temps en temps, on prenait quelques embruns en rigolant dans l'atmosphère moite du bord de mer. Les affaires marchaient bien. Et on avait l'impression d'être les types les plus malins de la planète. On volait des bagnoles, on les cramait, on les balançait dans la flotte. Les propriétaires touchaient les assurances et nous, on empochait deux cents tickets. Et apparemment le monde entier s'en foutait. Adji a dit :

— Accroche-toi.

Et on a foncé dans un rocher en souriant comme des bienheureux. Le coupé était équipé d'une série d'airbags et d'une fabuleuse note aux crash-tests. L'avant de la voiture s'est désintégré. Nos deux têtes ont rebondi sur les coussins d'air. L'acier a fait un bruit incroyable. Et puis le silence. Simplement la radio qui tentait de jouer *Sugar Man*. Le bourdonnement des vagues dans le lointain. Je suis sorti de là en me triturant l'oreille. Quelque part, Adji disait « Merde, où est-ce qu'elle est passée ? »

Le son me parvenait comme si j'avais la tête plongée dans un bocal de formol.

J'ai attendu d'entendre un peu mieux avant de demander :

— Qu'est-ce que tu cherches ?

— La tequila, nom de Dieu !

On a fouillé la bagnole un moment sans rien trouver. Et finalement, on a récupéré la bouteille, intacte, une dizaine de mètres plus bas et je me souviens avoir dit :

— Comment a-t-elle pu être éjectée sans casser le pare-brise ?

Adji s'est marré. Et puis j'ai vu ses yeux s'agrandir et son sourire retomber. Dans mon dos, deux faisceaux de pleins phares jaunes suspendus au-dessus de l'eau.

— Mais d'où est-ce qu'elle sort, celle-là ?

J'ai tiré Adji par le col et on s'est planqués derrière un bosquet. J'essayais de me convaincre que la tequila et la colle nous rendaient paranoïaques. Que les types s'étaient paumés en sortant de Poghorn. Les phares virevoltaient le long de la côte, jouaient à cache-cache entre les dunes et les collines de granite.

— Encore des mecs qui viennent se faire sucer incognito, a suggéré Adji en enfonçant un bout de tissu dans le goulot de la bouteille.

Les phares se sont rapprochés de plus en plus. La voiture est passée devant nous et s'est immobilisée sur le bas-côté, quelques mètres plus loin. Des mecs armés et un clébard. Des flingues et une batte à clous.

L'alcool nous faisait paniquer et nous empêchait de réfléchir correctement. L'alcool nous faisait stresser. Adji répétait comme un putain de mantra « Je veux pas crever. Je veux pas crever ». Il ne tenait plus en place et il est sorti du bosquet en courant. Un des types a dit

« Rapporte » et le chien est parti comme une bombe. « Le gamin n'a aucune chance », a fait un autre en se grattant l'entrejambe avec le canon de son arme. « Aucune chance. »

Le chien grognait. Il traînait Adji sur le sable en le tenant par le mollet. Adji murmurait « Putain je veux pas crever », couvert par le bruit des vagues qui résonnait contre les falaises.

On était assis en tailleur, une arme sur le front. La lune brillait dans le ciel et on devinait les taches sombres des impacts de météore à sa surface.

— Il me faut un mort dans cette bagnole. Arnaque à l'assurance-vie. Lequel des deux ? Toi ! (S'adressant à Adji.) Pourquoi t'irais pas là-dedans ?

Adji me jetait des coups d'œil. Il paniquait. Il balbutiait. Il disait :

— Je ferai tout. Tout ce que vous voudrez. Je suis efficace. Je suis un bon gars. Un soldat. Ouais, un bon soldat.

Les trois mecs se marraient.

Il disait :

— Lui, c'est un faux-jeton. Il ne voulait pas faire ça.

Il disait :

— C'est une idée à moi.

Il disait :

— Je peux tout faire.

Il disait :

— C'est moi qui conduis les bagnoles.

Il se pissait dessus.

J'étais terrifié. Je réfléchissais du mieux que je pouvais. Un type qui portait un jogging et qui semblait être le chef s'est tourné vers moi. La lune est passée derrière un nuage. L'acier du canon appuyait contre mon front et y imprimait un rond froid. L'air était tiède et sentait l'iode et l'essence.

— Question : une bonne raison pour ne pas finir dans cette bagnole ?

L'alcool me donnait la nausée. Je sentais mon cerveau se glacer et mon sang refluer. J'avais chaud. J'avais de la fièvre. Je me disais *Concentre-toi. Concentre-toi, bordel !* J'ai pensé à ces pastilles qu'on avait fabriquées avec Tom pour une fête chez cette fille... Des sucettes au vélum de tue-mouches. « Déliiiiiirant », avait fait la fille en enlevant le haut, « complètement déliiiiiirant ». Alors j'ai dit :

— Je fabrique de la came pour que dalle.

— Bonne réponse.

La tête d'Adji s'est enfoncée sous l'impact de la batte. Le clou lui a arraché un morceau de la joue. Les mecs l'ont installé dans la bagnole et ils y ont jeté le cocktail Molotov. Les flammes ont sifflé à travers la voiture. Les vitres ont explosé. Bleu et jaune sur fond noir.

Nina a fini ma cigarette, elle l'a écrasée dans un cendrier et elle s'est mise à califourchon sur ma poitrine. J'ai senti ses poils qui repoussaient me piquer le torse.

— L'heure tourne, mon beau. Tu vas finir par être en retard.

J'avais envie de lui raconter Kimiyo. J'avais envie de lui raconter l'usine. J'avais envie de parler – de lui parler. Mais au lieu de ça, elle s'est retournée, a ouvert le zip de ma braguette et elle a fait glisser ma queue dans sa bouche.

Sur le comptoir de la Maritchika, une note manuscrite à côté d'une boîte en fer : *POUR KAREN*. J'ai compté vingt tickets en me léchant le pouce et je suis rentré prendre une douche.

Kimi avait fait réchauffer une boîte de raviolis. Une vague odeur d'oignon et de sauce tomate flottait dans la maison. Une épaisse pellicule de condensation s'était déposée sur les vitres. La peinture sur les montants était écaillée. Son visage était déformé. Et d'ici, on aurait dit qu'une colonie de blattes avait installé son nid sous sa peau violette, mauve et blanche. Elle avait détaché ses cheveux et portait un tablier avec des toques de cuisine imprimées. Des mèches passaient devant ses yeux. Ses yeux étaient comme l'orbite vide d'un homme mort.

On a mangé.

J'ai donné les restes de nos assiettes au chien et j'ai dit en regardant par-dessus son épaule :

— Il faut que j'y aille. Enferme-toi. Il y a des couvertures dans l'armoire et des bûches à côté du poêle.

Elle a penché la tête sur le côté.

— On se voit demain, j'ai fait en l'embrassant dans les cheveux. Y a des somnifères à côté de mon lit.

L'usine.

Les cristaux se sublimaient contre les parois des turbines à haute pression et tout roulait. Tout était régulier. Parfait. Ici, j'avais l'impression de faire partie d'un tout. D'être un rouage dans une machine de près de cent cinquante tonnes. D'avoir une place bien à moi, une place de choix au premier rang en face du chaos. J'étais le roi d'un royaume mécanique. À peine la pression à l'intérieur des convoyeurs commençait-elle à baisser que je donnais un petit tour de vis. Et lorsque l'alarme du tank se mettait à sonner, j'étais déjà là à anticiper la suite du parcours. Je connaissais tout par cœur. Chaque machine, chaque boulon. Chaque réaction. Des tubes de plusieurs centaines de mètres, des monstres puissants comme mille dragons qui m'obéissaient au doigt et à l'œil. Un seigneur alchimiste aux sujets automates. J'étais bien et puissant. Tout semblait facile vu d'ici. Des soupapes. Des vannes. Des tuyaux. Des aiguilles. Des compteurs. Ça faisait un bruit d'enfer. J'étais dans le rythme, minutieux et précis. Et depuis les balustrades d'acier rouge, je contemplais mon royaume en mouvement. Des soupapes, des vannes, des tuyaux, des aiguilles et des compteurs.

J'ai terminé de conditionner la préparation vers cinq heures et demie. La nuit était magnifique. La Voie lactée s'étirait en scintillant comme le mucus laissé par une limace géante. Des serpentins huileux et rouges zigzaguaient devant mes rétines. L'acétone me rongeait le nerf optique et me donnait des haut-le-cœur. Le bruit des vérins hydrauliques faisait vibrer mes tympans d'une façon étrange ; une onde grave qui résonnait contre mes glandes parotides. J'avais les pupilles dilatées et je sentais mon sang gicler à travers les veines à une vitesse folle. Mes yeux se fermaient tout seuls. Des maux royaux dans une nuit sublime.

Lorsque je suis rentré, Kimi regardait les flammes grignoter des feuilles de journal. La nuit traînait, grise, dans le petit matin. J'avais l'impression d'être dans une autre dimension et de regarder le monde à travers un verre grossier. Sur la table, un marqueur noir et des papiers recouverts de poèmes et de dessins bizarres. Je me suis assis. Les flammes dansaient à l'intérieur du poêle. Je me suis massé les cervicales en disant :

— Tu devrais attendre qu'il fasse jour.

Elle a récité les yeux dans le vague :

— « *Blancs d'œufs / Blanc d'yeux / Poings bleus / Grands... / Chenil – bagarre ! / Chemin lui barre / Chiens sans vergogne ! / L'époux qui cogne.* »

J'ai répété :

— Tu devrais attendre qu'il fasse jour. La nuit c'est pas le meilleur moment pour faire des choix.

*

Souvent, je croisais Kimi en rentrant, au lever du jour. Elle écrivait des poèmes au marqueur sur des emballages de pizza et des cartons de bouffe. Je la regardais sous la lumière timide. Une fois, je l'ai surprise endormie. Une manche de son tee-shirt tombée sur son épaule, découvrant des constellations de taches de rousseur. On apprenait doucement à cohabiter, des essais et des erreurs. On ne parlait pas beaucoup. Le plastique me scellait les mâchoires. Et à bien y réfléchir, je ne voyais pas tellement quoi dire. Nous partagions la salle de bains à tour de rôle.

Un matin, déphasé, énervé par la caféine, l'alcool, le tabac et les vapeurs de solvants, j'avais fouillé dans la boîte à pharmacie à la recherche de somnifères. J'avais traîné dans la maison comme un zombie en attendant que ça fasse effet. J'étais tombé sur cette culotte à côté de la panière de linge. Un bout de tissu noir sous la lumière du néon. De la dentelle ciselée au laser. Je me souviens vaguement de ça. J'avais fait rouler la toile sous mes doigts. Je l'avais respirée à fond. Je l'avais glissée dans ma poche et j'avais dormi avec comme un enfant.

*

Ce soir-là, il y avait un crachin comme ça arrive souvent à cette époque de l'année. Des gouttelettes si fines qu'elles vous trempent jusqu'aux os et qu'elles transforment le paysage alentour en un immense champ de boue. Tout était vert, marron et humide. Des torrents ruisselaient le long des montagnes. Des cascades se formaient au sommet des falaises. Les bagnoles faisaient la queue devant le check-point de l'usine. Des effluves de plastique et de PEG. Et de l'autre côté des grillages surmontés de fil barbelé, les camions-citernes de la Valacertco ne bougeaient pas d'un pouce ; immobiles dans la bruine, sous les lumières jaunes des lampes à vapeur de sodium, les phares en mode veilleuse. Ça n'augurait rien de bon. Je remontais la file de voitures en effleurant les rétros, j'avais les pieds trempés. À cette heure-là, les citernes auraient dû avoir foutu le camp depuis longtemps. La Valacertco s'occupait des boues et des poussières qui encrassent les filtres, le matériel, les évacuations des établissements classés « risque majeur ». Ils géraient toutes sortes de déchets toxiques et on bossait avec eux depuis un moment. La plupart étaient transporteurs ou mécanos avec des cadences pas croyables.

Entre deux pare-chocs, j'ai aperçu Freddy et les types de l'après-midi se faire bousculer. J'ai cligné des yeux. Il y en avait un qui tenait une clef anglaise, un modèle balèze qui servait à la maintenance des centrifugeuses à assiettes. J'ai monté un peu les gaz. J'ai grillé la priorité à un jeune chimiste qui roulait dans un coupé customisé. Néons et caissons de basse plein pot. Jacques a repéré la moto et il est sorti de sa cabane de plastique les bras croisés sous son poncho de pluie *ProSol Technologie – Sécurité*. Je me suis arrêté à sa hauteur. J'ai relevé ma visière :

— Qu'est-ce qui se passe ? j'ai demandé en faisant un signe de tête en direction de l'usine.

Il a toussé dans son poing : « Merde. Excuse-moi. » Il s'est essuyé les doigts contre les fibres de plastique avant de répondre :

— Ils veulent des masques à cartouche et des combinaisons étanches. Leur boîte dit que c'est à la ProSol de leur fournir le matériel.

— Et on en est où ?

— Ils essaient de se parler, il a fait en rigolant.

Un début d'échauffourée a éclaté devant nous. Des deux côtés, les mecs bombaient le torse. Ils se poussaient en grognant. Ils montraient les crocs. Ils faisaient craquer leurs phalanges. Ils juraient et s'insultaient. Freddy s'était mis à l'abri sur un quai de déchargement. C'était un ancien de la Légion. Il aimait la pesanteur de l'air rance qui flotte tout autour de vous avant que les choses ne dégénèrent ; la seconde qui précède le déluge.

Des petits torrents de pluie se formaient déjà le long de la vareuse de polyester de Jacques.

— Retourne te mettre à l'abri, je lui ai conseillé. Tu vas attraper la mort ici.

Il m'a tapé sur l'épaule. Il m'a dit de faire gaffe à moi avant de porter la main contre sa bouche pour réprimer une nouvelle quinte de toux. Mon badge a émis un petit *bip* en passant sous le détecteur et la barrière s'est levée. Les spots et les lampes éclairaient les falaises, faisaient briller les chromes des tanks et des distillateurs ; projetaient contre la pluie des photons jaunes. J'ai rentré la moto sous le garage et je suis resté à l'abri sous les plaques de fibrociment. Des cascades coulaient le long des toits et des cuves inox. Ça faisait un bruit de tous les diables. Les citernes de stockage pataugeaient dans la boue. Les gars et les camions pataugeaient dans la boue.

Quelle merde : les camions-citernes bloquaient l'entrée ET la sortie de l'usine. Les unités mobiles de curage et de pompage se tournaient les pouces ou regardaient des vidéos de cul sur leurs téléphones. Les chauffeurs et les ouvriers de la Valacertco complotaient. Les mecs de la ProSol fumaient des clopes. La pluie dégringolait dans la nuit et de plus en plus fort et, recroquevillé dans un coin, le représentant syndical de chez nous parlementait avec celui de l'autre côté en faisant des moulinets avec les bras.

J'ai cherché des cigarettes dans mon blouson et dans mes poches. J'ai aussi cherché du feu. Freddy est arrivé vers moi en courant.

— Tu loupes le meilleur, il a fait en secouant sa casquette gorgée d'eau.

— Jacques m'a expliqué. Ils veulent des masques.

— Exact. Et ils veulent qu'on décharge les citernes vides et qu'on charge les pleines. Et ils ne veulent plus des boues superacides. Ils disent que la réglementation a changé.

— Ça risque de durer un moment, j'ai répondu en couvrant la flamme de mon briquet avec un pan de ma veste.

— Pieyre a pris les choses en main. Tu le connais. Il négocie, mais je te parie ma casquette qu'on va être bons pour se taper le boulot et leur trouver des masques. Comme si on avait que ça à foutre. J'ai l'impression qu'ils nous emmerdent de plus en plus depuis que je suis passé chef d'équipe. Tu sais qu'ils m'ont tiré de ma sieste pour cette histoire de masques. Les citernes se sont pointées vers 15 heures. Bon Dieu, je dormais depuis une demi-heure, à peine.

Freddy a réajusté sa casquette et il a changé de sujet sans prévenir :

— On donne une petite fête pour l'anniversaire de Paula. Au Nutts. Grillades, musique et le reste. Y aura tout le monde. Ça serait bien de t'avoir.

J'allais dire que c'était une bonne idée quand deux types se sont empoignés et ont commencé à se distribuer des coups. J'ai jeté ma cigarette dans une flaque et une odeur de boue mêlée à celle des engrais a tourbillonné dans l'air.

— Et merde, a fait Freddy, fataliste. Ça va nous retomber dessus. Ça va pas manquer. Il suffit qu'un des gars perde une dent pour que la direction nous mette ça sur le dos. Pourvu que ça soit pas un type de chez moi. Tu sais que certains sont revenus, quand ils ont appris que la Valacertco faisait chier ?

On a laissé les types s'expliquer à l'abri sous les tôles ondulées du garage à vélos.

— Faudrait qu'on s'y remette.

— De quoi tu parles ?

— Les échecs, il a rigolé. Ça me fait penser aux échecs de les voir comploter. De les voir se parler sans rien se dire.

Les deux mecs sautillaient d'une jambe sur l'autre en tenant leur garde haute. Autour d'eux s'était formé un cercle. On entendait « Démolis-le ». On entendait des mains claquer et des phalanges craquer. On entendait « Il va le tuer ». À ce moment-là, il suffisait de pas grand-chose pour que ça dégénère pour de bon. Le type de chez nous – de nuit – devait faire dans les cent kilos. Il envoyait des petits coups de pied avec ses chaussures de sécurité, directement dans les tibias. L'autre encaissait en rigolant. Il prenait son mal en patience. Il attendait l'ouverture et le bon moment pour balancer un direct. La foule s'amassait, elle sifflait dès qu'un impact résonnait dans la nuit. La pluie était redevenue bruine et on a vu la lune apparaître entre les nuages. Pieyre s'était rapproché. Il était blanc comme la mort et couvert d'un vieux blouson imperméable de la boîte – *ProSol Chimie Tech* écrit en gros et dans le dos. Il représentait le personnel auprès de la direction et depuis quelque temps il avait pris du galon. Maintenant, il gérait l'équipe de l'après-midi. Les gars jasaient à propos de ça mais la plupart préféraient l'éviter. Il a attendu que le chauffeur d'en face se retrouve allongé dans la boue avant d'intervenir. La foule s'est mise à huer et à siffler. La ProSol était en sureffectif. Il a aidé l'autre à se relever sans perdre de vue le gars de chez nous. Et puis, il a fait basculer sa capuche. C'était un type pas très grand avec une tête couverte de plaques rouges de stress et d'eczéma. Il était gras avec un goitre qui pendait sous son menton. Des cheveux blonds coupés au bol. Personne voulait tellement l'approcher.

Le type de chez nous s'en sortait avec le nez cassé. L'autre avait une ou deux dents en moins et peut-être bien le tibia fracturé. La pluie avait cessé. On entendait les fours à monomères s'égoutter ; l'eau tombait sur les cuves pleines et sur les fûts de l'aire de stockage. Les piscines d'évacuation se vidaient doucement dans la Bez qui bouillonnait.

Pieyre, la voix haute et claire :

— Je sais que ça va pas vous faire plaisir. Je sais que vous allez gueuler avec ce que je vais vous dire mais on n'a pas trop le choix. On va charger ces citernes et on va même leur filer un coup de main pour la maintenance.

La foule s'est mise à brailler. Quelqu'un a dit « Qu'ils aillent se faire foutre ». Un autre :

— Tu nous emmerdes, Pieyre !

Pieyre a passé la main dans ses cheveux. Il a secoué ses doigts pour évacuer l'eau. À côté de moi, Freddy souriait.

— Qu'est-ce que je disais ? Ce type nous en fera voir. Il va nous en faire baver.

— Depuis qu'il est représentant du personnel, personne ne peut plus le supporter, j'ai dit.

Pieyre, la voix assurée :

— Voilà ce qui va se passer si on ne fait rien. La situation va pourrir. Elle va s'enliser. (Une pause.) Vous êtes bons dans votre boulot. Et vous connaissez la situation qu'on aura à gérer si personne ne récure les migrateurs des tanks HP. Vous savez très bien ce que ça implique. Et c'est de votre responsabilité. De NOTRE responsabilité de faire en sorte que cette usine fonctionne et qu'elle fonctionne correctement. Nom de Dieu, c'est même pour ça qu'on nous paye. (« Toi plus que nous », a marmonné Freddy.) Sans ça, sans ce petit effort, sans ce petit coup de reins, vous savez où tout ça nous mènera : on perdra nos jobs. Ni plus ni moins. Au-dessus, ils ne rigolent pas avec ça. Lamb est pas un rigolo. Ça nous fout tous dedans, on avait tous d'autres projets, mais c'est comme ça que ça va se passer. Alors au boulot ! (Il avait frappé ses mains l'une dans l'autre.)

Pieyre a fini de donner les directives et tout le monde s'est mis à bosser sans traîner. L'air était froid et humide. Les gars pataugeaient. Freddy a filé un coup de main pour atteler une citerne pleine de boue d'hydrocarbures et j'ai aidé un gamin de la Valacertco à purger les colonnes de la ligne agro. Il a failli se broyer la main avec un convoyeur grippé par l'oxydation, mais dans l'ensemble c'était plutôt agréable de bosser avec quelqu'un. Le môme s'appelait Jésus. C'était un natif qui sortait de l'école. Des idées et des rêves en pagaille fichés dans un coin du cerveau. Ça faisait du bien d'entendre quelqu'un à qui l'avenir ne faisait pas encore peur. Et qui y croyait dur comme fer.

— C'est temporaire tout ça. Je veux dire, c'est pour l'argent. C'est intéressant, c'est sûr. J'aime bien ce que je fais. Parole. Je trouve ça bien. Mais j'ai une idée de programme informatique. J'y travaille dès que j'ai un peu de temps. Dès que j'ai cinq minutes, tu peux être sûr que je suis dessus. Je peux pas vraiment t'en parler plus mais c'est une super idée. Tu peux me faire confiance. Y a rien de pareil et ça peut être vraiment lucratif.

J'ai jeté un œil à la manœuvre. Le gosse forçait sur une clef à fourche de cinquante.

— Méfie-toi avec la pompe à injection. Le siphon en amont ne purge plus correctement. Je vais nous chercher des masques, j'ai dit. On sait jamais.

Le carter a sauté sans plus de difficulté et on a pu accéder au système de purge manuel. Il y avait une légère odeur d'acide nitrique mais rien d'affolant si on en croyait les balises de détection.

J'ai passé la moitié de la nuit avec Jésus à récurer toute la merde du secteur agro et plus le temps passait, plus son enthousiasme me filait mal à la tête. Alors vers minuit, je l'ai emmené au sommet de la colonne de distillation – la vieille Harp ; le vent sifflait en passant dans les échelles, les cuves et les tanks. En bas, dans la lumière des projecteurs, les hommes s'activaient comme sur un plateau de cinéma.

— J'aime bien ici, j'ai dit. Ça permet de relativiser.

Jésus a fait oui de la tête avant de demander :

— Comment vous faites pour l'odeur ?

— Qu'est-ce que tu veux dire ?

— Vous savez, ce goût, cette saveur qui vous court sur la langue à la fin de la journée. Ça ne part jamais vraiment.

— C'est exactement ça, j'ai dit. Ça ne part jamais vraiment.

*

Dans le petit matin, j'ai dormi d'un sommeil sans rêves.

*

La fille de l'accueil avait les ongles bleus et ils indiquaient l'ascenseur. « Elle est dans sa chambre. » Je me suis faufilé entre deux vieux qui se donnaient la main et trimballaient avec eux des perches à perfusion. Ils ont appuyé sur *2*. J'ai appuyé sur *4*. Les portes se sont refermées et la vieille a lâché un pet nauséabond. Je me suis couvert le nez avec la main. Les portes se sont ouvertes. Les vieux sont sortis. L'odeur est restée.

J'ai cogné deux petits coups contre la porte. À l'intérieur, la télé braillait. J'ai frappé plus fort. J'ai gueulé. « Maman, c'est Cal ! Ouvre. » Le couloir était désert.

Le sol et les murs avaient des revêtements en PVC. Le genre qu'on fabriquait à la ProSol. Au fil du temps, les chariots et les patins des cannes et des déambulateurs avaient laissé des traces noires un peu partout. « Maman, ouvre, s'il te plaît, c'est Calvin. » J'ai frappé à nouveau et la porte s'est ouverte. Ma mère a passé la tête dans l'entrebâillement. Elle ne l'a pas ouverte en entier. Elle a demandé :

— Qui êtes-vous ?

J'ai soupiré. À l'intérieur, des bruits de moteur et de la musique classique : une pub pour une bagnole. Je me suis passé la main sur le visage.

— Michelle. Je suis Calvin, ton fils. Laisse-moi entrer, s'il te plaît.

— Pour qui vous vous prenez ? Je suis peut-être vieille mais pas encore folle ! Mon fils est un écrivain célèbre, pas un revendeur de… de… de je ne sais quoi. Au revoir, monsieur.

Elle a claqué la porte et monté le son de la télé qui braillait : « *Le troisième est offert !* »

Je suis resté là à me mordiller la joue. La gorge nouée. Un infirmier tout en muscles est passé dans mon dos en poussant un chariot. Je me suis mordu le poing. J'ai pris l'escalier de service. Les lumières glauques des issues de secours. J'ai pris un café dans un distributeur et j'ai traîné dans le salon. J'ai tiré une chaise dans la zone réservée aux fumeurs. À une table voisine, deux types jouaient aux échecs et ça m'a fait penser à Freddy. Je les ai observés, amusé. Ils prenaient le temps de mesurer les coups. Ils jaugeaient chaque déplacement. Ils calculaient. De l'autre côté, près d'un ficus synthétique, des vieux déglingués à la paroxétine et au citalopram bavaient devant la télévision en mâchonnant des gâteaux secs.

Sur l'écran : un type en costume avec des poches sous les yeux annonçait fièrement : « Notre projet est d'aller vite. Il faut rapidement mettre un terme à la dégradation de notre environnement. C'est pourquoi nous avons proposé de réformer par ordonnances. Nous avons fixé un cap. Nous avons fait ratifier ce cap. Maintenant, il est temps d'agir. Et d'agir bien. »

En bas de l'écran un bandeau affichait : « *Le cadre des ordonnances climat fixé.* »

J'ai allumé une cigarette. À l'autre bout de la salle quelqu'un a dit « Échec ». Un cas classique à partir de la position de Philidor. Tour et pion contre tour mais pas toujours facile à gérer.

Sur l'écran : des micros qui se tendent et des journalistes qui se bousculent autour du ministre. On entend des voix qui s'emmêlent et on ne comprend rien. Le type en costard sourit et se gratte l'arrière de la tête. « S'il vous plaît. S'il vous plaît. Un peu de calme. » Il met ses mains devant lui comme pour faire des pompes. Il dit « Mademoiselle » en souriant. Ses dents sont jaunes et de travers. La fille bombe le torse :

— Au-delà du cadre institutionnel, pouvez-vous nous indiquer des mesures concrètes ?

— Pour le moment, tout ce que je peux vous dire, c'est qu'il s'agira de mesures ambitieuses et novatrices. Parce que notre pays se doit de donner l'exemple. Parce que nous devons changer les choses maintenant.

Dans le hall : de l'agitation et du bruit. J'ai soufflé la fumée de ma cigarette par le nez en me mordant la langue. J'ai reporté mon attention sur la télé.

Sur l'écran : un studio avec des présentateurs au teint orange citrouille. Ils racontent des conneries. Ils délirent sur le climat et sur les ordonnances. Ils disent que l'intention est bonne. Ils disent des tas de trucs avec les joues couleur carotte. Ils donnent la parole à des savants et à des types vaguement connus.

— Monsieur Guedjh, que pensez-vous de ces ordonnances ?

Guedjh est gros, les cheveux couverts de gomina. Il a les lèvres comme des limaces. Guedjh administre les quartiers ouest de Poghorn.

— C'est excellent, bien sûr, et je me félicite que des industriels comme Eli Lamb participent à ces débats. C'est important qu'ils montrent l'exemple et qu'ils soient solidaires du sort de la planète.

Les autres brodent et ne disent rien. Ils s'écoutent parler. Ils attendent la coupure pub en bâillant. Ils disent « éléments de langage », ils parlent de « communication bien huilée ». Un savant un peu plus lucide que les autres conclut, juste avant un reportage sur les crocodiles du Rauc :

— De toute façon, pour le moment nous ne pouvons que spéculer. C'est aux acteurs des différentes filières de porter un projet ambitieux pour le monde. Il ne faut, en aucun cas, que les industriels utilisent cette loi, ce cadre, comme prétexte à du dumping social ou à l'abandon pur et simple de…

La présentatrice à la peau orange le coupe :

— Mais sur le cadre ?

L'autre lève les yeux au ciel :

— Le cadre prend le parti de dire que les ordonnances auront pour but de rendre le monde plus propre, moins pollué et les activités humaines plus respectueuses de l'environnement. Qui pourrait être contre ce genre de chose ? (Une pause le temps de s'essuyer la commissure des lèvres.) Une loi-cadre de cette nature est avant tout démagogique et politique, on ne peut avoir aucun doute là-dessus. L'enfer est souvent pavé de bonnes intentions.

Le présentateur à la peau orange le taquine et cherche les emmerdes :

— Vous, vous êtes contre un tel projet de société, un tel cadre ?

Le savant se lève et quitte le plateau sans répondre.

En sortant, je suis passé au secrétariat régler deux mois de retard avec le fric des filles. « Oui, avant le quatre. Pas de problème. Ne vous faites aucun souci pour ça. Je vous réglerai avant le quatre. »

*

Kimiyo écoutait Sigur Rós en buvant de la tisane. Les bleus sous ses yeux tiraient sur le jaune et le vert.

— Bien dormi ?

Elle portait un pull à col roulé et un blouson sans manches. Elle avait installé une chaise dans un carré de soleil pour se réchauffer un peu. La fumée sortait de sa tasse, de sa bouche et s'enroulait autour de ses cheveux. Des arabesques de cristal suspendues à un torrent d'or noir. Les planches de la maison craquaient et se dilataient sous la chaleur timide du matin.

— Pas mal, j'ai fait en réprimant un rot acide rempli d'acétone.

— Le boulot ?

J'ai haussé les épaules. J'ai cherché des yeux des cigarettes. L'air de la baraque était glacial. Même la lumière argentée qui traversait les vitres était glaciale. Je me suis servi une tasse de tisane d'achillée et j'ai démarré un feu. J'ai attrapé un paquet de clopes. Je me suis installé près du poêle et j'ai regardé Kimi le visage enveloppé de vapeur d'eau. J'ai bu une gorgée, l'achillée avait la texture huileuse du benzène. Grasse et astringente. J'ai toussé un peu. Des vapeurs de solvants sont remontées contre mon palais. J'avais l'impression que l'odeur des arènes et du PVC chaud me collait littéralement à la peau. J'avais la sensation que tout le monde pouvait la sentir. Et parfois ça me rendait complètement paranoïaque. J'ai pensé à Jésus, il avait dit « Ça ne part jamais vraiment ». J'ai bu une nouvelle gorgée et j'ai allumé une cigarette. Je me suis demandé si Kimi pouvait la sentir, elle aussi. Souvent, je me badigeonnais les tempes et les poignets d'huile essentielle de menthe comme camouflage avec des résultats plus ou moins concluants.

— Qu'est-ce que tu as de prévu aujourd'hui ? j'ai demandé.

Le nuage de vapeur qui l'entourait s'est dissipé au moment où elle a tourné la tête vers moi.

— Il faut que je me change les idées. Je pensais qu'on pourrait sortir. Prendre Job et monter voir la plaine du Rauc et les vallées du Galhid, monter au Fageas ou à Grand C.

Pendant un moment, j'ai pensé au mobil-home et à ces bonbons que je devais préparer. J'ai jeté un œil à la pendule. J'étais encore dans les temps.

— Couvre-toi, j'ai dit en la regardant enfiler ses chaussures. (Des grosses Meindl de cuir marron.) Il va faire froid. Le vent d'ouest souffle fort là-haut.

Elle s'est penchée pour faire ses lacets, son pull est remonté le long de ses hanches. Elle portait une sorte de legging gris ultramoulant. J'ai regardé son cul en essayant de ne pas trop y penser et j'ai posé ma tasse dans l'évier en lui proposant un bonnet.

— Il m'a traitée de salope. De sale pute.

L'air passait en sifflant d'un pan de la montagne à l'autre. Je n'étais pas certain d'avoir parfaitement entendu. On était montés jusque-là sans parler. On se contentait de souffler et de sentir nos cuisses et nos mollets se tendre et se durcir à chaque pas. Le vent passait en sifflant.

— Qu'est-ce que ça change ? j'ai demandé en criant à moitié.

Kimiyo s'est retournée vers moi avec un sourire triste.

Et on a continué jusqu'au dolmen.

La plaine jusqu'à la mer. Les ombres des nuages glissaient sur les champs et sur les routes à toute vitesse. En face, Grand C. et les aiguilles des Grives ; à l'ouest la baie de Poghorn, la mer qui cogne contre la ville, la mer qui inonde les prés-salés et le ballet des porte-conteneurs qui manœuvrent à l'entrée du chenal. À l'est, la plaine du Rauc, le désert, les serres et puis, bien plus loin, là où on ne distingue rien de plus que l'horizon, les orangers de l'appellation Rauc. On est montés sur la dalle. Kimi s'approchait du parapet en faisant de petits pas, les genoux fléchis. De temps en temps, elle tendait le cou vers le précipice. D'ici on pouvait croire voler – ou tomber.

— Ça change que je l'ai peut-être mérité.

— Peut-être ?

— Il m'a traitée de salope, Cal. De sale pute ! Alors, je sais pas trop… Est-ce que… Je sais pas… Il a sans doute raison. Je n'arrête pas de penser à ça. « Salope. » (Une pause.) J'ai peut-être déconné, voilà tout.

Un peu plus tard, alors que le chemin partait vers le nord, elle a récupéré un morceau de bois et le chien s'est tapi sur le sol, instantanément, les pupilles dilatées à mort. On aurait dit qu'elle avait trouvé l'interrupteur d'une marionnette. *Marche.* J'ai allumé une cigarette en m'abritant dans mon blouson. Kimi a lancé le bâton de toutes ses forces. Et le chien est parti en galopant comme un demeuré, il a attrapé le bout de bois au vol, Kimi a rigolé en faisant « Waouh ! ». Elle avait les lèvres violettes et le bout du nez rouge, son bonnet lui descendait jusque sur les sourcils, des mèches de cheveux flottaient devant ses yeux encore gonflés. Est-ce que ça changeait quelque chose ? Je n'en savais rien. Je n'étais pas en position de juger ce qui était bon ou mauvais. Mais de mon point de vue, il vaut mieux se démolir méthodiquement, s'en prendre à soi plutôt que de cogner sur qui que ce soit d'autre. Les torts sont rarement partagés ; surtout lorsqu'il s'agit de Thomas.

La voix dans ma tête a grincé *Sale petite bête. Sale toute petite bête.*

Kimiyo a soufflé dans ses mains pour se réchauffer et puis elle les a claquées contre ses cuisses. « Apporte, Job. Apporte. » Elle l'a caressé sur le ventre et sur le museau et l'autre s'est roulé par terre en couinant de joie. « Salope. » Cette fois, il y était allé vraiment fort.

— Mon frère est un connard, j'ai dit sans la regarder. Et ça a toujours été comme ça.

*

Ma bite s'enfonçait dans son ventre comme un piston de machine à vapeur. La fille jouait la comédie, elle remuait la tête sans arrêt, elle braillait des obscénités pour en finir au plus vite. Je me suis redressé, j'ai agrippé ses cuisses. La fille gigotait. Sa tête valsait à droite et puis à gauche. Je me suis penché de nouveau sur elle et j'ai posé ma main sur l'arête de sa mâchoire, fermement. J'ai maintenu sa tête sur la gauche et on a continué comme ça pendant un moment sans réussir à jouir. Et quand j'ai senti les crampes envahir mes fesses et mon ventre, j'ai arrêté les frais. La fille m'a caressé la joue en me jurant que c'était pas grave, que ça arrivait, qu'elle avait même aimé ça.

Il n'y avait que Nina.

La fille m'a passé la main dans les cheveux. Elle a dit :

— Raconte-moi. Qu'est-ce qu'elle te fait ?

La fille a glissé sa main entre mes jambes. Je me suis levé. Le givre à la fenêtre laissait filtrer une lumière d'opale. La fille a dit « C'était quand même bon ». Elle a joué un peu avec ma bite. J'avais envie d'une cigarette. De monter en haut du Rauc et de hurler. Elle m'a embrassé le ventre. Elle embrassait ma queue. Elle demandait « Qu'est-ce qui te ferait plaisir ? »

— Tu veux que je me coince une pastille dans la chatte ? Tu veux que je mette un masque ?

J'ai commencé à me rhabiller. J'ai cherché un peu d'argent dans mes poches. Elle a dit « Reste. Tu en aurais pas un peu ? » Elle m'a agrippé le bras. Je l'ai repoussée sur le lit. Elle a gueulé en se redressant. Ses yeux me fusillaient. Ils braillaient comme des porcs. Ils suppliaient. J'ai serré le poing. J'ai cogné le montant du lit. Un peu de bave coulait de sa bouche. Elle a dit « Pauvre con ». J'ai pris mon tee-shirt. J'ai pris mon pull et mon manteau. J'ai laissé un petit tas de billets sur le lit.

Dans le couloir, je me suis pincé l'arête du nez. J'ai fini de m'habiller. Chambre bleu ciel à liseré noir. Je me suis approché de la porte. J'ai posé la main sur la poignée. Bruit de zip, bruit de succion, bruit de tétée.

— Seigneur c'que t'es douée.

J'ai envoyé un coup de poing contre le mur. Un peu de plâtre a dégringolé du plafond. J'ai levé les yeux en me massant les phalanges. Il n'y avait que Nina.

Dans la chambre d'en face une fille s'est mise à glousser : « Et mon cul ? Tu l'aimes, mon cul ? »

L'histoire chez la Maritchika m'avait mis de mauvaise humeur. Sous mon crâne, des astéroïdes se télescopaient et se pulvérisaient en des millions de gravillons arides et tristes. J'ai tiré sur la poignée d'un coup sec. Le mobil-home a tremblé en entier. La condensation faisait jouer les PVC et les joints à chaque automne. L'intérieur sentait l'alcool blanc et le champignon. Une madeleine de Proust. La première fois que j'avais fait macérer les *muscaria* dans la vodka, j'en avais bu un petit verre, une tasse. *Histoire de voir où on va.* Des courants électriques au bout de mes doigts et des dragons miniatures qui cognaient contre les carreaux ; des histoires de dingue. J'étais à poil devant la porte du garage d'Adji, blotti contre un tas de feuilles, couvert d'escargots et de limaces. Le ciel était vert, jaune et violet. Des chemins de mucus sur les branches, sur les herbes et sur mon corps tout entier. Des chemins de mucus qui scintillaient comme des chrysalides de cellophane sous le soleil.

Des histoires de dingue.

Les branches grinçaient et le vent semblait jouer *Anecdotes*. J'ai vomi des grenouilles grises et des couleuvres à trois têtes sur un tapis étincelant. J'ai mis deux jours avant de récupérer l'ensemble de mes fonctions motrices. Deux jours entiers…

Le thermomètre s'est mis à sonner. Cent soixante degrés. J'ai laissé la pâte refroidir une minute et j'y ai versé vingt litres de vodka aromatisée au tue-mouches. J'ai attendu encore un peu que la mousse tombe, j'ai versé tout ça sur une plaque de marbre enduite d'huile. J'ai fait gaffe que le sirop ne passe pas par-dessus bord et j'ai enfoncé des morceaux de *muscaria* tous les centimètres. Ensuite j'ai façonné des petits carrés et j'ai tout jeté dans un seau de sucre glace.

J'avais bossé une partie de l'après-midi et quand j'avais refermé la porte du mobil-home, des serpents noir et blanc gigotaient derrière les nuages. Même les masques à cartouche n'y pouvaient rien. Sous mon crâne les astéroïdes devenaient comètes.

J'étais encore à moitié groggy lorsque je suis arrivé à Poghorn. La pollution. Les enseignes au néon. Je me suis enfilé toutes les rues commerçantes en roulant au ralenti, les unes après les autres. À la recherche d'un cadeau pour Paula. Certaines vitrines annonçaient déjà Noël quand d'autres affichaient toujours les citrouilles et les toiles d'Halloween. Des types se garaient en double file, d'autres klaxonnaient comme des tordus. Des gens par troupeaux autour des passages piétons. Des étudiants bourrés, ivres de pintes de bière, le col relevé jusqu'au menton. Les lumières de la ville comme une immense salle de spectacle. Des églises et des hôtels particuliers éclairés de jaune. Des lampions et des pubs. Des affiches pour un concert du Drosera Jazz. Du monde partout. Les rues grouillaient, enduites de particules fines. Je passais devant les magasins sans même m'arrêter. Du dehors, je voyais des milliers de petits havres, des milliers d'îlots dorés illuminés de leds multicolores. Des cocons chauds emplis de vendeurs aux dents longues. Combien de fois me suis-je arrêté devant une boutique de vêtements, de bijoux, de bouquins ? Combien de fois sans jamais oser mettre ne serait-ce qu'un orteil dedans. D'ici, je voyais les types s'agglutiner devant la porte avant même que j'aie mis le pied à terre. J'ai dû rouler pendant deux heures. Trois ou quatre fois, j'ai descendu les mêmes rues pour finalement trouver un bar sur une place dont les réverbères avaient été vandalisés. J'ai bu quelques bières en fumant des cigarettes avant que mon regard ne soit attiré par cette caisse. Une bête caisse en carton remplie de livres, à demi couverte d'un sacs-poubelle. Des vieux Agatha Christie, des poèmes de Prévert, quelques Djian, un manuel de cuisine thaïe, un Que sais-je sur l'écologie, quelques bandes dessinées de Larcenet et d'autres de Watterson. J'ai tout chargé sur la moto sans me poser de questions : Paula allait adorer.

Ensuite, j'ai retrouvé Thomas au Steak Plissken. Un resto à la mode avec une décoration vintage et un *barber shop*. Un disc-jockey passait des vinyles. Des néons clignotaient, faisaient de la promo pour des bières ou des marques de cigarette aujourd'hui disparues. Les vitres étaient couvertes de condensation. J'ai posé le carton de bouquins sur la banquette à côté de moi.

— Djian ?

— C'est un cadeau.

— À qui le dis-tu, il a fait en souriant.

Tom a commandé un steak Plissken (saignant d'un côté et bien cuit de l'autre, de la viande des prés-salés entre Poghorn et Grand C.) et j'ai fait comme lui. Il a bu une gorgée d'eau ; il s'est essuyé la bouche avec une serviette en papier. Il ne disait rien et je lui laissais le temps de chercher ses phrases, de savoir par où commencer. Grand prince. J'avais une furieuse envie de le démolir. Tom s'était brouillé avec ma mère à la mort de notre père et ça n'avait pas arrangé nos relations. Et si j'admirais celui qu'il était devenu, l'écrivain le plus en vue de sa génération, je haïssais ce que j'étais à ses côtés : un type à la con. Sans envergure ni carrière. Sans femme.

Au bout d'un moment, alors qu'il ne disait toujours rien, je lui ai demandé pourquoi il voulait me voir.

— Tu as vu maman récemment ?

— Je la vois toutes les semaines mais tu ne tiens pas à ce qu'on ait cette conversation. Dis-moi plutôt ce que tu veux.

— Comment elle va ?

— Maman ? Elle va bien. L'Orangerie est un chouette endroit pour elle. Les gens sont bien là-bas, ils sont aux petits soins avec elle. En revanche, Kimi, ta femme, c'est une autre histoire.

Il regardait dans le vague, au-dessus de mon épaule. Ses mains faisaient rouler machinalement un verre à pied entre leurs doigts. Il portait un nœud papillon à carreaux et une chemise unie et noire. Il avait l'air fatigué. Il avait les traits tirés et les lèvres grises. Ses joues étaient vertes et creusées. Ses manches étaient savamment enroulées sur ses avant-bras, laissant apparaître des tatouages ; des symboles calligraphiés en mandarin entourés par un genre de plante grimpante que j'avais du mal à identifier. Pour un écrivain, il tenait une sacrée forme. Et si j'en jugeais par ses trapèzes saillants et son torse qui tendait le tissu, il devait passer des heures sur des bancs de musculation à soulever de la fonte.

— Arrête ça, il a grogné. Arrête ça tout de suite.

— De quoi est-ce que tu parles ? je me suis défendu.

— Je vois bien comment tu me regardes. Tu te dis qu'elle a dû en chier. Tu penses : il fait des heures de musculation par jour, alors oui, elle a dû en chier. Tu crois que j'ai pas conscience de ça ? Tu crois que j'ignore ce genre de chose ? Figure-toi que non. Merde ! Est-ce que tu te rends seulement compte de l'état dans lequel je suis ?! J'ai battu la femme que j'aime, Calvin. J'ai fait ça ! Bon Dieu… J'arrive pas… Je peux pas me le pardonner. Et je vis avec ça chaque jour, chaque putain de jour ! Est-ce que tu peux seulement imaginer ce que ça fait ?

— Je risque pas de te plaindre, j'ai fait, sarcastique.

Il a pris une voix d'enfant et il a demandé :

— Est-ce qu'elle va revenir ?

Les bras écartés, les épaules levées, excédé, j'ai répondu :

— Tu lui as cassé des dents et des côtes ! Qu'est-ce que tu crois ? Thomas, je suis sérieux, comment veux-tu qu'elle te pardonne ? C'est à peine si j'arrive à te parler sans te cracher au visage. Mets-toi un peu à sa place. Putain, Tom ; elle grimace et elle se tient le flanc au moindre geste. Elle sursaute dès que Job ouvre la gueule. Elle en est là et tu voudrais qu'elle te pardonne. Tu voudrais qu'elle revienne ? Mais pour qui est-ce que tu la prends ? Pour qui est-ce que TU te prends ?

— Elle est forte, tu sais, beaucoup plus qu'elle ne veut bien le laisser paraître. Plus forte et bien plus courageuse que nous.

J'ai souri en secouant la tête de gauche à droite. Le serveur a apporté les deux steaks et deux verres de bière. Les frites sentaient bon et semblaient croustillantes comme il faut. Un petit drapeau avec un cache-œil planté sur la viande indiquait la cuisson.

— T'es le type le plus con que je connaisse, Tom, j'ai dit.

— Elle m'aime.

— Permets-moi d'en douter.

— Tu lui as dit qu'on devait se voir ? Tu lui as parlé de moi ?

J'ai attrapé une frite entre le pouce et l'index et je l'ai grignotée comme un hamster.

— Non. Bien sûr que non.

Il a dit « Bordel de merde », fou de rage. « Mais qu'est-ce que tu fabriques ? Kimi est ma femme, au cas où tu aurais oublié. Je te demande un tout petit service. C'est trop demander ? Parle-lui. Plaide ma cause, putain. Sans ça, sans elle, je suis foutu. (Une pause.) Tu jubiles, pas vrai ? T'es enfin mieux que moi ! Tu redeviens le meilleur des deux. » Les regards des gens se sont tournés vers nous. Des têtes qui pivotaient en signe de réprobation. Des têtes qui savaient qui était Thomas Bimore et dont certaines avaient même remarqué la photo dans le fond du restaurant. Tom serrait la main du chef en souriant ; un autographe au marqueur noir disait : *AU SEUL RESTAURANT QUI VAILLE ENCORE LE COUP À POGHORN.*

— Alors, ça se termine comme ça ? Ma femme emménage chez mon frère. Fin de l'histoire. Ma femme emménage chez mon frère sans que j'aie mon mot à dire ?

Des gouttes coulaient le long des verres. Le DJ avait mis Joanna Newsom, *'81*. Parfois la vie vous prend par la main pour vous guider à travers des montagnes de fumerolles acides.

— C'est plus compliqué que ça et tu le sais. Arrête d'être aussi con. Fais un effort, un tout petit effort et tout rentrera peut-être dans l'ordre. Même si cette idée me dégoûte.

On a mangé nos steaks sans en rajouter. La viande était divine. Simplement divine. Et sur ce point, Tom avait raison : c'était le seul restaurant qui valait encore le coup à Poghorn. Quand est arrivé le café, j'avais beaucoup trop mangé et la tension était retombée.

— Tu es sur quelque chose en ce moment ? j'ai demandé.

Il a levé un sourcil en forme de point d'interrogation comme sur la photo de *Poghorn Magazine*.

— On travaille à la saison deux d'*Esquisses*. Je suis coscénariste. Je vais même faire une petite apparition.

Évidemment, je n'avais pas vu la première et je n'en avais aucunement l'intention. Je ne me rappelais même pas avoir terminé son livre.

— C'est bien, j'ai dit avant de repérer un serveur et de réclamer la note.

J'ai laissé Tom régler et juste avant qu'on se quitte il a dit « Ramène-lui des cookies. Ceux de chez Harry. Elle est folle de ces machins-là. Elle pourrait en manger toute la journée ».

Sur le trottoir, devant le restaurant, il a glissé un billet de cinquante dans la caisse de bouquins que j'étais en train d'attacher sur la moto.

Harry le roi du cookie était une échoppe chic dans une rue sans intérêt. Des parfums de chocolat et de cannelle. Un bazar tout en lumière, tout en nœuds de satin rouges et jaunes, tout en féerie. Harry bossait tout seul et ses cookies étaient réputés dans toute la région. Il n'y avait pas d'équivalent. C'était le genre d'endroit qui me mettait mal à l'aise. J'avais toujours l'impression de tout gâcher en portant avec moi des effluves d'hydrocarbures. Un éléphant dans un magasin de porcelaine.

— Je vais en prendre pour cinquante.

L'autre n'a pas bronché. Il a juste demandé si c'était pour une occasion spéciale.

— Une situation amoureuse, disons, délicate.

— Je vois, il a fait en ajoutant un biscuit dans un sachet déjà bien rempli. Prenez soin d'elle et bon courage.

Le sac devait faire dans les cinq kilos, alors j'avais dû conduire en le tenant contre moi, enroulé dans mon bras. La moto tirait à gauche sans arrêt et j'avais des fourmis dans toute la main, mais ça en valait la peine car Kimi avait littéralement fondu en larmes, des cookies plein la bouche. J'avais préparé du lait chaud pour que tout soit parfait, et puis j'avais mis Tom Waits sur la platine et j'avais laissé les événements poursuivre leur cours ; je m'étais laissé bercer par une rivière de sucre et de cannelle.

En une petite heure, Kimiyo avait avalé la moitié du paquet et terminé les mots croisés de *Lundis secrets*.

*

Les arbres défilaient dans le rétro à petite vitesse. Kimi avait la trouille, on était en route pour le Nutts, pour l'anniversaire de Paula. Kimi gigotait sans arrêt, je sentais ses mains se nouer sur mon ventre, se cramponner, se serrer à chaque virage. À un moment, j'avais surpris ses yeux dans le rétro. Écarquillés à mort.

— Je te promets que tu vas t'amuser, j'avais dit en sortant la moto.

— Tu tiens vraiment à y aller avec ça ?

J'avais haussé les épaules.

— J'en ai jamais fait, elle avait avoué en cherchant la boucle de son casque.

— Tom n'en a plus ?

Elle a fait une grimace qui voulait dire *Votre père s'est tué à moto.*

— Ça va aller, j'ai dit. On va y aller doucement. Tout ce que tu as à faire c'est d'accrocher tes mains autour de moi et te laisser aller.

Au Nutts, l'air sentait les côtes de porc et les boulettes de viande. Kudz retournait les brochettes ruisselantes de graisse et de temps en temps un des machins prenait feu. Il faisait froid et les étoiles scintillaient au-dessus de la vallée.

J'ai embrassé Paula :

— Bon anniversaire, ma belle.

Les autres autour se marraient en descendant des cannettes. Ils soufflaient dans leurs mains et se les gelaient.

Kimiyo est arrivée un peu derrière moi, presque sur la pointe des pieds, et les mecs l'ont dévisagée sans se gêner. J'ai fait les présentations avant qu'ils n'aillent s'imaginer des conneries. On a bu quelques bières, l'ambiance était bonne. Tout le monde se rapprochait du barbecue. Imperceptiblement. Kimi avait enroulé sa main dans son manteau et tenait sa bouteille avec sa manche. Des petits nuages de fumée sortaient de nos bouches. Nos lèvres devenaient bleues. Nos doigts collaient contre le métal des cannettes. Même Kudz avait relevé le col de son manteau contre son cou. Le feu crépitait et de petites braises dansaient de temps en temps dans la nuit.

Franck :

— Tu vois ça ? Non mais regarde un peu. (Il montrait un trou entre deux de ses dents.) Tu le crois ? La fille se pointe avec la bouche en cul-de-poule. Gaulée comme une loutre. Elle pose son cul sur son tabouret. Moi je suis là. Putain, là ! Allongé sur son putain de fauteuil en plastique (il a pointé ses deux mains vers son sternum) avec cet aspirateur dans la bouche (il a crocheté son index dans la joue). L'autre se penche sur moi et me dit « Il y a un léger problème ». Comment ça un léger problème ? Alors elle me dit, avec ses yeux bridés à la con – excuse-moi (il a ajouté pour Kimiyo qui regardait ses pieds) –, « Il en manque une ». Bordel de Dieu (il a replacé son index dans sa bouche), de quoi est-ce que tu parles ? Il manque une dent, à votre dentier. Ils ont fait une erreur. Il manque une dent. (Éclat de rire général.) Vous pouvez croire ça ? Leur métier c'est les dents. Ces mecs voient des dents, des mâchoires… Ces types font des études ! Et putain ! Ils me font un dentier avec une dent en MOINS !

Les gars autour commençaient à pleurer de rire et Franck en rajoutait des tonnes en montrant le trou dans sa bouche comme si c'était un tract de propagande. On a continué sur ce rythme pendant un moment et Paula a fini par dire :

— Un barbecue en plein hiver… Vous êtes vraiment tordus. Je rentre. Je suis gelée.

Elle a disparu dans la baraque de plastique d'où nous parvenaient les vibrations des basses. Sourdes, denses, profondes. L'air froid descendait des montagnes et faisait danser des nappes de brume entre les arbres. Parfois, une bourrasque arrivait de l'ouest, parfumée au PEG. La ProSol n'était jamais loin.

Après quelques bières, je me suis éloigné pour pisser. Mon urine sentait le plastique et l'alcool. J'ai tracé un cœur dans le noir en titubant un peu. Sur ma gauche, quelqu'un a dit :

— Merde, il fait tellement froid que j'étais pas sûr de la trouver.

J'ai reconnu la voix de Freddy et j'ai vu un petit jet de fumée sortir de son pantalon. On commençait à se connaître plutôt bien. Ça remontait à loin. On était arrivés à la ProSol à peu près en même temps. De nuit tous les deux ; pendant près de cinq ans. Il avait demandé à être du matin quand Paula était tombée enceinte. *Pseudocyesis*, avaient dit les médecins.

Il a rajusté son pantalon en gigotant. Freddy avait les cheveux qui descendaient le long de la nuque, jusqu'à la base du cou – la coupe mulet ; le reste de son crâne était coupé court mais le plus souvent il portait sa casquette de l'USP. Il avait une quarantaine bien entamée et des joues qui pendaient de chaque côté de son visage. Un peu de barbe, des chemises à carreaux en polaire et des gilets sans manches matelassés.

— Kimiyo, c'est ça ? La femme de ton frère ?

— Ta gueule.

— Quoi ? il a protesté en écartant les bras.

— Ils ont des problèmes. Je la dépanne. Elle dort sur le canapé.

— OK, OK. C'est lui qui l'a arrangée comme ça ?

J'ai hoché la tête en haussant les sourcils.

— Faut toujours se méfier des écrivains.

Il a marqué une pause avant de changer de sujet :

— Sacré bordel avec la Certco.

J'ai fait signe que oui. J'ai dit que finalement ça s'était pas si mal fini.

Sarcastique :

— Bien sûr. On en fait juste un peu plus.

Il a continué :

— Je suis même pas certain qu'ils soient au courant au-dessus. Pieyre court-circuite toutes les communications. Je crois qu'il a peur qu'ils le prennent pour ce qu'il est : un rigolo. (Il s'est tu un moment, le regard perdu vers la forêt.) Pense à la nouvelle colonne qu'on réclame depuis dix ans. Un jour, tout ça va nous péter entre les doigts. Et ces types dans leurs bureaux tomberont des nues. J'ai beau lui en parler, il n'écoute rien. Tu ne devineras jamais ce qu'il...

Je n'écoutais plus. Je n'avais pas envie de discuter de ces choses-là. D'autant que ça m'embêtait de laisser Kimiyo toute seule. J'avais juste envie de grignoter des boulettes de viande, de descendre quelques bières et d'écouter l'absurdité du monde se fracasser contre mon ivresse. De passer un bon moment et d'imaginer que demain était loin :

— C'est l'anniversaire de ta femme. Oublie ça. J'ai des dragées de Mô sous la selle de la moto.

Il a allumé une cigarette, son visage s'est illuminé sous l'éclair de la flamme et on a rejoint les autres.

Autour du barbecue, Kimiyo discutait avec Henri alors j'en ai profité pour rentrer au chaud. L'air était moite et la musique saturait dans les basses. Judith et

Paula dansaient sur la piste dans une lumière tamisée. Le vieux à la casquette *New Holland* bâillait, assis sur une chaise en plastique. Des gars du matin parlaient de la Valacertco.

J'ai bu quelques verres en traînant. Je pensais à Kudz et à la Mô qu'il m'avait réclamée jusqu'à ce que Judith vienne coller ses hanches et ses seins dans mon dos. Elle enroulait ses mains et ses bras les uns dans les autres. Son ventre tortillait à la manière d'une toupie. Des bracelets dorés encombraient ses poignets. J'ai mimé quelques pas de danse avec elle en regardant mes chaussures. Et je me suis éclipsé.

Dehors, la température avait encore chuté et une pellicule de glace commençait à se former le long des bandes enherbées. Henri et Kimi discutaient toujours. Kudz distribuait des grillades. Je me suis approché de lui et je lui ai glissé : « J'ai des dragées pour toi. » Il a souri. Il a déposé son fatras avant de se tourner vers moi et de bafouiller « Merci ».

Freddy m'avait convaincu ; il m'avait dit qu'il faisait tout pour que sa femme et sa fille traversent la mer. « Il ne pense qu'à ça. » Kudz riait ; ses dents jaillissaient de sa bouche et bousculaient les mots qui essayaient d'en sortir :

— Avec ça, putain, je vais faire venir ma femme et ma fille ici. Cal, c'est la plus sublime femme que t'aies jamais vue. Ah ah ! Les filles d'ici n'ont pas ça. Ceca, c'est quelque chose. Et ma petite Évangéline ! Elle est tout ce que tu peux espérer dans ce monde.

Je lui ai tendu dix boîtes d'aspirine grand format remplies de pastilles.

Un battement de cils et j'ai pensé au fric. « Dix par boîte. Cent pastilles. Cent tickets. » Son sourire est tombé ; un oiseau foudroyé. Une onde noire est passée devant ses yeux jaunes d'alcool et de fatigue ; et ils se sont mis à balayer derrière ses paupières. Droite, gauche. *Clic clac, clic clac.*

J'ai expliqué :

— Au TiPi, chacune de ces pilules va se payer cinq billets. Facile. Huit si tu te débrouilles bien.

Droite, gauche, *clic clac, clic clac.*

— Ça te fait un bénéfice de quatre cents. Au bas mot. Pense à ça. Quatre cents billets dans le pire des cas.

Droite, gauche, *clic clac, clic clac.*

J'ai dit :

— Paye-moi quand tu auras le fric. C'est pas un problème.

Il a posé sa main sur mon bras. Il a dit qu'il fallait que je vienne manger chez lui. « Ceca sait faire des *sarmale* à se damner ! Elle sera bientôt là. Il faut que tu goûtes ça. »

L'ambiance était bonne mais on sentait que les gars avaient encore cette histoire avec la Valacertco en travers de la gorge. Et j'oscillais moi aussi entre l'euphorie ambiante et le goût âpre et persistant du plastique qui courait contre mon palais. Un moment, l'idée de baiser Judith m'a même traversé l'esprit. L'alcool n'aide en rien. Jamais. C'est juste une autre façon d'être au monde. Plus essentielle. Plus hasardeuse. Et vers 11 heures, j'ai accompagné Freddy et une caisse de fusées d'artifice en haut de la colline. C'était sa surprise pour Paula. Un spectacle qui devait tous nous mettre à genoux. D'ici, la vue était dégagée. On entendait les rumeurs de la fête. Des éclats de rire – surtout celui de Kudz. « C'est pas un mauvais bougre », jurait Freddy. Des bribes de conversations et de musique remontaient à travers les sapins.

Vu d'ici, le Nutts ressemblait à une crèche miniature. On a repris notre souffle en regardant le paysage. Freddy avait les pupilles contractées sous l'effet de la Mô et les gestes d'un automate détraqué. Il portait le carton d'artificier avec un soin exagéré. Il disait « hop ! » et « voilà » sans arrêt. Il disait « C'est génial ». Il disait « C'est les filles qui m'ont fait découvrir tes pastilles à l'époque. Une super idée. Les chamans avaient du cran ». Je l'écoutais parler et ça faisait comme un bruit blanc contre mes tympans. On a positionné les fusées dans la boue froide en prenant garde de ne pas en mouiller les mèches. J'avais les doigts gelés et je ricanais comme un idiot.

— On va commencer petit, histoire de les attirer tous dehors.

On a cherché quelque chose avec un nom sympa et pas tape-à-l'œil. Ça s'appelait *Fourmis dans le désert.*

— Celle-là, j'ai dit. C'est exactement ce qu'il nous faut.

On l'a orientée de façon à ce qu'elle parte juste au-dessus du Nutts. Et Freddy a allumé la mèche. On s'est éloignés en rampant dans les flaques, les mains plaquées sur les oreilles. La fusée a traversé la nuit en sifflant. Et quelques secondes plus tard, des étincelles blanc et doré couraient parmi les étoiles. Elles se confondaient même avec elles ; et on avait l'impression que le ciel bougeait tout entier. « Comme des fourmis dans des grains de sable », a marmonné Freddy. Ça gigotait. Ça ondulait sans plus de bruit. En bas, personne n'avait rien remarqué jusqu'à ce que Paula s'écrie :

— Regardez le ciel ! On dirait qu'il danse.

C'est à ce moment-là que Freddy a éclaté de rire. « Allumons-en plus. » Les fusées sont parties dans toutes les directions. *Pffui. Pffffuiiii. Pffuiiii.* Il y en avait des rouges et des bleues. Des qui scintillaient. Des cascades d'or. En bas, ils gueulaient « Ouahou ! » Ils tapaient dans leurs mains. On a fait exploser des tubes pendant près de dix minutes, si bien qu'à la fin il restait plus que celles qui portaient l'inscription *DeepTronic*.

— Ça va être le bouquet final, a annoncé Freddy. Le clou du spectacle.

Un bruit assourdissant qui résonnait contre les rochers. Des serpentins jaillissaient d'autres serpentins qui jaillissaient de serpentins. À l'infini et sans fin.

J'avais les pouces écorchés à force de jouer avec la pierre du briquet pour allumer les fusées. Je suçotais mon doigt et pour le moment je résistais à la tentation de crever la cloque qui grossissait. Kimi marchait à côté de moi en fredonnant un air qu'ils avaient joué pendant la soirée. J'avais glissé en faisant le con avec Henri et j'avais tordu la fourche de la moto. Alors on rentrait à pied. À chaque révolution, la roue frottait contre la suspension en faisant *schlack* !

On longeait la Bez et l'air humide nous glaçait les os. On ne voyait pas grand-chose. Çà et là, des plaques de verglas scintillaient dans la pénombre. Les rayons de lune déversaient des rivières de mercure entre les arbres et sur les crêtes. Gris et noir. Il faisait froid et je pensais au bois qu'il me faudrait refendre. En contrebas, la rivière bouillonnait, tourbillonnait dans des reflets de cadmium.

Kimiyo a allumé une cigarette et je l'ai regardée d'un œil amusé. De mémoire, je ne l'avais jamais vue fumer. Elle a toussé. Elle a regardé le petit bout incandescent qui brillait comme un rubis entre ses doigts. Elle a dit :

— Vous êtes toujours tous ensemble ?

J'ai froncé les sourcils sans comprendre où elle voulait en venir.

J'ai ouvert la bouche sans rien dire, sans réussir à savoir si c'était une bonne ou une mauvaise chose.

— Ça n'est pas un problème, elle a ajouté.

J'ai tiré sur la roue de la moto qui s'était coincée dans une ornière.

Ma respiration est redevenue normale. Un peu plus loin, un sanglier a fouillé parmi les pommes de pin.

— La plupart du temps, oui. D'une manière générale on s'aime bien, j'ai ajouté.

L'alcool et la nuit me rendaient loquace.

— La plupart des gars sont venus ici parce qu'il y avait du travail et qu'ils n'étaient pas trop regardants sur le personnel. Ils se sont installés. Et avec la ProSol ils ont eu un petit moment de répit dans une vie sans gloire. Beaucoup sont là depuis un moment. C'est leur histoire ici. Avant, ça ne compte plus. Prends Henri, il a fait de la prison. Ou Freddy, il est arrivé ici après son divorce. Paula était veuve à ce moment-là. Ils se sont connus ici. C'est la ProSol qui a fait ça.

L'alcool et la nuit me rendaient lyrique.

— Au-dessus, ils ne se rendent pas bien compte. Pour eux, on est des emplois, des fiches de paie à la fin de chaque mois. Mais pour tous ces gars-là (j'ai tendu le doigt en direction du Nutts, de l'écume se formait à la commissure de mes lèvres), c'est bien plus grand.

L'alcool et la nuit me rendaient lucide.

— Il y a un tas de trucs qui se sont créés parce que la ProSol existe. Sans elle, on serait sans doute en train de dormir sous des cartons dans les quartiers ouest, à faire deux mille bornes en bus chaque année pour ramasser les oranges de l'AOOR (je me suis essuyé la bouche avec ma manche) ou pour vider la merde de croco dans le Rauc.

L'alcool et la nuit me rendaient lugubre :

— Mais ne va surtout pas t'imaginer que c'est facile de bosser pour une boîte qui te pourrit la santé et l'environnement. Ne va pas croire qu'on n'en a pas conscience et qu'on ne pense qu'à nos petites personnes. Surtout pas. On ne pense qu'à ça. Qu'à cette odeur poisseuse qui nous tourne autour à chaque geste et à chaque pensée. Et à vrai dire, on aime cet endroit autant qu'on le déteste.

Kimi a soufflé la fumée sans l'avaler :

— C'est pour ça la Mô ?

L'alcool et la nuit me fatiguaient.

— Peut-être bien.

III

Fissure

— Elle est dans la grande pièce. Elle joue avec ses hommes.

J'ai suivi du regard le doigt noueux à l'ongle verni de rouge. Les articulations étaient gonflées, presque bleues. Des papiers peints aux coins pendants. Des relents d'urine et de javel. La télé qui ronronne : « *Ici, les candidats à l'exil sont nombreux. Tous attendent l'argent que leurs proches, familles ou amis déjà passés, ont promis de leur envoyer. Bianca est l'une d'entre eux. La jeune fille, professeur de chimie, a dû fuir la capitale et les milices. Elle a trouvé refuge avec sa fille dans la famille de son mari, à quelques kilomètres de la frontière avec...* (la télé s'est mise à déconner) *les militaires armés de fusils antiémeute et de grenades incapacitantes.* »

Sur l'écran une jeune femme avec des yeux bleus, les traits tirés. Habillée d'un tee-shirt délavé USP et d'un foulard enroulé autour du cou. Ses lèvres bougeaient dans un million de pixels et l'image s'est figée.

J'ai repéré ma mère assise à une table. Elle jouait aux cartes avec trois autres vieux. L'un d'entre eux avait des tuyaux qui lui sortaient du nez et qui le reliaient à une petite boîte en plastique qui clignotait. Je me suis penché – j'ai senti mon cerveau buter contre ma boîte crânienne – pour l'embrasser. « Salut m'an. »

— Dans la famille Oiseaux, je voudrais le vautour.

— Pioche, a dit ma mère.

Elle a tourné la tête vers moi. Une étincelle verte a brillé dans ses yeux. De la joie ou quelque chose comme ça, et puis autre chose a commencé à l'embêter. Elle a froncé les sourcils.

— Non, Thomas. Non !

Elle me faisait le coup à chaque fois. Je me suis accroupi pour être à sa hauteur.

— Maman, je suis Calvin.

Elle a rigolé en cachant ses lèvres avec son éventail de carte :

— Non. Pas possible. Tu dois avoir l'âge de son père.

J'ai rigolé moi aussi. Quelqu'un a demandé le chat dans la famille Félin. « Pioche. » J'ai sorti mon passeport de ma poche et le lui ai tendu. Elle l'a examiné avec attention en faisant des allers-retours entre moi et la photo. Elle me l'a rendu et en se touchant les cheveux elle a ajouté :

— Excusez-moi, il faut que j'aille me repoudrer le nez.

Je l'ai aidée à se relever – « Vous êtes bien gentil ». Les trois autres me regardaient comme si j'étais une fissure inquiétante dans le plafond d'une maison de famille.

— Vous jouez souvent avec elle ? j'ai fait en envoyant un petit signe de tête dans la direction où ma mère venait de disparaître.

La fissure s'est propagée le long du mur et quelqu'un dans la télévision a dit : « *Nous avons rencontré un des passeurs. L'homme, chemise blanche impeccable et mocassins vernis, nous reçoit dans sa maison de vacances sur la petite île d'Hyol.* » Le mec sourit, charmeur.

Un aide-soignant a actionné la télécommande à la demande d'une vieille dame qui portait des lunettes en demi-lune. Une chaîne d'info en continu. Des bandeaux qui défilent : « *Les premières ordonnances bientôt en application.* » Une speakerine disait : « *L'objectif est de baisser nos émissions de trente pour cent d'ici à dix ans. La première mesure que nous connaissons concerne l'industrie.* »

À la table, un vieux a dit « Pioche ». J'ai tourné la tête un instant et quand j'ai reporté mon attention sur la télé une fille sautait en l'air sur une plage devant un coucher de soleil de conte de fées, elle était bien fichue et portait des protège-slips ultra-absorbants.

Je me suis retourné vers la table en insistant :

— La dame qui vient de partir, vous la voyez souvent ?

Le type avec les tuyaux a demandé :

— Qui ça ?

Par endroits, une petite couche de givre était encore visible. Il y avait même de la neige sur les sommets alentour. Ma mère portait une combinaison de ski vert et bleu, un bonnet péruvien trop grand qu'elle remontait sans cesse. On marchait doucement dans le parc ; son bras s'accrochait au mien avant de s'enfiler dans une poche de sa combinaison. Elle fredonnait un morceau des Beatles. *I love you. I love you. I looove you.*

— Au fait, j'ai dit, en faisant mine de chercher un signe dans un ciel uniformément bleu, Kimiyo t'embrasse.

J'ai suivi des yeux la ligne de condensation laissée par un avion avant de préciser :

— Kimi, la femme de Tom.

— Tu parles de toi à la troisième personne maintenant ? C'est comme ça qu'on fait chez les écrivains ?

J'ai laissé courir. J'avais la gueule de bois et je ne voyais pas comment lui expliquer la situation.

À la sortie d'une ombre, alors que le soleil commençait à me réchauffer, elle m'a regardé en souriant bizarrement :

— Tu sais que Paul a écrit cette chanson pour moi ?

J'ai dit que non en haussant les épaules.

— « *Michelle, ma belle, sont des mots qui vont très bien ensemble. Très bien ensemble. I love you, I love you, I looove you.* »

Je suis reparti en fin d'après-midi, alors que les aides-soignants annonçaient que le thé allait être servi dans la grande salle.

Schlak ! Le pneu tapait contre la fourche à chaque révolution. Un bruit persistant. *Schlak !* J'avais passé une partie de la matinée à redresser les rayons et à bidouiller la suspension hydraulique. *Schlak !* La roue voilée frottait contre les tubes de carbone et menaçait de se coincer à chaque virage. *Schlak !* J'avais l'impression que ma tête allait exploser. *Schlak !*

Devant la maison, Kimiyo jouait avec le chien. Le soleil baissait et l'ombre des montagnes plongeait la vallée dans l'obscurité. Dans le lointain, on entendait la vieille colonne Harp s'ébrouer.

— Comment va Michelle ? elle a demandé en reprenant son souffle.

Ça m'a fait bizarre de l'entendre l'appeler par son prénom. J'ai glissé les mains dans mes poches en regardant Job qui tirait la langue. Impatient.

— Elle pense que Paul McCartney a écrit *Michelle* pour elle.

— C'est une jolie idée.

— Si on veut.

Elle a soufflé, la bouche tordue. « J'ai préparé du canard. »

— Du canard ?!

Une fossette a creusé sa joue avant de se transformer en rire.

— C'est Henri (et elle s'est mise à mimer ses tics en riant). On a parlé de ça hier soir. Il m'a dit qu'il aimait cuisiner et qu'il connaissait un chasseur qui faisait de bons prix. Il m'a dit que je pouvais y aller de sa part.

On s'est mis à table. Et j'ai débouché une bouteille de vin. Tout était simplement délicieux même si le chasseur dont parlait Henri était un ivrogne qui récupérait les bêtes crevées le long de la route.

Sur la table, une feuille de cellophane gribouillée au marqueur traînait : des dessins de pommiers et d'épouvantails dans les marges. Une bite en forme de poire. Et puis ça :

Je déraillais quand tu raillais / Mes délires de beau premier / Et je braillais en braille / Dans l'ombre des pommiers / Dans l'ombre de la paille / Je sors mon attirail / Je suis l'homme dévergers / Je suis l'époux Vantail/

*

Schlak ! La neige tombait par gros flocons au-dessus de la ProSol. Et vue d'ici, la neige avait l'air jaune. *Schlak !* Elle étouffait les bruits et les odeurs de l'usine. *Schlak !* Je roulais au ralenti en repensant à Kimiyo. *Schlak !* Tom devait être en rogne. Je l'imaginais rongeant son frein. Nous maudissant. Je revoyais sa tête l'autre soir au Plissken. Et j'avais confié à Kimi une bombe au poivre que je gardais au mobil-home. « Au cas où. » Je lui avais dit de s'enfermer et de tenir les lumières éteintes. *Schlak !* Dès le début, j'avais senti que c'était une idée à la con. *Schlak !* J'avais du mal à faire le tri. Je parlais tout seul, entouré d'un monde noir et blanc.

C. Bimore : HNO_3. Engrais azoté : NH4NO3. Conditionnement : 5 000 unités d'ammonitrate.

J'étais sorti vers 4 heures. L'odeur âcre de l'acide nitrique collée à mes poumons. Les nerfs à vif. La neige dégringolait et je n'arrêtais pas de ressasser cette histoire. J'avais beau examiner la situation sous tous les angles, j'arrivais sans arrêt à la même conclusion : elle avait fait ça en parfaite connaissance de cause. Elle savait pertinemment que ça le foutrait en l'air, que ça le mettrait hors de lui de la savoir chez moi. Chez moi : le frère aîné, l'ouvrier dealer de Mô qui vivait dans une cabane de palettes au milieu d'une vallée parcourue de nuages toxiques. J'en arrivais à me demander si elle ne se servait pas de moi pour atteindre Tom. Une vengeance en trois bandes. J'avais essayé de mettre le sujet sur le tapis et elle avait parlé d'autre chose, les yeux remplis de haine.

— Qu'est-ce que tu penses de cette phrase ? elle m'avait demandé en lisant dans un bouquin de Lehane :

« *Daniel ressent une petite vibration sous sa pomme d'Adam, comme si un insecte émergeait lentement de sa torpeur.* » Tu ne trouves pas qu'il en fait un peu trop ? Parfois, les types comme lui en font des tonnes et ça ne sonne pas toujours juste. Thomas disait qu'il fallait y aller franchement, qu'il ne fallait pas se retenir, être libéré des contraintes pour écrire quelque chose qui en vaille la peine. (Elle a rigolé, sarcastique.) Eh bien, il n'a jamais été fichu d'avoir du rythme ou d'écrire quoi que ce soit de beau.

C'est la seule fois où je l'avais entendue prononcer son nom et je pense qu'elle s'en était mordu les doigts.

*

L'unité agro surplombait le reste de l'usine, coincée contre une paroi de pierre taillée à même la montagne. D'ici : un enchevêtrement de tuyaux de tous calibres et des masses de fumée jaune qui disparaissent dans le noir. Des catalyseurs de platine rhodié. La vieille Harp et un réseau sans fin de passerelles et d'échelles d'acier inox. D'ici : la neige à gros flocons et les vidéos des caméras de surveillance sur l'écran du poste de contrôle du check-point. J'ai allumé une cigarette et la cloque de mon pouce a explosé. Un liquide visqueux coulait. J'ai enroulé le doigt dans ma manche et j'ai fait deux-trois vagues flexions pour me réchauffer. Je me suis frotté les bras. J'ai mis les mains dans mes poches. Judith est arrivée d'en bas. Elle tanguait gentiment, enroulée dans un manteau de feutre gris, un café fumant entre les mains. Les doigts collés à la tasse de carton. Les bureaux de la recherche-développement étaient au même niveau que ceux de l'agrochimie ; un peu à l'écart du reste de l'usine et avec une entrée dédiée – juste un petit corridor pour les relier au gros de la ProSol. Judith a agité son gobelet et elle y a versé un peu de vodka qu'elle a tirée d'une flasque sortie de la poche de son manteau.

— Ce boulot nous tuera, Cal. Laisse-moi te dire ça. (Elle a bu une gorgée en retroussant les lèvres.) Tu es sur quoi cette nuit ?

— Ammonitrate.

On a discuté un moment. Son équipe travaillait sur un nouveau réacteur, « Un projet classé secret défense à base de thorium, cofinancé par la Mairie ». Elle parlait en buvant son café par petites gorgées saccadées. Je n'écoutais pas vraiment. Je la regardais plutôt bouger sous les flocons. Je pensais au numéro qu'elle m'avait fait l'autre soir. Et puis, j'ai essayé de me sortir ça de la tête. Mieux valait ne pas y penser.

— Kimi a l'air d'une gentille fille, elle a dit comme ça, de but en blanc.

J'ai secoué la tête.

— C'est la femme de mon frère. Ils ont des problèmes alors elle dort sur le canapé. Chez moi.

Elle a fait un petit « Oh » sonore que je n'ai pas réussi à interpréter.

— Tu vois, chaque fois que je...

J'ai laissé ma phrase en suspens. Je n'avais pas envie d'en parler. Pas maintenant. Pas avec elle.

— Café ? elle a demandé en souriant. Tu as l'air crevé.

J'ai tordu la bouche.

— Merci mais je vais aller m'en chercher un moins corsé. J'ai encore pas mal de boulot qui m'attend. Bon courage, j'ai dit, en lui lançant un signe de main.

— Attends-moi tout à l'heure, je te ramène. Avec ce qui tombe tu n'arriveras à rien à moto. Surtout avec une fourche dans cet état.

Un peu plus tard, j'ai croisé Henri et Franck qui grattaient avec des pointes de couteau une poudre blanche qui ressemblait à de l'acide oxalique, incrustée entre les joints de la salle de repos. J'ai glissé une pièce dans la machine et j'ai commandé un « pur grain long ». Touche n° 5. L'appareil s'est mis en branle.

Franck a levé les yeux du carrelage, il a eu un sourire d'enfer et une mine étonnée.

— Je t'avais pas entendu, l'chimiste, il a rigolé.

Il a tiré sur son caleçon. Il s'est esclaffé :

— C't'ait un sacré numéro que tu nous as fait l'autre soir. À tomber. *Poum ! Poum !* (Il mimait des explosions avec ses mains.) *Poum ! Poum !* Tu sais que quand je ferme les yeux, je vois encore toutes ces saloperies qui éclatent dans le ciel. Mince alors, c'était quelque chose. Un sacré spectacle. Et Paula, elle en avait les larmes aux yeux. J'en suis pas encore revenu. *Poum ! Poum !*

— Je suis pas chimiste, Franck. Mais oui c'était vraiment bien.

— Et la petite qui était avec toi ; ça aussi c'était quelque chose.

J'ai fait celui qui n'avait rien entendu. J'ai tendu la jambe en direction de la poudre blanche.

— C'est de l'oxalique ?

Henri a secoué la tête et cligné des yeux, à quatre pattes et le nez à peine levé du sol. Ses tics lui secouaient les épaules et lui déformaient le visage :

— On sait pas, Cal. Quelqu'un devait en avoir sur ses chaussures. Il y en a partout dans le hall et depuis la salle du bas.

— Ouais, eh bien trouvez-vous des masques et des gants, j'ai conseillé en récupérant mon « pur grain n° 5 ».

— Les types de la maintenance ont tout raflé la dernière fois. Il reste rien dans les réserves.

Je me suis étranglé avec mon café en entendant ça.

— Les gars de la Certco ?

— Ouais, son œil a cligné et sa bouche s'est tordue. Y a plus rien dans les réserves, Cal.

— Demandez à Freddy tout à l'heure, il va vous trouver ça. Ces gars-là vont nous faire chier jusqu'au bout.

En quittant la pièce, je pensais aux deux mille unités d'ammonitrate qu'il me restait à passer.

Le Duster était confortable, il faisait chaud et l'intérieur sentait l'alcool et le désodorisant à la propolis, je me demandais comment elle faisait pour ne pas s'endormir là-dedans. *Calvin.* On ne parlait pas beaucoup et la radio prévoyait une nouvelle vague de froid pour la fin de la semaine. La neige craquait sous les pneus et tout autour était gris, noir ou blanc. *Calvin.* J'ai sursauté. J'ai ouvert un œil. *Calvin.* Je me suis passé la main sur le visage. Judith disait :

— Calvin, on y est.

J'ai tourné la tête de l'autre côté avant de comprendre que je m'étais endormi. Par la vitre, le pré était couvert de vingt bons centimètres de neige. Un filet de fumée sortait du tube de la cheminée. Le terrain ressemblait à ça quand je l'avais acheté. Uniforme et blanc. La glace brillait dans la lumière déclinante. Un pré de deux mille mètres carrés en zone inondable, bordé par la rivière et par des aulnes et des frênes ; coincé contre les pentes du Fageas. Une zone de décharge en cas de crue. J'avais investi ici pour partir du Nutts. Et puis, ça m'avait pris quelques mois, j'avais fauché des centaines de palettes à l'usine. J'avais désossé chaque planche au pied-de-biche pour monter les cloisons et les planchers. J'avais enduit de goudron le mur extérieur. J'avais construit sur pilotis. J'avais isolé avec le foin de la prairie et fait une partie du toit avec de la tôle de bidon et des bacs acier récupérés à droite et à gauche. Il y avait le minimum : un salon avec un poêle à bois bricolé dans une ancienne bouteille de gaz. Une partie cuisine, une chambre avec un matelas à même le sol, une petite extension avec une douche et un lavabo dont l'eau coulait directement dans la Bez. Dehors, j'avais installé des latrines, une cabane rudimentaire en planches avec un trou et une chaise percée entourée de contreplaqué.

— Merde… Merci, Judith, j'ai fait en me frottant les yeux. Merci pour la balade.

J'ai tiré sur la poignée et un mélange de formol en ébullition et d'acide nitrique a flotté dans l'habitacle.

— À bientôt.

J'ai gardé la portière dans la main sans rien trouver à répondre. J'ai bredouillé « Oui. À bientôt. Et puis, merci encore ».

Dans la maison, il faisait chaud et l'air sentait la tisane d'achillée. J'ai dormi toute la matinée.

*

J'ai ouvert le petit portillon en plastique et une flopée d'oies est sortie de nulle part en claquant du bec. Les bestioles piaillaient en tendant le cou. J'ai tapé contre la porte du bungalow en les gardant à l'œil. Contre la paroi, une soufflerie expulsait une odeur d'oignon et de friture dans un petit nuage. Le ciel était blanc et les rares feuilles encore accrochées aux arbres claquaient contre les troncs. Par endroits, la terre était gelée et on entendait la glace craquer sous les pas.

Une lucarne s'est ouverte sous la soufflerie. Le visage de Paula est apparu entre les montants. « Il est derrière » elle a fait, avant de refermer la fenêtre. À travers la vitre : Paula fumait un joint et lisait un bouquin. Je lui ai adressé un signe de tête sans qu'elle y prête attention. Sur le feu, devant elle, une marmite laissait échapper un torrent de vapeur. J'ai contourné la baraque de plastique. Dans les allées, la neige avait fondu à force de passage, et à présent l'eau était gelée. Les oies longeaient la barrière sans me quitter des yeux. L'une d'elles cognait son bec contre une casserole d'eau glacée. *Clac !* et le regard idiot qui pivote par à-coups. *Clac Clac !*

Freddy était allongé sous la Ford. Il soufflait comme un buffle, ses jambes gesticulaient sous le capot. Je l'ai regardé s'affairer un moment avant de taper trois petits coups contre la tôle.

— Nom de Dieu, il a dit en émergeant de là-dessous. J'arrive pas à comprendre comment ces filtres à huile font pour se gripper autant à chaque fois. Enfin, je l'ai eu.

Il a brandi la cartouche à côté de son oreille ; les sourcils au ciel. Il avait les mains noires d'huile de vidange, il portait une salopette de ski dégueulasse.

— Qu'est-ce qu'il y avait de si pressé ? j'ai demandé. J'y connais rien en mécanique.

— Je nous ai dégoté un petit boulot.

— Quel genre ?

— Le genre qu'on ne refuse pas par les temps qui courent, mon garçon. Allons bouffer. Paula a préparé des beignets.

Il a déposé un bidon gris à côté d'un arbre frêle qui ne pousserait sans doute jamais.

Le bungalow était enfumé et sentait l'huile de friture. Il devait faire deux fois la taille de mon mobil-home. Il faisait une chaleur à crever et l'odeur d'oignon était presque insoutenable. Freddy a quitté sa salopette de ski – en dessous il portait un short de marathonien et un tee-shirt *ProSol* à manches longues. Il les a retroussées. Sur un bras on pouvait lire : *Longo vivas tempore et bene sit.* Une devise militaire. Sur l'autre, en calligraphie d'alchimiste : $C_6H_{12}O_6 + 2\,ADP + 2\,Pi \rightarrow 2\,C_2H_5OH + 2\,CO_2 + 2\,ATP$. La formule de la fermentation alcoolique.

La baraque était tout en long. La porte d'entrée la séparait en deux parties égales. Des tas de déchets traînaient partout. Des cannettes, de la vaisselle, des pièces pour bagnole, des disques, des DVD, des magazines féminins, des outils, un râtelier avec des carabines, des morceaux de métal et de bois, des carcasses d'ordinateurs et de téléphones mobiles. Dans le coin cuisine, tout de suite à droite, Paula faisait frire des beignets d'oignon avec du curry et des graines de cumin. L'huile bouillonnait dans la casserole et projetait des gouttes dans toutes les directions. La hotte tournait plein pot et une enceinte braillait encore plus fort. *Brown Sugar* grésillait. Paula gigotait devant les feux, les yeux rouges, *Joe* de Larry Brown entre les mains. Freddy a dit « Viens. On va se mettre dans le fond ». J'ai embrassé Paula en passant près d'elle et je l'ai rejoint.

Dans notre dos, un courant d'air s'infiltrait par la fenêtre. Les joints étaient usés et craquelés par endroits. D'ici, on pouvait voir tout ce qui se passait dans la baraque – d'un bout à l'autre. À chaque fois que je m'asseyais là, je me sentais comme un lapin dans son terrier. Ça me rappelait mon arrivée dans la région, j'avais dégoté un bungalow dans l'allée d'à côté. L'allée Rose. Freddy et Paula habitaient l'allée Lys. Toutes les allées portaient des noms de fleurs. Et pas une fleur ne poussait. Et pas une fleur n'avait même jamais poussé. J'avais emménagé sous une tempête de neige. Freddy m'avait offert un café, « le temps que l'électricité revienne ».

Freddy a entrebâillé une fenêtre. Il a glissé la main dans l'ouverture et il a attrapé deux bières. Il a fait sauter les capsules avec son briquet. Il m'en a tendu une, j'ai attrapé le goulot et il a dit :

— Le convoyeur d'une turbine a pété ce matin. Sans doute un type de la maintenance qui a déconné l'autre jour.

Ça faisait suffisamment longtemps que je travaillais à la ProSol pour savoir ce que ça signifiait. J'imaginais sans peine : des gouttes de sulfate d'ammonium qui perlent le long des tubes. Les machines qui s'emballent et des sirènes qui clignotent et qui hurlent dans tous les coins. L'odeur du soufre qui suinte des turbines ; sans doute des résidus d'acide sulfurique encore en suspension dans l'ammoniac gazeux qui cherchent par tous les moyens à s'échapper des alambics. Une chaleur avoisinant les soixante degrés, si ma mémoire est bonne. J'ai repensé à la poudre blanche que grattaient Franck et Henri la nuit précédente. J'ai récité mentalement : *Le sulfate d'ammonium est une poudre blanche dans un environnement tempéré – hautement soluble dans l'*H_2O.

— Avec la pression, la vapeur d'eau du réacteur a explosé un conduit. Y avait de la flotte partout. La mascagnite s'est diluée dans l'eau. L'acide sulfurique s'est foutu là-dedans. On en a jusqu'aux genoux dans la pièce du bas. Et ça continue de couler. On a fermé les portes étanches.

— Tout est confiné, j'ai ajouté pour montrer que je mesurais l'ampleur des dégâts.

— Ouais. Tu vois un peu le travail.

J'ai acquiescé. J'ai demandé :

— Et la Valacertco ?

— C'est toujours le même problème, s'ils viennent il y aura une inspection approfondie. Et tu sais aussi bien que moi qu'il n'y a pas que la Harp qui n'est plus dans les clous. Sans compter le tapage médiatique. L'option Valacertco n'est plus d'actualité, plus aujourd'hui ; on aurait des semaines de chômage technique, des pertes de contrats. Des merdes en veux-tu en voilà. Une pagaille monstre.

— Alors ? Qu'est-ce que tu proposes ?

— Moi, rien… C'est Pieyre qui a eu l'idée. Et ça m'écorche la bouche de le dire, mais pour une fois, lui et moi, on était sur la même longueur d'onde (j'ai souri), alors quand il a demandé « Qui s'occupe de ça ? », je n'ai pas hésité. J'ai dit que je prenais. À vue de nez on a deux citernes, il faut deux chauffeurs.

— OK pour les citernes mais pour pomper ?

Il s'est gratté la barbe.

— On va faire comme d'habitude. On va dégoter une paire de clodos à Poghorn. Des mecs qui sont pas regardants sur le boulot et qui demandent pas grand-chose non plus.

La dernière fois qu'on avait recruté des sans-abris, c'était pour vider du PEG qui avait brûlé dans une centrifugeuse. Un des gars avait vomi du sang et des cloques grosses comme des balles de golf lui avaient déformé le visage.

Je me suis passé la main dans les cheveux sans savoir quoi répondre.

— Voilà le plan : on purge la salle du bas et on traverse le Rauc avec nos citernes.

J'ai tiqué :

— Traverser ? Merde, mais où est-ce qu'on livre ?

— Les oranges de l'AOOR.

J'ai cligné des yeux.

— Pourquoi pas vider dans le désert ? On l'a déjà fait.

— Les fermiers épandent du sulfate d'ammonium sur les vergers. À ce qu'il paraît, ça sert d'engrais et l'acide tuera probablement la vermine. Ils ont des mouches pas croyables, à ce qu'ils racontent. Mais c'est le contact de Pieyre qui s'occupera de cette partie-là. Nous, on conduit toute la nuit et la journée du lendemain, le temps de faire l'aller et le retour. Des gars du matin terminent de nettoyer les cuves des camions, qu'on n'ait pas de surprises de ce côté-là. Alors, qu'est-ce que tu en dis ?

Il avait les épaules tournées vers moi et la main sur le genou.

— Oui. Oui, pourquoi pas, j'ai bafouillé sans plus de conviction, et Freddy est parti d'un grand rire joyeux.

— J'étais sûr que tu en serais. Paula. Paula ? Je t'avais pas dit qu'il serait partant pour une virée ? J'avais pas raison ? Bien sûr, ça sera tarifé en heures sup.

Paula a acquiescé avant de nous apporter un cornet de papier journal rempli de beignets. La graisse remontait le long des fibres par capillarité et gouttait sur la table et sur nos pantalons. On a mangé et bu nos bières en discutant de cette petite balade à travers le Rauc. Le vent sifflait contre le plastique. Les Stones jouaient *Start Me Up*.

Freddy chantait ; Paula disait :

— Au fait, je n'ai pas eu le temps de te remercier pour les bouquins. C'est tout ce que j'aime. Watterson, c'est juste ce qu'il me faut après le boulot. Et regarde ce que Kimiyo m'a offert.

Elle m'a tendu un gros livre relié. *Depuis l'orchestre dans la boue jusqu'aux cimes inatteignables*. Un recueil de Kimi.

— Regarde ce qu'elle a écrit sur la première page.

À l'intérieur avec une écriture en déliés : « *Mais parfois les cimes s'atteignent.* »

Le cardan droit claquait à chaque virage. Les sièges étaient usés jusqu'à la corde et chaque imperfection de l'asphalte remontait le long de mon nerf sciatique. De grosses chutes de neige étaient prévues dans la soirée, pour le lendemain matin dans le meilleur des cas. Le ciel était gris et sans fin. La route de Poghorn montait jusqu'au col avant de redescendre vers la baie. Les virages en épingle se succédaient, serpentaient dans une forêt de pins. Freddy conduisait d'une main, le chauffage plein pot. Le poste de radio grésillait. On avait des bribes d'infos. « *Ordonnances* », « *applications* » et

« *industrie* » revenaient sans arrêt. Derrière les vitres, les arbres diffusaient leur tanin dans le sol, donnaient à la forêt des airs mystiques, une odeur de résine. Les aiguilles laissaient filtrer une lumière verdâtre qui se perdait dans les écailles grises des écorces. Les troncs, les uns à la suite des autres, se dégradaient pour ne devenir que néant.

— On va enfin capter une station correcte, a dit Freddy en dépassant un camion alors que ses doigts bidouillaient déjà les boutons du poste.

Voilà... Trois notes d'un classique du postrock – King Crimson – et puis plus rien. Il a tournicoté le bouton pendant un moment. On écoutait trois ou quatre notes avant de perdre le signal de nouveau. Freddy a allumé une cigarette. « Merde ! Occupe-toi de ça, tu veux ? Je vais finir par le foutre par la fenêtre. » Le bout rouge de sa cigarette s'est reflété dans le pare-brise. Il a fait tomber la cendre par la vitre et il a remis sa casquette en place. J'ai bidouillé le bouton de la radio à mon tour jusqu'à trouver quelque chose de bon. « Normalement on devrait avoir... » Une voiture s'est rabattue devant nous. Freddy a levé le pied. Il a jeté un coup d'œil dans les rétros. À droite, les parois rocheuses de Grand C et à gauche, celle du Fageas. Je frottais mon ongle sur mon jean machinalement. Le soir tombait. Les phares des bagnoles se diffractaient sous les gouttelettes. La radio jouait un morceau de God Speed. Freddy fredonnait et battait la mesure en claquant des doigts. Il secouait la tête en rythme.

— À partir de là il y a toujours un morceau de valable.

La radio jouait de la soupe et sautait sans arrêt – « Ça doit venir de l'autoradio, c'est pas possible autrement.

Passé la forêt on a toujours quelque chose de bon » – et quand on a eu dépassé Grand C, les prés-salés et la mer se sont étalés sur l'horizon comme des nappes de papier. D'ici, le regard portait bien plus loin. La route, à présent, amorçait sa descente sur la baie de P. Le port. Les buildings. Le flot de bagnoles multicolores. Les lumières et les encarts publicitaires sur les bas-côtés. Des restaurants. Des magasins de fringues. Des magasins de bouffe. Des magasins de piscines. Des magasins de produits médicaux. Des magasins de café. Des encarts publicitaires en deux par cinq : *GUEDJH S'ENGAGE POUR VOTRE VILLE*. Et dans les prés, les moutons gambadaient derrière des enclos de fil barbelé ; les plus jeunes se faisaient surprendre par les vagues qui leur mouillaient les pattes. Le berger s'en foutait et regardait des sitcoms sur son téléphone en s'empiffrant de graines de courge biologique. La radio crachotait des bribes d'une émission consacrée à Tom.

J'ai coupé le son.

Dans les rues : des enseignes au néon ; des gens qui courent et qui sautent par-dessus les flaques. Des bagnoles en file indienne et des clodos qui mendient le long des feux tricolores. « Pour manger. S'il vous plaît. J'ai deux gosses et une femme. » Poghorn.

On est montés sur les hauteurs pour se retrouver sous la bretelle de l'échangeur. Il y avait une ancienne gare de triage squattée par des junkies et des sans-abris. Des feux brûlaient dans des bidons rouillés entourés par des paires de mains usées et sales. J'ai avalé ma salive bruyamment, le regard perdu par-delà la vitre. Assise sur une marche de ciment, une mère de famille allaitait un marmot, les cheveux collés contre son front. J'ai pensé à Paula.

— Et maintenant ? j'ai demandé en tapotant une clope contre le tableau de bord pour m'occuper l'esprit.

Freddy a laissé le moteur tourner. Il a baissé le carreau conducteur. Un courant d'air froid a coulé depuis l'extérieur, chargé de vapeur de gasoil, de cendres de carton, d'humidité rance. Il a passé son bras à travers la portière. Il a envoyé un signe de la main à un groupe qui se partageait une bouteille de vin en Tetra Pak – « Approchez ». Les types se sont regardés. Ils ont pointé des index crasseux contre leur poitrine, les épaules levées au ciel. Ils ont rigolé. Ils avaient les dents pourries, leurs cerveaux dansaient au-dessus des bidons enflammés. Freddy a manœuvré la Ford entre les palettes, les comateux et les pneus crevés.

Les mâchoires serrées, il couinait :

— Pieyre et ses plans à la con. « *Trouvez des types capables de pomper ce foutoir. Du côté de l'échangeur. Ça ne devrait pas poser de problème, Freddy. Un jeu d'enfant.* » Un vrai jeu d'enfant.

Il a stoppé la voiture devant trois types plutôt costauds mais usés par une vie à se débattre dans la boue.

— On a besoin de trois gaillards pour un boulot pas marrant mais qui paye bien.

Le plus jeune a craché par terre avant de demander, les yeux accrochés à ceux de Freddy :

— Vous êtes de la ProSol ?

— Tout juste. Un merdier à pomper. C'est trois petites heures de travail pour un billet avec autant de chiffres. Chacun.

Les trois clodos se sont consultés du regard. « On prend. »

Sur le chemin du retour, la radio fonctionnait pas si mal et on a eu droit à quelques bons morceaux. Et avant de basculer vers la vallée, le programmateur a passé *Found in the Ground.*

— Tu devrais leur donner une pastille, a dit Freddy. Ils en auront besoin une fois là-dedans.

La nuit était tombée. Les abords de l'usine empestaient le polyéthylène calciné. Et on avait équipé les trois types de combinaisons de peintre et de masques antipoussière. Ils n'avaient pas posé de question. Ils savaient bien que plus d'équipement n'aurait servi à rien. Pieyre les avait briefés. Il leur avait dit et répété de ne surtout pas rester plus longtemps que nécessaire à l'intérieur.

— Et surtout, bon Dieu, surtout, si quelque chose cloche, n'importe quoi vous m'entendez (les index levés devant lui), si vos jambes ne vous portent plus ou je ne sais quoi, vous sortez sur-le-champ. On n'a pas envie d'une autre intoxication. On a assez à faire avec le bordel qui se trouve dans cette salle. OK ?

Les autres avaient dit « oui » comme s'ils avaient dit « merde ». Leurs pupilles se contractaient déjà alors qu'ils descendaient le long de l'échelle de secours. La Mô leur donnait la foi. La Mô leur faisait faire de grandes choses. Elle les assistait et les tenait éveillés malgré les vapeurs d'acide.

Les gars travaillaient vite. Les opérations de pompage avançaient bien. De temps en temps, on en voyait un remonter le long de l'échelle pour respirer un bon coup avant d'y retourner. De notre côté, on avait allumé les moteurs bien avant que la dernière goutte de sulfate n'atteigne la cuve. On se tournait les pouces. On sirotait des cafés. On était prêts et on attendait en priant pour qu'il ne neige pas.

— Au moins jusqu'au Rauc, avait dit Freddy. Après ça, une fois qu'on est sortis dans la plaine, tout ira bien. Le plus dur sera fait. (Il m'avait secoué l'épaule.) Et regarde un peu ça. (Il était monté dans le camion et avait tiré jusqu'à la portière un émetteur-récepteur avec un fil en spirale réglé pour les Citizen Band, canal 17.)

En début de soirée, on a vu les trois mecs ressortir par la grande porte, leurs combinaisons rongées par les vapeurs d'acide. Même derrière les lunettes de plastique, leurs yeux étaient gonflés et rouges. Au-dessus de leur tête, on devinait les masses nuageuses qui s'amoncelaient doucement. La neige n'allait plus tarder. Kudz et Freddy ont débranché les tuyaux et on s'est mis en route sans traîner.

— On reste en contact, j'avais dit en grimpant sur le marchepied.

Freddy avait levé le pouce avant de disparaître dans la cabine du camion. Jacques nous a fait un petit salut militaire lorsque nous sommes passés à sa hauteur, la main sur la tempe. Je lui ai rendu son geste. J'ai allumé les phares et les antibrouillards.

Les premiers flocons nous sont tombés dessus alors que nous venions de passer la barrière du check-point. Les faisceaux se cognaient contre les nuages. Ils donnaient à la neige des teintes jaunes ; des impressions de film en kinescope. « Ça promet », j'avais grogné en allumant ma première cigarette de la soirée. Nous avons rejoint la 200 en roulant au pas et à bonne distance. On a pris vers l'est – Freddy ouvrait la voie. On a suivi un panneau de signalisation vérolé par des plombs de petit calibre : *RAUC-FAPEKOSTHORN : 1254 KM.*

La traversée des gorges a été particulièrement pénible. À cet endroit, les parois de Grand C et du Fageas se rejoignent pour former un goulot abrupt qui ne laisse que peu de place. Sur une vingtaine de kilomètres, le vent s'engouffrait et provoquait des tornades de flocons. Le vent faisait vaciller les camions, et de temps en temps les citernes grinçaient sous la pression. Nous passions sous des blocs de pierre tenant comme par magie en lévitation au-dessus de la route. Je baissais la tête. Je les surveillais du coin de l'œil. Le chauffage turbinait. La CB radio crachotait mais je maintenais la fréquence et le volume à un bon niveau – juste au cas où. J'avais les deux mains cramponnées sur le volant, les jointures blanches et cerclées de rouge. L'ensemble de mes muscles étaient tendus. L'idée de faire demi-tour faisait son bonhomme de chemin dans mon cerveau quand le récepteur s'est mis à toussoter, clair et audible :

— Je t'avais dit qu'une fois dans le Rauc, ça irait mieux. Merde, on va enfin pouvoir respirer. Garde le cap, je t'attends.

Les affleurements rocheux de Grand C disparaissaient et cédaient la place à la plaine et au temps calme. Au vent moins violent. Et le ciel bleu d'encre laissait même paraître quelques étoiles. Rangé sur le côté, Freddy, le bras par la vitre, me fit signe de passer et de prendre la tête. Dans le rétro, les aiguilles des Grives scintillaient sous les rayons de la lune. Cet endroit était connu pour ses chutes de neige, qui n'arrivaient que par temps clair, par grand ciel bleu. Le vent d'ouest agglutinait les nuages dans les gorges et emportait les flocons depuis les sommets enneigés jusque dans la plaine.

Canal 17 :

— (Grésillements) Mène un peu la danse. J'ai besoin de souffler. Je te… (friture sur la ligne).

Mille deux cents kilomètres de lignes en pointillé. J'avais réussi à capter une fréquence du coin. Une émission pour insomniaques. De la musique planante et des témoignages d'auditeurs.

Quatre heures se sont passées avant qu'on se décide à faire une pause dans une station-service ouverte toute la nuit. Freddy se tenait les reins et je faisais des étirements appuyé contre la citerne du camion. On a fumé une cigarette en silence. On a bu un café. On avait gagné pratiquement dix degrés depuis notre départ de la ProSol. Et à présent il faisait bon. Les étoiles avaient disparu sous des nuages arrivés du sud-est. Les néons de la station clignotaient. Des pneus empilés servaient de jardinières. De la bruyère poussait dedans par petites touffes mauves. Je suis allé pisser. L'employé qui tenait la caisse était mal rasé et en maillot de corps. Il regardait du sport sur une télé portable. Il avait une casquette AOOR. Il avait des cernes gris sous les yeux. Il a articulé « 'Soir » au moment où j'ai franchi la porte. Il a dit « Le code, c'est quatre fois zéro ». Les pissotières sentaient le détergent à la pomme et tous les néons fonctionnaient à merveille. Avant de sortir, j'ai acheté un paquet de guimauves.

— Bonne nuit et bon courage, j'ai dit.

— Ouais. À vous aussi, il a répondu en levant les yeux de sa télé. Z'ont l'air d'avoir la forme alors je crois que ça va aller pour ce soir. Remarquez, les quarts, c'est toujours le plus compliqué ; après, c'est du gâteau.

— Basket ? j'ai demandé avec un petit signe de tête en direction du poste.

— Foot. Les filles de Poghorn sont fantastiques cette saison.

Freddy a croqué une pastille de Mô et on s'est remis en route sous une pluie naissante.

On roulait en convoi. J'avais dégoté une station qui diffusait des standards de jazz. Des notes de trompette montaient dans l'habitacle. Je cognais mes mains contre le volant. Je fumais des cigarettes. Je suçotais des guimauves. Je m'occupais l'esprit. Je ne pensais ni à Tom ni à Kimi. J'essayais de ne pas m'en faire pour ça. J'essayais de me convaincre que tout allait rentrer dans l'ordre. J'essayais de me sortir de la tête ce morceau de tissu noir. De mettre de côté son épaule qui brillait dans des éclats de lune argentés. J'avais comme des flashs. Je voyais Kimi sur mon canapé. Endormie. Je voyais le col de son pull renversé sur son épaule. Je voyais son pied nu cambré comme celui d'une danseuse. Et il y avait cette odeur. Cette texture synthétique, noire avec un nœud rose et des dentelles. Des dentelles ciselées au laser. J'avais glissé le tissu sous la pulpe de mes doigts et je l'avais porté contre mon nez. J'avais respiré à pleins poumons. J'essayais de voir les choses sous un angle différent. Je parlais à voix haute. « Elle dort sur le canapé. La femme de mon frère. Oui. Ils ont des problèmes. Je les dépanne. Je la dépanne. Il ne va pas bien, non. » Je me mettais dans sa tête. Et je lui parlais comme si elle avait été à côté de moi :

— Tu devrais le prendre un peu plus au sérieux. Tu devrais lui parler. Crois-moi. Tu ne peux pas continuer à l'ignorer comme ça éternellement. Je veux dire, regarde, tu dors dans une cabane de palettes construite dans une zone inondable. Merde, tu es une grande poétesse. Sans doute la meilleure ; et tu dors sur un canapé couvert de poil de chien. Est-ce que tu rêvais de ça gamine ? Des deux frères, tu choisis le perdant ? j'avais murmuré. Réellement ?

Le bruit du moteur tapissait la cabine d'un vrombissement sourd. J'imaginais les réponses de Kimi à demi-mot :

— Tom et moi, on s'est hissés sur le devant de la scène. On est dans les journaux. On est à la télé. Si tu savais comme c'est dur... J'écris des poèmes. J'y consacre ma vie. Depuis que je suis avec ton frère, on reconnaît mon travail... Regarde la route !

Rouges. Les feux stop de Freddy se sont allumés et j'ai dû donner un méchant coup de volant pour l'éviter. Les pneus ont laissé un peu de gomme sur l'asphalte. Pas une autre lumière à des kilomètres à la ronde. Le vent dans les phares faisait se balancer des roseaux et des acores. Les deux camions ronronnaient sous la bruine. Côte à côte. J'étais descendu. Trempé de sueur. Mes mains tremblaient. J'étais proche de l'état de choc. La pluie me faisait du bien. Je me suis assis dans la boue. La pluie dégoulinait sur mon visage. Je me suis pincé pour vérifier que j'étais encore en vie. Et je suis monté du côté passager. Freddy avait encore les mains sur le volant et un sourire bizarre sur les lèvres.

— Bordel, c'était un alligator.

— Tu vas bien ?

— Je te jure que c'était un alligator.

— On est quand même bien au nord, j'ai fait remarquer.

— Ils s'échappent des fermes. Y a pas si longtemps, on en avait un à la ProSol, rappelle-toi...

— À la sortie des eaux de refroidissement. Je me souviens de ça, ouais. Mais c'était l'été. Tu es sûr que ça va ?

Il a hoché la tête en articulant « Un putain d'alligator, je te dis ».

— Remettons-nous en route, j'ai continué.

Des filaments mauves et verts me couraient devant les rétines et le soleil se levait au bout de la route. Des orangers à perte de vue défilaient de tous les côtés. L'appellation d'origine orange du Rauc s'étendait sur des centaines de milliers d'hectares. Une légère brume dansait entre les arbres. J'ai allumé une cigarette dans le petit matin. Un panneau indiquait : *AOOR 3 KM*. Le contact de Pieyre avait prévu de quoi décharger. « On va le diluer. On va le pulvériser sur les pieds et en aérien. On a des drones qui bombardent des hectares en quelques heures. Avec ça, les rendements vont être maximums. Les gars, vous êtes une véritable bénédiction pour nous. La saison est pourrie. Il pleut chaque jour. On a des champignons et des bestioles qu'on n'a jamais vus. Un genre de mouche multicolore. Ce truc-là (il avait tapé la paume de sa main contre la cuve) ça peut nous sauver la vie. D'autant que la récolte ne va plus tarder. »

Sur la route du retour, on s'est arrêtés dans une station-service pour refaire le plein. Les pompes tremblotaient et des vapeurs de gasoil dansaient au-dessus des réservoirs. Une légère pluie arrivait de l'est. Il faisait bon malgré tout. Autour de nous, la plaine désertique du Rauc s'étendait, ocre et grise. Sur les machines, des téléviseurs de douze pouces diffusaient des pubs pour des pneus, entrecoupées de flashs info. Nos yeux ahuris par la fatigue ne comprenaient pas ce qu'ils voyaient.

Sur les écrans miniatures : Une forêt de micros qui s'entrechoquent. Un bandeau qui annonce « *En direct du siège de la ProSol à Poghorn l'industriel Eli Lamb* ». Lamb se passe la main dans les cheveux. Il s'essuie la commissure des lèvres avec le pouce et l'index. Nos cerveaux se connectent de nouveau. Nos yeux voient enfin. Nos oreilles comprennent.

Sur les écrans, Lamb dit :

— Malgré tous nos efforts et au vu des récentes ordonnances, nous n'avons pas d'autre choix que de fermer le site ProSol de la vallée de Grand C. C'est la viabilité de l'entreprise qui est jeu. Nous avons évalué la situation, nous avons pris la mesure des récents événements et la seule solution qui s'offre à nous c'est de délocaliser. Il nous reste à concrétiser ce plan. Il nous reste beaucoup de travail et j'espère que nous pourrons agir dans le calme et la mesure.

Devant les pompes à essence d'une station merdique de la 200, le monde s'est effondré. Et sur la route du retour, petit à petit, imperceptiblement, le désert s'est mué en montagne et la pluie en neige. Les oreilles connectées sur les stations d'info. Hébétés et perdus à travers des nuages de glace, nous étions stupides et impuissants.

*

Job me faisait la fête. Il jappait comme jamais.

— Alors je t'ai manqué, mon gros ? je lui disais en tirant sur ses oreilles et en lui balançant des petites tapes sur les flancs.

Du haut de l'escalier, Kimi me regardait en souriant. Les bras croisés sur la poitrine et un bonnet enfoncé sur la tête. Elle portait une jolie robe noire. Quelque chose de classe et de sobre à la fois. Elle s'était maquillé les yeux.

— Comment ça s'est passé ?

Et je n'ai pas su quoi répondre.

La tête penchée sur le côté, les flocons lui dégringolaient sur le nez et sur les joues. Elle avait les pommettes roses à cause du froid. Ses yeux se sont plissés lorsqu'elle a souri. Et c'était de la magie pure. Un exorcisme vaudou. J'avançais à demi conscient sur un nuage de cristal. À chaque battement de cils, une ligne en pointillé défilait sous mes paupières. Parfois, un alligator ondulait même la gueule grande ouverte. Traversait. J'ouvre les yeux. Je pense à Lamb et à la ProSol mais la neige tombe encore. Kimi raconte :

— J'ai enfilé ça pour une lecture.

Avant que j'aie pu poser la question elle a dit « J'ai appelé un taxi ».

Dans la maison, il y avait un parfum de miel chaud et de pomme caramélisée. La saveur âcre du plastique flottait en sourdine, celle, acide, du bois gagnait au fur et à mesure de la soirée. Erik Truffaz jouait *Sweet Mercy*. Sous mes pieds, le cristal s'agglomérait en diamant.

— Alors, comment c'était ? elle a demandé de nouveau en s'asseyant sur le coffre en bois.

J'ai haussé les épaules. Je ne voulais pas lui faire peur avec ces histoires d'ordonnances. Je voulais juste dormir. Fermer les yeux et m'endormir comme un insecte en diapause à l'entrée dans l'hiver. Bercé par le bruit du vent qui glisse et qui siffle contre les planches. Loin des plastiques et des solvants acides. J'ai regardé Kimi avec un petit frisson qui me chatouillait dans le bas du dos. Tout ça semblait si lointain. Tellement irréel. Décalé. « Et ta lecture ? » j'ai demandé, histoire de l'entendre parler. De ne pas devenir cinglé. Histoire de faire taire la voix qui dans ma tête grinçait *Sale petite bête*.

— Ça me laisse toujours sur les genoux.

Je me suis frotté les yeux avec les doigts.

— J'ai récité soixante-quatorze poèmes de mémoire.

Je me suis affalé à demi mort dans le canapé. Je pensais à Nina et à ses jambes. Et à son cul. Kimi a retiré ses chaussures et elle a posé ses pieds sur le canapé. Son collant noir donnait l'impression qu'elle avait les doigts palmés. J'ai fait courir mes doigts sur le tissu. Et j'ai planté mes pouces dans la plante de ses pieds. Je l'ai massée. Sa tête était renversée contre le dossier. Je crois même qu'elle avait les yeux fermés.

— Tu peux y aller franchement, elle a fait en soufflant.

Je sentais les os et les tendons rouler sous la pulpe de mes doigts. Je suis remonté un peu le long de ses chevilles et sur ses mollets. Je devenais cinglé. Son collant glissait. Je suis monté jusqu'à ses cuisses et en rien de temps je me suis retrouvé entre ses jambes. À quatre pattes. J'étais comme ces oiseaux nyctalopes piégés dans la lumière des phares ; fascinés et apeurés à la fois. J'ai suivi ses cuisses jusque sous sa jupe sombre. J'ai parcouru à tâtons les contours de ses collants. J'ai embrassé son genou, son pied et son mollet. Le tissu avait le goût âcre des polymères. J'ai embrassé son genou et sa cuisse. Mes doigts traçaient des courbes multicolores autour de ses membres. J'ai léché le tissu en longeant les coutures. J'ai embrassé son entrejambe. J'ai senti l'odeur de sa chatte. J'ai embrassé l'intérieur de ses cuisses et j'ai fait rouler son collant jusqu'au plancher. J'ai embrassé sa peau. J'ai touché sa peau. Je l'ai caressée. J'y ai tracé des pleins et des déliés. J'y ai dessiné des formules magiques en alphabet runique. J'ai récité des incantations. J'ai sucé son sexe. Je l'ai léché. Ses mains fouillaient dans mes cheveux. Ses mains s'accrochaient aux angles du coffre. Ses doigts comme les serres d'un aigle. J'ai prononcé des prières vaudoues la tête couverte par sa jupe. J'ai murmuré des oraisons. Mes doigts glissaient. Allaient et venaient.

Ma langue était un prodige.

Je ne m'y serais pas pris autrement avec Nina.

Job m'a réveillé. Il léchait le fond de sa gamelle et la faisait tinter contre les fondations. Je me suis assis au bord du canapé. Kimi dormait encore. Dehors, le ciel était bleu et épais, presque liquide. Je me suis passé la main sur le visage. Son odeur a flotté autour de moi. Elle s'est retournée en marmonnant quelque chose. J'ai tiré la couverture sur ses épaules. Je lui ai passé la main dans les cheveux. J'ai dit « J'y vais ». Je l'ai embrassée sur le front. Je me suis mordu la joue.

La voix qui parlait dans ma tête était insupportable.

IV

Boue

— Dans la véranda.

Les ongles bleus de la fille de l'accueil montraient un panneau blanc indiquant *Véranda*.

La salle était emplie de la lumière jaune des ampoules basse consommation. Dehors, tout était blanc. J'ai retrouvé ma mère assise dans un fauteuil en mousse polyuréthane. Elle a sursauté en me voyant.

— Mince alors. Echkol, qu'est-ce que tu fais là ?

J'ai vu la panique dans son regard et ses yeux surveiller les alentours. Ce n'était pas la première fois qu'elle me prenait pour mon père.

— Maman, je suis Calvin. Echkol n'est pas là. Il est parti.

Elle s'est radoucie. Les sourcils froncés.

— Ah. Calvin. Mais qu'est-ce que tu fais là ? Comment m'as-tu retrouvée ?

J'ai soupiré. J'ai tiré une chaise pour me mettre à sa hauteur.

— Je viens tous les dimanches. Et les gens de l'accueil – la dame avec les ongles… (J'ai montré l'entrée d'un signe du pouce.)

— Ah. Ah bon. Bon. Tu ne vas pas pouvoir rester, mon garçon. Je n'ai pas tellement le temps. Il doit arriver dans un moment alors il faut que tu partes. Va-t'en. Allez ouste.

— Tu me vires ? j'ai demandé en rigolant à moitié. Tu sais que j'ai fait vingt minutes de moto sous la neige pour venir ici.

Elle a pris un ton étrange, comme si elle voulait me confier un secret :

— Écoute, puisque tu insistes, voilà, mais ne dis rien à ton père.

— Aucune chance.

— Bien. (Elle a fouillé dans son sac à main avant d'en sortir quelques billets froissés.) Tiens, c'est pour toi. Mais ne dis rien à ton père.

— Maman… Garde ton argent. Dis-moi plutôt qui tu attends.

— Comment dire ça… Écoute, Paul doit arriver d'un moment à l'autre.

— Paul ?

— Paul McCartney. Oh enfin, tu sais bien qui est Paul McCartney. Eh bien Paul et moi… Voilà. Enfin… laisse-moi maintenant. Il ne va pas tarder.

J'ai vu sa main trembler comme prise de spasmes. De longs doigts fins couverts de rides et de taches de vieillesse, certains cerclés d'or, d'autres de camelote. « Oh ! c'est bien le moment. » Elle a essayé de l'arrêter en l'attrapant avec son autre main. Rien n'y faisait, sa main gauche continuait de gigoter.

— Calvin, sois un amour, laisse-moi. Et surtout, ne dis rien à ton père. Le pauvre Echkol ne s'en remettrait pas. Je le connais, tu sais. Il prendrait sa fichue moto et partirait faire le dingue.

Je me suis éloigné. J'ai reculé de quelques pas. Ses lèvres bougeaient comme pour elle-même. Rouge à lèvres et fond de teint. Elle se racontait l'histoire de sa vie. Encore. Sa main tremblait toujours. Je suis allé chercher un café dans un distributeur. J'ai pris un fauteuil à quelques mètres.

Et vers la fin de l'après-midi, je l'ai écoutée fredonner : *« Michelle, ma belle, sont des mots qui vont très bien ensemble. »*

Et puis elle s'est mise à pleurer.

*

La neige a fondu en une matinée. Je faisais mon possible pour éviter Kimiyo. Le machin de l'autre soir m'empêchait de fermer l'œil.

L'usine tournait au ralenti et pataugeait dans la boue. La grève comme une rumeur était sur toutes les lèvres.

J'ai arrêté la moto devant le Nutts. J'ai écouté le moteur refroidir et cliqueter sous des nappes de brouillard. L'air froid me faisait du bien. Çà et là, des branches ployaient, lourdes d'eau. Et de temps en temps des gouttes tombaient pour gonfler les flaques qui s'étendaient sur le sol.

Le Nutts : une ambiance électrique. Le type des syndicats qui braille. Une chaleur tropicale et l'odeur du plastique fondu. Des mecs qui disent « Ta gueule » et « Tout ça, c'est des conneries ». Accroché au plafond, un écran géant qui diffuse les informations en sourdine.

Des images en boucle. Des images de pingouins qui se serrent les mains en rigolant et en se tapant dans le dos.

Je me suis faufilé vers le frigo. J'ai pris une cannette de bière et j'ai glissé quelques pièces dans la caisse. Freddy appuyé contre le mur sirotait un soda à la paille. Pieyre gesticulait debout sur une chaise. Il braillait « Nous ne vous laisserons pas tomber ! Nous allons NÉGOCIER et nous serons intransigeants ». Les autres riaient jaune et lui balançaient des mégots et des cannettes vides. J'ai rejoint Judith.

— Comment ça se présente ?

— Il raconte qu'il n'était au courant de rien. Qu'il n'a rien vu venir.

J'ai eu comme un tic nerveux, un spasme à la base du cou. J'ai passé la main sur mes trapèzes. J'ai essayé de les détendre.

— Ils n'ont pas l'air de le prendre au sérieux.

— Tu en as reçu une ?

J'ai fouillé dans ma poche et je lui ai tendu la lettre en la tenant entre deux doigts. Elle a déplié le courrier à en-tête ProSol : *La chimie au service des environnements*. Elle l'a parcouru en haussant les sourcils et en faisant la moue. Le courrier stipulait qu'ils étaient, « malgré tous leurs efforts », obligés de se séparer de moi, voire de me reclasser si je souhaitais suivre l'usine dans une région du monde où la législation concernant l'environnement était plus souple. « Il est entendu, poursuivait le courrier, que vous ne pourrez continuer à percevoir votre salaire actuel. Et que vous renoncez, de fait, à vos indemnités. »

J'ai bu un peu de bière et l'alcool s'est mis à pulser derrière mes yeux. J'ai demandé en me massant la nuque :

— Et toi ?

— Personne à la R & D n'en a reçu, elle a fait avant de basculer un shot de vodka. Mais quelle que soit l'option que vous choisirez, on vous soutiendra.

Je l'ai regardée sans broncher. Elle avait dû être jolie. On devinait derrière ses yeux vitreux quelques notes de vert et de gris. Quelque chose de rassurant. Un regard bienveillant qui vous couve, enfoncé dans un visage enflé. Cireux. Elle s'est préparé un autre verre. J'ai dit que ça aurait pu être pire et j'ai rejoint Freddy. Lui non plus ne croyait pas un mot de ce que racontait Pieyre.

— Sûr qu'il se paye notre tête. Certains mecs disent qu'il en croque.

— Et ?

Il a tété sa paille et son soda a fait un drôle de bruit.

— Je vais mener mon enquête, il a fait en gardant le morceau de plastique entre les dents. J'ai un rendez-vous avec une comptable de la ProSol à Poghorn. Je suis sûr qu'il y a des choses pas claires.

— T'aime ça, pas vrai ?

— Remuer la merde ?

— Non, ai-je fait en souriant. Enfin oui. Mais je voulais parler de justice. De défendre la veuve et l'orphelin.

— Ça étonne toujours les civils, mais oui.

J'ai calé un bâton de réglisse contre ma joue.

— Et pour la grève ?

— Pieyre est contre. Il dit que c'est illégal. Les autres veulent se battre mais il manque quelqu'un pour mener la barque. Sans ça, on n'ira nulle part.

Il a joué avec sa paille avant d'ajouter :

— Paula ne dort plus. Elle tourne en rond dans la baraque toutes les nuits. Ça la mine. Et rien que pour ça…

Il a changé de sujet :

— Comment ça se passe avec… euh…

— Kimiyo ? j'ai répondu en rougissant.

— Ouais, c'est ça, Kimiyo.

J'ai bafouillé :

— Ça va. C'est juste que j'ai pas vraiment l'habitude d'habiter avec quelqu'un.

J'ai bu une gorgée. J'ai dit :

— Elle me fait à bouffer. Tous les jours. J'ai du mal à m'y faire. L'autre nuit, j'ai passé un sacré moment à la regarder dormir. Je sais pas ce qui m'a pris. Tu sais, elle était sur le dos avec cette lumière bizarre du petit matin. Elle avait ce truc, son col. Enfin bref, on voyait son épaule et j'étais hypnotisé. J'arrivais plus à sortir de ça. Je me disais *encore cinq minutes*. Et parfois, je pense qu'elle cherche à atteindre Tom à travers moi. Qu'elle m'utilise pour lui faire du mal. Je ne suis pas sûr mais j'ai l'impression qu'elle regarde par-dessus son épaule, au cas où Tom se déciderait à venir… Enfin, d'une façon générale, on s'entend bien tous les deux. On se débrouille pas si mal, en fin de compte. C'est beau et inquiétant de partager autant avec quelqu'un.

— T'as l'air à bout. Tu devrais aller te coucher. (Il m'a fait un clin d'œil.)

Sur le chemin du retour, je me suis arrêté voir Nina.

Thalestris était allongée sur le carrelage, sa queue cognait, régulière, contre les dalles noires et contre les dalles blanches. J'avais du mal à m'y faire. J'ai laissé quelques gélules de Mô sur le comptoir et je me suis trouvé une place sur le canapé du rez-de-chaussée. Nina était *occupée* alors j'ai demandé à une fille jolie et vaguement grosse de m'apporter une cannette et un cendrier. Elle avait les cheveux bleus et était affalée dans un fauteuil – les jambes passées par-dessus l'accoudoir, un livre entre les mains. Elle s'est levée sans rien dire ; la sono diffusait des musiques de Joe Hisaishi. Des dizaines de bougies scintillaient dans tous les coins, disputant aux lueurs bleues et glaciales du dehors les ténèbres de la maison. La fille avec les cheveux bleus s'est plantée devant moi, elle s'est penchée, elle a posé la bière sur la table basse et j'ai pu voir ses deux énormes seins pendre sous son tee-shirt. Et puis elle est retournée s'affaler dans son fauteuil. J'ai fumé quelques cigarettes. De temps en temps, une fille en petite tenue descendait chiper à manger dans le frigo. La nana aux cheveux bleus lisait *Les Frères Karamazov* en s'enroulant une mèche azurée autour de l'index.

Nina avait enfilé une chemise à carreaux sans manches et une petite culotte rouge avec des dentelles or autour des cuisses et du ventre et un petit nœud doré lui aussi. J'étais assis sur le lit, je retirais mes chaussures en l'écoutant grignoter des gâteaux secs, allongée dans mon dos. Elle a passé ses bras autour de mon cou, posé son menton sur mon épaule. Le bruit de sa langue délogeant les morceaux de biscuit coincés entre ses dents résonnait dans mon oreille. Je ne bandais pas.

— J'ai bu pas mal de bière en bas, j'ai dit en me dégageant.

Elle est venue s'asseoir à califourchon sur mes genoux, les bras toujours noués autour de mon cou. Elle rigolait, son haleine sentait le petit-beurre à la cannelle. Je me suis levé sans trop savoir pourquoi. Elle faisait mine de bouder assise sur le bord du lit défait, la tête penchée au-dessus de l'épaule. L'eau sifflait dans les radiateurs, et dans la chambre d'en face, une tête de lit cognait contre une cloison à un rythme effréné.

— Je ferais mieux d'y aller.

*

— Je crois que celui-ci est mon préféré.

— Lequel ?

— « Bruyère blanche ».

Elle a fait une grimace et s'est gratté la tête.

— Y a rien de tellement nouveau.

Kimiyo buvait un verre de vin en remuant la soupe de temps en temps. Je lisais ses derniers poèmes. Chaque mot était dans le rythme, mis en valeur par une batterie de projecteur mental. Tout sonnait à la perfection. Des éclats de feldspath fluorescents incrustés dans des cathédrales de calcaire. Le sens venait après. Bien après. Comme une image subliminale. Un écho qui résonne quelque part dans votre subconscient, qui s'imprime juste derrière vos rétines. Je lisais à haute voix. Kimi faisait la moue. Elle faisait tourner son verre en le tenant par le pied. Elle était penchée au-dessus de la marmite, enveloppée par la vapeur, elle soufflait sur le bouillon dans la cuillère et la portait à ses lèvres en retroussant le nez.

L'odeur humide des oignons et du potiron se mélangeait à celle du châtaignier brûlé. On parlait de l'avenir de la ProSol.

— Vous allez continuer à bosser ?

J'ai hoché la tête. « On continue à bosser. Pour le moment, la grève n'est qu'une option parmi d'autres. Il faut le temps qu'on s'organise. Et je suis pas sûr de vouloir me battre pour la ProSol. »

— C'est pas pour l'usine qu'il faut se battre. C'est pour vous.

— Je crois pas que tu puisses comprendre, j'ai dit en la regardant rouler des hanches à travers la pièce. Tout le monde se tire dans les pattes, et surtout personne n'ose faire le premier pas. Tous autant qu'on est, on n'a pas beaucoup été à l'école. On sait pas…, merde, on ne sait même pas par où commencer.

— Commencez par vous parler. Commencez par vous mettre dans la tête que vous valez mieux. Bien mieux que le reste du monde…

Kimi allait ajouter autre chose mais on a entendu Job couiner et gratter contre les tasseaux des fondations.

— Pauvre bête, elle a fait en allant vers la porte. Il neige.

J'ai à peine eu le temps de protester que Job était en train de s'ébrouer devant le poêle. Kimi souriait comme une gamine. J'ai râlé pour la forme. J'ai dit « Il dort dehors ». Elle s'est mise à lui gratter le ventre et l'autre s'est roulé dans tous les sens comme un gros chat. Elle lui a attrapé les oreilles. Elle lui a secoué la tête à droite et à gauche en répétant, les joues fendues par des fossettes à se damner, « Ce soir tu dors dehors. Hein ? Tu dors dehors ? » L'autre essayait de lui laper le nez.

— Où tu l'as eu ? elle m'a demandé après que Job se fut roulé en boule dans un coin.

J'étais ravi de changer de sujet alors j'ai enchaîné :

— Dans la montagne. Je l'ai trouvé.

— Il n'avait pas de collier ?

— Si.

Elle a pris un air offusqué, les yeux remplis de rire.

— Tu l'as volé ?
— Pas vraiment.
— Raconte.
— C'est pas une histoire très chouette.
— J'en ai entendu d'autres.
— Ouais. Sans aucun doute… J'étais dans le Galhid. Un type traînait Job avec une corde. Le chien était jeune. Il faisait des cabrioles à tout bout de champ. Il mordillait sa laisse et courait après les papillons et les mouches. Et le type s'énervait. (J'ai souri en repensant à Job.) Le chien était petit avec une tête trop grosse pour son corps et des grands yeux (j'ai montré la taille du chien avec mes mains – à peine plus gros qu'une pastèque). Le type avait un fusil, une arme pour la chasse. Quand je me suis approché, le mec tenait le canon appuyé contre la tête du chien. Les chasseurs font ça parfois quand il y a une portée. Ils tuent les chiots et n'en laissent qu'un. Le temps de tarir la mère. (J'ai rigolé.) Job a eu le lait de toute la portée. Ça fait quelques années maintenant mais lui et moi on s'entend bien.

La maison ronronnait dans la chaleur du poêle. Des flocons s'accumulaient en bas des fenêtres et c'était à se demander si ça s'arrêterait un jour. On était bien. On rigolait. Kimi m'apprenait à écrire des poèmes à la manière des surréalistes. On a débouché une autre bouteille histoire de faire durer encore un peu. Elle a tournicoté le tire-bouchon en serrant la bouteille entre ses cuisses. « Ça t'aidera peut-être à écrire quelque chose qui en vaille la peine. »
— Vas-y, écris. N'importe quoi. Ce qui te passe par la tête.

J'ai attrapé le carton de pizza et le marqueur. La mine humide a dessiné un petit point noir. Je ne savais pas trop par où commencer. J'ai pensé au boulot. Aux *muscaria*. Aux montagnes et aux filles.

J'ai bu un peu. Un vin sucré que Paula avait rapporté de chez elle.

J'ai repris le stylo et j'ai écrit : *Mes sucettes d'éthylène dansent dans vos bouches équarries.*

Kimi (en cachant la phrase que je venais d'écrire) : *Bleu ! si bleu qu'on s'y baignerait volontiers.*

Moi : *Et le fric recommence à tomber ; in(can)descentes comètes.*

Kimi : *CRUNCH ! CRUNCH ! CRUNCH !*

Moi : *Commettez mes crimes, Omettez mes cris.*

Kimi : *Dieu ne vous gardera pas ! Pas plus longtemps en tout cas.*

Moi : *Moi d'ailleurs, je moisis ici parmi l'humus et les bogues vertes et piquantes.*

Kimi : *Disons depuis des siècles entiers, le sourire en pointe.*

Moi : *Disculpé désormais, je hurle aux cimes : « Hissez ! Hissez haut nos couleurs. »*

Kimi (trichant en regardant la fin de ma phrase) : *Si haut qu'un épervier solitaire s'y déploie, majestueux.*

Moi : *Et les drapeaux flottent dans les vents d'est.*

Kimi : *Et le râle du fauconnier monte céleste :*

Moi : *« Plus haut les drapeaux ! Plus haut ! »*

Kimi : *Se pose alors l'épervier farouche sur ta langue qui fourche.*

Moi : *« À l'attaque ! À l'attaque ! »*

On a poursuivi comme ça, en descendant quelques verres, en écrivant et dessinant n'importe quoi. Et puis

Kimi avait posé sa tête sur mes cuisses. Elle avait ramené ses jambes contre son ventre. Et avait fini par s'endormir. J'ai terminé son verre en souriant dans la pénombre. J'ai cherché encore quelques phrases qui sonneraient bien. Je suis resté là. Immobile. Je lui ai caressé les cheveux du bout des doigts. Je les faisais rouler. J'en faisais de petites tresses. Je me suis vaguement demandé où tout ça pourrait nous mener. La lumière rousse du feu se reflétait sur les poutres et les planches du bardage, passait sur le visage de Kimi, déplaçait des ombres autour de ses pommettes, creusant çà et là des reliefs incertains. Des tatouages maoris à géométrie variable. Elle s'est tournée sur le dos. Son visage s'est scindé en deux. Ombre et Lumière. J'ai pensé à Tom pour la première fois depuis longtemps. Elle refusait toujours de lui parler. Et aux dernières nouvelles, il n'allait pas bien. J'ai bu encore un peu de vin et je me suis sorti de là.

*

L'oxyde d'éthylène sifflait déjà à travers la Harp. J'étais sorti en attendant la fin du premier cycle. Je dansais d'une jambe sur l'autre. Il faisait froid et la neige couvrait tout. La neige étouffait les bruits et les choses. La neige dégringolait à gros flocons. L'air sentait le plastique humide et tiède. Le long de la 200, les gyrophares orange des chasse-neige s'agitaient et s'affairaient. J'ai soufflé la fumée par le nez. Je me suis gratté la tête à travers mon bonnet. J'essayais de rester concentré sur le boulot, de ne pas penser à Kimiyo. De ne pas ressasser la lettre de licenciement. De ne pas ressasser Tom. Kimi avait dit « Vous valez mieux que le reste du monde ». Je ne pensais pas à la grève qui était sur toutes les lèvres et dans toutes les têtes. Je repensais à Kudz ; il avait dit « Ma femme va venir à Poghorn, ça y est ». Il avait dit « Elle sera bientôt en route ». Il m'avait dit « C'est grâce à toi. C'est la Mô. C'est le TiPi bar ». Il avait dit « Il faudra que tu viennes manger à la maison ». Il rigolait jaune. Il se claquait les cuisses, les yeux humides. « Imagine un peu qu'ils délocalisent chez moi, dans mon pays. Ça, ça ferait une sacrée histoire, Cal. Et si j'accepte le reclassement. Tu vois l'ironie ? Ah, ah. » Les gars de l'après-midi lui en faisaient baver avec ça. Ils l'insultaient. Ils faisaient des remarques racistes. Ils accrochaient des lettres de licenciement sur son casier. Ils chuchotaient sur son passage et on entendait : « type comme lui » et « envahisseurs ». J'ai éteint mon mégot dans la neige et je l'ai jeté dans la cheminée d'un four à monomère. De l'autre côté des grilles, des phares de bagnole à faisceaux jaunes découpaient les pins. De la poussière de neige virevoltait parmi les photons. La Harp sonnait. Fin du premier cycle de la nuit.

J'ai accroché le masque sur le haut de mon crâne. J'ai fait glisser ma queue-de-cheval sur le côté. Les voyants étaient verts. Les potentiomètres n'annonçaient pas de catastrophe non plus. Ma combinaison me collait aux reins. J'ai purgé les tubes de dioxyde de carbone. Je les ai fait dériver vers le bain de carbonate de potassium. Le premier se diluait dans le second. Ça limitait les rejets. Ça nous rendait moins fous. Ça produisait du $NaHCO_3$ et de l'acide carbonique. Un truc utilisé dans les sodas, en boulangerie et comme conservateur. Un truc qui bouffe les coquillages et le plancton et qui nous ouvre l'appétit.

J'ai vérifié la pression et la saturation. J'ai compté jusqu'à soixante avant de couper les vannes et de lancer le second cycle.

Le réacteur était un tube de plus de dix mètres de haut. Un tube constitué de milliers de tubes de vingt millimètres de diamètre, remplis d'un catalyseur d'argent sur de l'alumine alpha poreuse. La chaleur montait à plus de deux cent cinquante degrés. Et le refroidissement était assuré par l'eau de la Bez, qu'on pompait en continu. Il fallait sans arrêt garder un œil sur la pression, qui pouvait s'emballer pour un rien. J'ai branché les vannes sur les tanks d'éthylène et de dioxygène. J'ai compté jusqu'à dix. Trois fois. J'ai coupé les vannes. J'ai débranché les tuyaux. La chaleur était insupportable. La sueur me glissait sur les tempes et dans le dos. J'ai vérifié les niveaux avant de ressortir et de remonter en haut de la vieille Harp.

Dehors, l'air froid me faisait transpirer. Le changement de température me donnait des vertiges. J'essayais de me concentrer sur le boulot. J'essayais de ne pas voir les minivans et les bagnoles qui dérapaient dans une bouillie blanc et marron. Qui progressaient laborieusement entre les arbres. Leurs moteurs ronflaient et tiraient la langue. Tout autour, des types avec des pelles ouvraient un passage. Ils portaient des bonnets rastas et des doudounes de ski. Ils avaient des banderoles et du matériel de camping. J'ai fumé une autre cigarette en écoutant la rumeur grimper à travers les échelles à crinoline d'aluminium. Fin du deuxième cycle.

La solution aqueuse de carbonate de potassium était saturée. La pression grimpait alors j'ai enclenché la soupape de sécurité. Le CO_2 est monté vers le ciel. Le gaz se frayait un passage parmi les flocons. Il dansait dans la nuit comme un spectre monstrueux. Les projecteurs de l'usine dessinaient des ombres sur le nuage qui s'étirait. Se rapprochait, se condensait. C'était gris. Blanc et puis vert. Épais et dense. J'ai accéléré la cadence. J'ai lancé le troisième cycle en un tournemain avant de retourner à mon poste d'observation.

Du haut de la Harp, je voyais de l'autre côté des grilles. Des tronçonneuses abattaient des arbres. Des tentes gonflables d'urgence dodelinaient au rythme des groupes électrogènes. Des nanas tendaient des banderoles entre les véhicules. *Laissez-nous respirer. Cassez-vous. La nature est à nous. Résistance et sabotages : ProSol dégage.* En bas, je voyais Jacques s'agiter dans sa cabine. Je le voyais actionner des manettes et effectuer des protocoles d'urgence. Je l'ai vu tendre une rampe cloutée en travers de la route. Dans le campement, quelqu'un a attrapé un mégaphone. J'en prenais plein les yeux, les mains agrippées à la balustrade.

— On n'est pas hostile ! a crié le type. On est là pour s'assurer que tout va bien se passer. On est là pour aider si besoin. On veut juste s'assurer que l'usine fermera. On veut juste être certains qu'elle ne laissera rien derrière elle. On est là pour ça. Simplement pour ça. Si vous voulez venir nous voir, on n'a rien contre. On a de la bière et des sandwichs. Vous êtes les bienvenus.

Les autres se sont marrés derrière lui, ils lui ont donné des tapes sur l'épaule et sur le sommet du crâne. J'ai fait un crochet par la salle du réacteur pour vérifier que tout se déroulait sans encombre. J'ai accroché mon masque en sortant et j'ai filé vers la salle de repos.

Une machine à café. Un revêtement de sol en PVC taché. Des murs en panneaux sandwichs. Henri et Franck mâchouillaient des spatules de plastique, un gobelet de carton à la main. D'autres types de l'équipe de nuit s'étaient rassemblés. Ils disaient « Putains d'écolos ! ».

— Il ne manquait plus que ça, a fait Erik, un grand gars avec un masque PP autour du cou, les marques du caoutchouc encore imprimées sur les joues.

La salle se remplissait. Aux murs les affiches syndicales nous désignaient du doigt et scandaient *On a besoin de vous. Alors votez.* L'horloge indiquait 3 heures du matin.

Kudz s'est approché de moi en tordant ses doigts en patte de hérisson. Erik a effacé le tableau d'affichage pour y inscrire : *Écolos = rigolos.* Et en s'adressant à Kudz il a ironisé :

— Ça serait des copains à toi que ça m'étonnerait pas.

La mécanique était en place. Sans rien. Démunis, acculés et sous les yeux d'étrangers hostiles ; la grève était imminente.

*

On était mercredi. Nina était à quatre pattes et un filet de bave lui pendait sous le menton. Elle serrait les draps en grognant. Les vitres étaient embuées, mais on distinguait à travers les premiers flocons de la journée. Si bien que j'avais été tenté de tracer un cœur sur le carreau.

Nina se réveillait à peine lorsque j'étais entré.

— Tu es tombé du lit ?

— Si on veut. J'ai apporté du café.

— Il faut que j'aille pisser.

J'ai attendu qu'elle ait terminé avant de servir deux tasses.

— Qu'est-ce qui se passe ? Qu'est-ce que tu fais là si tôt ?

— On a décidé de se mettre en grève. Je n'ai bossé qu'une partie de la nuit alors je passe te voir de bonne heure.

Fournir de la Mô aux filles me donnait certains privilèges.

Je baisais comme un enragé. Mon bassin claquait contre son cul et l'onde de choc se propageait jusqu'à ses seins. Sa tête s'enfonçait dans l'oreiller. Ses doigts se crispaient autour des montants du lit. J'avais comme des flashs. Je voyais Kimi sur mon canapé. Endormie. Je voyais le col de son pull renversé sur son épaule. Je voyais le collant qui roule sur ses chevilles. Et ses yeux plissés sous la neige.

L'eau chaude a sifflé à travers les canalisations. La fonte du radiateur s'est réchauffée en tremblant. J'étais sur le dos. Kimi gigotait sur moi les yeux révulsés. Je râlais en essayant de me concentrer. Je lui agrippais les fesses à pleines mains. Elle s'est cambrée un peu plus en s'appuyant sur mes genoux et je n'ai pas pu tenir plus longtemps.

Ma cage thoracique se soulevait péniblement. Nina reprenait son souffle elle aussi. Elle disait comme pour elle-même, « Merde, comment veux-tu bosser après ça ? ». Elle s'est roulée en boule dans mon bras et je ne me suis pas senti très bien. Le monde tournait beaucoup trop vite. Par la fenêtre, les flocons avaient redoublé d'intensité. Les yeux fermés, j'ai dû m'assoupir. J'ai vu Kimi pleurer assise dans ma cabane de palettes. Des escargots lui rampaient sur le visage. J'ai revu Kimi devant ma porte la lèvre fendue et le nez cassé. Un frisson d'effroi et je me suis réveillé.

Le moteur de la 250 CR ronronnait, la neige craquait au passage des roues. Je suivais la vallée en direction de l'usine. Le soleil avait disparu derrière le col, cependant une lumière dorée, dense et lourde éclairait les derniers cumulus ; se répandait à travers les arbres. Les colonnes de fumée ocre des systèmes de distillation montaient vers le ciel avant de s'étaler et de longer les parois du Fageas, de s'éparpiller en direction des gorges.

Il faisait sombre lorsque je suis arrivé. Les faisceaux des projecteurs illuminaient le parking. Des groupes d'ouvriers se tenaient autour de feux de palettes, leurs ombres dansaient sur les colonnes d'inox. À l'entrée du check-point, le panneau rouillé avec une police d'un autre âge : *ProSol Technologie : la chimie au service des environnements*. Quelqu'un avait rayé le *r* de « service ». J'ai retiré mon casque. Jacques buvait du café assis sur les marches de sa cahute de plastique. Il avait le nez et les joues rouges et les mots croisés de *Lundis secrets* accroché sur un porte-documents, posé sur les genoux.

— C'est comment, la grève ? j'ai demandé.

Il a été secoué par une méchante quinte de toux. Il a dit :

— C'est comme le boulot mais je suis pas payé.

J'ai rigolé.

Accrochée au grillage, juste sous les barbelés, une banderole de plusieurs mètres disait : *Les ProSols se relèvent. ProSol en grève.*

Jacques s'est redressé en grognant, une main appuyée sur les genoux, une grimace de douleur sur le visage.

— Il reste le personnel administratif, ils sont pas nombreux mais ils sont retranchés dans leurs bureaux. Les gars du matin ne les ont pas épargnés. À mon avis, ils sont terrifiés. Pour le moment, ceux qui veulent bosser sont en maladie. Les gars éteignent les colonnes les unes après les autres. Mais ça pourra pas durer éternellement.

J'ai levé les yeux au ciel et je suis entré sur le site. L'air sentait la sève calcinée, le styrène et la potasse. Les stigmates de la colère se déchiffraient sur les visages. Il n'était même plus question d'espoir ou d'avenir, juste de rage et de haine. Henri avait ouvert un paquet de tabac qu'il avait fait circuler. Les gars le remerciaient d'un geste de la tête. Et tous fumaient en silence. Julian, un type assez petit avec un bec-de-lièvre et un accent de Poghorn, des yeux rentrés dans le crâne, parla le premier :

— Qu'est-ce qu'on fait d'eux ?

Il a envoyé un signe en direction des bureaux. Il a continué :

— On peut pas les laisser là-dedans. Pas aussi longtemps.

Henri a bégayé :

— Ouais. (Il a cligné de l'œil et remué les épaules.) Il a raison. Si on voulait faire passer un message (ses yeux se sont fermés), je crois que c'est clair. Limpide même (il a basculé la tête d'un côté puis de l'autre).

Julian :

— Exact.

Un ouvrier du matin qu'on appelait Neuf parce qu'il avait perdu un doigt – broyé par le hayon d'un camion qui transportait des fûts pour l'agro – a dit :

— Si on les écoute, personne n'y est pour rien. Et tout le monde a quelqu'un à accuser dans cette histoire. Alors je dis qu'on les garde. Et je dis même qu'on les garde comme monnaie d'échange. (Il a pointé le doigt sur les bureaux.) Ces mecs savaient. Et ils nous l'ont caché. Ils ne nous ont rien dit. Et à ce titre ils sont contre nous. Bordel, ils ne viennent jamais au Nutts ! Ils sont comme eux ! Purement et simplement comme eux.

Kudz a cherché à prendre la parole. Il a dit « Ils ont sans doute des familles ». Mais il avait dit ça doucement et trop bas pour avoir un quelconque impact. Neuf l'a regardé dans les yeux. Méchant et violent.

— On t'a rien demandé, ducon ! Et on t'a même pas demandé d'être là.

Puis il est revenu à la charge :

— Je crois qu'il faut qu'on les garde ici. On leur montera de quoi de temps en temps. Et ça s'arrête là.

Julian :

— Et la presse ? Tu y as pensé ?

— Évidemment. C'est le seul moyen de faire parler de ce qui nous arrive. C'est la seule solution pour leur faire entendre raison. J'aime pas ça. Allez pas croire. Mais je vois pas comment on peut attirer l'attention et faire bouger les choses.

Julian a craché par terre.

— Merde, ce que tu peux être con.

Les projecteurs donnaient à nos visages des reflets inquiétants et monstrueux.

— Répète un peu ça, a dit l'autre en le poussant à l'épaule.

Julian a mis ses mains devant lui. *Calme-toi.*

— Je vais te dire comment ça va tourner si on garde les types de l'administration enfermés ici. Ils vont parler de séquestration. Ils vont parler de mouvement violent et radical. Ils vont faire monter la pression et ils vont nous baiser, d'une façon ou d'une autre ils vont nous baiser.

Bizarrement, Neuf avait l'air de comprendre où il voulait en venir. Il a mis les mains dans ses poches. Il a demandé :

— Qu'est-ce que tu proposes ?

— On joue le jeu. On les libère et on leur présente nos excuses. On leur dit qu'on n'a rien contre eux qu'on est juste sur les nerfs. Et qu'on veut garder nos boulots.

Neuf a hoché la tête sans trop y croire. « OK. Faisons comme ça. »

Quelques heures plus tard, six voitures quittaient le parking de la ProSol en dérapant dans la neige fondue. Je me suis assis avec Kudz sur un tank d'hydrocarbure.

De l'autre côté des grilles, à la lisière de la forêt, une banderole criait *PROSOL POURQUOI ? TON AVENIR ON N'EN VEUT PAS*. Une autre : *LA FERMETURE C'EST BON POUR LA NATURE. NON AU CYANURE. OUI AUX PÂTURES.*

— Le pire c'est que je les comprends, a dit Kudz.

— Le pire c'est qu'on les comprend tous.

Le matin suivant, j'ai décroché la chaîne de Job et j'ai attrapé la tronçonneuse. Nos réserves de bois étaient au plus bas et l'hiver n'en était qu'à ses balbutiements. On est restés en lisière de forêt. De l'autre côté de la rivière, j'ai repéré les deux gamins – équipés de chaussures fourrées de peau de blaireau – qui relevaient des pièges à lapin. Ça m'a fait marrer et j'ai abattu le premier frêne en fredonnant un morceau de Tom Waits qui me tournait dans la tête : « *I'm gonna take the sins of my father / I'm gonna take the sins of my mother / I'm gonna take the sins of my brother.* »

Job jouait avec les flocons qui tombaient des branches. Il sautait en gueulant. Il se contorsionnait comme un acrobate. Je regardais la chaîne fendre les écorces. Les yeux plissés ; tous les muscles contractés à mort. Des gerbes de copeaux. Les vapeurs des gaz d'échappement me tournaient gentiment la tête – grisantes comme une première cigarette une matinée d'hiver. Et lorsque j'ai eu aligné une dizaine de troncs, j'ai stoppé la machine et je suis allé récupérer la scie à cadre sous la maison. J'ai débité les billes de bois à la main, dans un épais silence. J'avais mal au coude et à l'épaule mais ça en valait la peine. Je me sentais incroyablement calme. Détendu. Serein. Une sorte de plénitude. Ici, maintenant, le fracas du monde n'avait plus la moindre prise. Le temps coulait au rythme de la Bez. Au rythme des bûches qui tombaient.

J'y ai passé la matinée et lorsque j'ai vu Kimiyo avec son bonnet et ses moufles, une tasse de café fumant à la main, je ne sentais pratiquement plus ni mes doigts, ni mes pieds.

— Cal, je crois qu'on n'a plus d'eau.

— Comment ça, plus d'eau ?

— Plus d'eau.

J'ai terminé d'empiler le bois sans trop m'affoler. Ce genre de chose arrivait parfois, un sanglier ou une bestiole quelconque arrachait le tuyau en fouillant sous les feuilles et la neige. Mais cette fois, l'eau de la source avait gelé et les tuyaux avaient explosé sous la pression. Une épaisse stalactite remplaçait le filet qui, d'ordinaire, alimente le bassin – une sorte de grotte chargée de retenir la flotte. Après avoir construit la maison, j'avais creusé le caillou en suivant une faille qui suintait à longueur d'année. Et jusqu'à présent je n'avais pas eu trop d'ennuis.

— On n'a pas le choix. Il faut attendre, j'ai fait en glissant une réglisse contre ma joue. On peut toujours faire fondre de la neige et récupérer l'eau de la Bez.

Kimi a fait une grimace que je n'ai pas su interpréter.

— Je ne vois pas ce qu'on peut faire d'autre.

La neige fondue sifflait dans la bouilloire. Je l'ai versée dans une bassine, j'y ai mis quelques écorces de cannelle et j'ai plongé mes pieds dedans. Des milliards de fourmis se sont faufilées le long de mes veines, instantanément. J'avais passé la journée dehors et pour finir j'étais tombé dans la rivière en cherchant à puiser un peu d'eau. J'étais frigorifié. Je rêvais d'une douche brûlante. Je me réchauffais comme je pouvais le nez collé contre le poêle. Entortillé dans un plaid de polaire couvert de poil de chien à prier pour que cette journée se termine au plus vite. Reniflant sans cesse et claquant des dents.

Un peu plus tard, alors que le vent d'ouest soufflait contre les planches, j'avais sorti mes pieds de l'eau pour mettre *Nocturama*, de Nick Cave. Et je nous avais confectionné des grogs dans l'espoir de me réchauffer.

Kimi alimentait le poêle sans perdre de vue le bouillon d'herbes et le gras de lapin qui mijotaient dessus.

— Tu sais, j'avais commencé en versant du rhum dans nos tasses. T'es pas obligée de faire ça. Je veux dire de me faire à manger. Tu ne me dois rien. Rien du tout.

Dehors, la chaîne de Job a cliqueté, quelques planches ont grincé dans le vent.

— Calvin. Je ne TE prépare pas à manger. Je NOUS prépare à manger, avait-elle dit en remuant le contenu de la marmite.

Et puis, elle avait posé la cuillère sur le rebord. Une goutte était tombée sur la fonte brûlante et s'était évaporée en crépitant. J'avais bu un peu de grog sans trouver à redire. Peut-être que cette histoire de flotte n'était pas aussi grave qu'il y paraissait. *Right out of your hand* sortait des enceintes. Des notes de piano légères et la voix de crooner de Nick.

Kimi allait ajouter quelque chose quand la porte d'entrée s'est ouverte d'un coup. Un bruit sourd. Un courant d'air glacial. Une silhouette dans l'encadrement de la porte. J'ai plissé les yeux. L'ombre a fait deux pas mal assurés et j'ai reconnu Tom. Il tanguait d'une jambe sur l'autre. D'avant en arrière. Ivre mort. Il tenait un flingue et sa main tremblait. Des cernes sous ses yeux. Des gouttes de sueur le long de ses tempes. Il avait l'air exténué. Au bout du rouleau. La tête enfoncée dans les épaules. Le visage blanc comme de la craie. La chemise à demi rentrée dans un jean noir crasseux. Ses cheveux gris étaient collés devant ses yeux. Ses lèvres bougeaient de manière incohérente mais aucun son n'en sortait.

— Tom, j'ai murmuré.

Un sourire est né à la commissure de ses lèvres. Un sourire de dément. Un sourire de fou. Et sa main s'est levée, tendue. Son doigt a pressé la détente. Cinq fois. Des éclats de bois ont rebondi contre mes joues. J'ai entendu les détonations résonner contre les montagnes et du verre brisé. L'odeur de la poudre. Kimiyo a hurlé. Elle a mis les mains sur ses oreilles. Elle s'est mise à genoux. Au-dessus d'elle, la couverture du *Poghorn*

Magazine pendait, pulvérisée. J'ai cligné des yeux et le sang giclait de la tête de Tom. À intervalles réguliers. Il était encore debout. Le canon encore appuyé contre la tempe. Le sang jaillissant de l'autre côté. Et puis, sa jambe a été prise de spasmes et il s'est écroulé. Kim geignait « Non non non non ». Elle a cavalé à quatre pattes jusqu'à son mari – sa jambe était secouée de convulsions. « Non non non non. Pitié pas ça. Non non non. Thomas. Non. »

Elle a plaqué ses mains autour de la tête de Tom. Le sang coulait entre ses doigts. Des morceaux gris avec des reflets bleus constellaient le parquet. Une flaque rouge grandissait. « Non non non non. »

*

— Expliquez-moi ça encore une fois.

J'ai soufflé. J'ai bafouillé. J'étais éreinté, j'avais mal partout et mon esprit était proche du collapsus. J'ai posé mes coudes sur la table en inox. Je me suis massé les yeux et les tempes. Je ne savais même plus depuis combien de temps j'étais là. De l'autre côté de la table, un mec avec une chemise marron et des pattes de barbe. Il avait les mains croisées sur l'arrière de la tête. Une clope fumait entre ses lèvres. Autour de son cou, une carte plastifiée *INSPECTEUR D. KRÖNE*. Il a écrasé son mégot sous la table. Il a passé la langue sur ses dents et il a reniflé un café qui devait être froid.

— Expliquez-moi ça encore une fois. Je veux être certain de bien comprendre.

— Elle habite chez moi.

— Depuis combien de temps ?

— Quinze jours. Trois semaines, tout au plus.

J'ai attendu une nouvelle question mais le flic m'a fait signe de continuer.

— Elle dort sur le canapé. Elle est arrivée un soir. Elle avait besoin de faire le point. Je l'ai hébergée. Tom a débarqué. Il a tiré dans la maison quatre fois avant de se tirer une balle dans la tête.

Le type a tapoté ses doigts contre la table.

— C'est une belle histoire mais je vais vous dire ce que je crois. Son mari la tabasse. Elle vient chez vous. Vous la recueillez. Vous la consolez et de fil en aiguille vous vous dites que votre frère a une belle bagnole, un bel appartement à Poghorn, une belle femme. De votre côté la vie, ça va pas fort. L'usine, tout ça... Alors je crois que vous lui avez tiré une balle dans la tête et que vous avez déguisé ça en suicide. Voilà. Qu'est-ce que vous pensez de cette version ?

Finalement, les flics m'ont relâché après trente-six heures de garde à vue. Les types de la scientifique avaient trouvé pas mal d'alcool et une quantité étrangement élevée d'acide iboténique dans le sang de Tom. Et puis il avait des traces de poudre sur la main droite, moi pas, alors ils avaient validé la thèse du suicide à contrecœur.

Freddy est venu me récupérer devant le commissariat. Des flocons fins comme des particules de poussière dansaient sous le ciel gris. Les réverbères s'allumaient en clignotant, les uns après les autres. Les feux passaient du vert au rouge. Orange. Une nana dans une petite bagnole vert pomme a klaxonné un gamin qui traversait la rue sur un skate-board.

— Tu manges à la maison ?

J'ai regardé les arbres décharnés passer de l'autre côté de la vitre. Noirs. De leurs cimes, de temps à autre, un corbeau s'envolait au passage de la Ford. Les champs étaient recouverts d'une épaisse couche de neige que la nuit avait fini par geler. Les flics avaient encore quelques analyses à faire sur le cadavre de Tom.

— Le corps vous sera rendu courant de semaine prochaine, avait marmonné un légiste en consultant son agenda ; il avait les yeux globuleux et des boutons d'herpès autour des lèvres et sur les paupières. Oui. Les analyses du labo devraient arriver lundi. Donc courant de semaine prochaine. Oui, oui. Ça sera bon pour nous.

— Pourquoi pas, j'ai répondu sans détourner les yeux du paysage noir et blanc. Tu as des nouvelles de Kimi ?

— Pas plus que toi. Les flics l'ont cuisinée quelques heures. Je pense qu'elle est retournée à Pog. Il va falloir préparer l'enterrement.

— La crémation. Tom voulait être incinéré, j'ai ajouté.

Le bungalow sentait la soupe de betterave. Paula a laissé tomber sa cuillère en nous voyant entrer. Elle m'a serré dans ses bras. Par la fenêtre, j'ai vu la dernière feuille d'un châtaignier dégringoler dans la neige. Elle m'a pris par les épaules, un parfum de déodorant a flotté autour de nous, elle a regardé ses pieds et puis Freddy. Elle s'est mordillé un peu la lèvre :

— Calvin, je suis sincèrement désolée. Si on peut faire quoi que ce soit, n'hésite pas. Surtout n'hésite pas.

Je l'ai remerciée et on s'est mis à table. Religieusement. Personne n'osait parler. La radio en sourdine annonçait qu'un type avait gagné deux millions grâce à un jeu de hasard. De temps en temps une oie venait taper contre la porte.

— Elles réclament, a expliqué Freddy. Elles savent que c'est ici que ça se passe. C'est dingue. J'aurais jamais cru que ces bestioles apprendraient d'elles-mêmes à communiquer.

Paula :

— Tu en reprends ?

— Non. Non merci.

— Je suis désolée, elle s'est excusée. On n'a rien de plus à te proposer. Avec la grève, ça devient compliqué. Heureusement, on a gardé quelques légumes du jardin.

Elle a resservi Freddy avant de demander comment je m'en sortais.

— Je ne sais pas. Ça ne va pas être facile. La maison de repos, les obsèques. Et puis, j'ai ces canalisations qui ont pété avec le gel. Heureusement j'ai un peu de pastilles en stock. Ça dépannera.

— Tu sais qu'ils en ont beaucoup parlé, m'a dit Paula. De la mort de Tom. À la télé, dans les journaux. Le maire, Roque, a même salué la mémoire d'un écrivain hors norme. Et il est question de donner son nom au nouveau jardin des plantes.

— Je me doutais qu'ils ne louperaient pas cette occasion. Et à l'usine ? j'ai demandé pour changer de sujet.

Freddy a tordu la bouche. Paula a levé les yeux.

— Rien n'avance. Pieyre nous serine que la grève est illégale. Mais les gars s'en foutent. On occupe la ProSol nuit et jour. On tient bon. Les écolos sont toujours là. Ils attendent. Je crois qu'ils ont peur de nous et de ce qu'on pourrait faire si la situation empirait. Mais j'ai du nouveau. Mon entrevue avec la comptable à Pog a porté ses fruits. Et ce que j'ai trouvé est croustillant. Depuis le début, Pieyre joue contre nous. Et je peux le prouver.

Il a attrapé des bières par la fenêtre. J'ai gratté la table avec mes ongles.

Freddy avait des dents de requin. Une flamme de prédateur dans le fond des yeux.

V

Oxydation

Les jours qui ont suivi, j'avais du mal à me concentrer.

Kimi avait disparu.

Tom était mort.

Je dormais dans sa bagnole sur le haut des crêtes. J'essayais de mettre le plus de distance possible entre la flaque de sang et moi. Je traînais au Nutts avec Job. On allait à droite et à gauche, mais la plupart du temps on le passait dans les montagnes ou dans la forêt à guetter les sangliers et les cerfs, à admirer la vue, à mâchouiller des bâtons à la réglisse et à faire semblant de croire que demain serait radieux. Un soir, une horde d'oiseaux est passée juste au-dessus de nos têtes. Et c'était magnifique. Des centaines. Des milliers de bestioles vertes avec un collier rouge dessinaient un W immense. J'étais descendu de la voiture les yeux écarquillés. On entendait le bruit du vent dans leurs ailes et çà et là l'un d'entre eux cancanait à la ronde. Je les ai regardés voler un long moment avant qu'ils ne disparaissent en direction du sud. J'ai dû rester là-haut deux jours entiers. Je dormais sur la banquette arrière, enveloppé dans des couvertures de laine humides et qui sentaient le moisi – Job roulé en boule dans le coffre. On bouffait des conserves à même la boîte. On se baladait en direction des vallées. On restait des heures à observer les dernières feuilles claquer contre les troncs. Inexorablement attirées par le vide.

La voix dans ma tête répétait sans cesse *Sale petite bête. Sale toute petite bête.*

Trois jours plus tard, la roue arrière de la 250 CR chassait dans chaque virage, je slalomais entre les arbres et glissais sur une neige marron et noir. Le moteur vibrait ; il résonnait dans mes mains et dans ma tête. J'ai écrasé les poignées de frein sur une zone plus sèche. La roue arrière s'est soulevée, j'ai remis les gaz et lorsqu'elle a touché le sol de nouveau, je me suis senti comme propulsé dans une autre dimension. J'entendais des notes de harpe glisser entre mes oreilles. Il me semble que je fredonnais *Leaving the City*. Et de tous les côtés que je puisse observer, le ciel était devenu bleu aluminate de cobalt. Al_2CoO_4. J'ai tordu la poignée un peu plus pour remonter sur le talus – une ancienne voie de chemin de fer qui longeait la vallée et qui datait du temps des mines d'or et de la Société d'orpaillage des Trois Vallées. De gros cumulus blancs gonflaient au-dessus de la plaine et se massaient contre les montagnes. Le soleil luisait faiblement. L'air me glaçait les poumons et me faisait un bien fou. J'avais l'impression d'observer la ligne d'horizon pour la première fois de ma vie.

*

On a traversé le champ de mobil-homes couvert de neige. Freddy tenait Job en laisse. Et l'autre pissait contre chaque touffe d'herbe qui émergeait. Autour du

Nutts s'agglutinait déjà pas mal de monde et la neige se transformait petit à petit en une bouillie marron. Brouhaha général. Des rumeurs et des ragots murmurés dans tous les coins. Tout le monde donnait son avis. Tout le monde disait n'importe quoi. Les *pour* et les *contre* haussaient déjà la voix. Ils s'empoignaient. Front contre front.

Kudz nous a rejoints. Freddy a défait la laisse et Job est parti dans l'instant, le museau collé sur le sol.

Freddy a demandé en souriant, ingénu :

— Qu'est-ce qu'on fait ici ?

— J'ai vu les tracts dans la salle de repos et dans les vestiaires. J'en sais pas plus.

Pieyre est apparu sur le toit du Nutts. Il portait un mégaphone contre son épaule. L'appareil a crachoté. L'appareil a fait un larsen ou deux. Il disait qu'il nous connaissait bien. Il disait qu'il avait confiance en nous. Il disait qu'il avait discuté avec la direction et qu'il l'avait écoutée. Il disait qu'il comprenait nos frustrations et nos colères. Il expliquait des montages financiers auxquels nous ne comprenions rien. Il disait « Je négocierai une augmentation de nos primes ».

Dans la boue, nous nous sommes regardés. Hébétés. Julian cognait l'ongle de son pouce contre ses dents de devant.

— Ils n'y sont pas opposés. Croyez-moi. Ils y sont même favorables. Ce sont les mots de Lamb lui-même. FA-VO-RABLES.

Il disait « Je négocierai 10 % d'augmentation des indemnités de licenciement pour les plus jeunes ». Il martelait « Je négocierai 20 % d'augmentation des indemnités de licenciement pour les plus anciens ! » Dans la boue des mecs gueulaient « Hourra ! » en levant le poing, d'autres applaudissaient des deux mains. « Hourra ! » Il répétait « Je négocierai pour nous tous. Nous continuons le travail jusqu'à la date des licenciements et nous pourrons empocher 20 % d'augmentation ! » Il avait dit ça en détachant chaque syllabe : « AUG-MEN-TA-TION ! » Il l'avait scandé en le rythmant avec son index pointé vers le sol. « AUG-MEN-TA-TION ! »

Dans la boue :

— Hourra ! Hourra !

La neige a commencé à tomber sur le Nutts. De gros flocons tombaient sur nos têtes. Freddy a toussé dans son poing pour s'éclaircir la gorge. Il a gueulé :

— Et pour le moment ? Qu'est-ce que tu fais ?

Les gens se sont retournés sur nous. Leurs yeux faisaient des allers-retours entre Freddy et Pieyre. Des yeux zombies. Freddy le doigt tendu vers Pieyre et son mégaphone :

— Pour nous, je veux dire. Qu'est-ce que tu fais ?

Des gens ont reniflé à cause du froid.

Des gens ont dansé d'une jambe sur l'autre sans rien dire.

Des yeux zombies.

— J'ai consulté tes fiches de paye. Dix heures sup par semaine. (Freddy a sifflé entre ses dents.) Ça, c'est un camarade dévoué. (Freddy a applaudi.) J'ai consulté les comptes rendus. (Freddy brandissait des copies de fiches de paye et des comptes rendus de réunion.) Tu croyais vraiment que personne ne verrait rien ? Tu croyais que tu allais t'en sortir comme ça ? Tu as négocié à la baisse nos indemnités de licenciement avant même que les ordonnances ne soient actées. Et dans le même temps, tu as pris du galon. Et dans le même temps tu es devenu chef d'équipe, responsable du personnel, tu roules dans une belle bagnole. Sans blague, Pieyre, tu croyais que ça passerait inaperçu ? (Freddy le menaçait avec son doigt.)

Les flocons se sont faits plus denses. J'ai relevé le col de mon manteau. Les « Hourra Hourra Hourra ! » semblaient maintenant à des années-lumière. Tout était figé. Juste de gros grains blancs qui dansaient tout autour de nous. Freddy s'est approché du mobil-home en se frottant les mains. Il s'est retourné pour nous faire face. Il jouait au héros.

Il feignait l'étonnement :

— Rien à ajouter ? Plus de 20 % d'augmentation ? Plus de hourra ?

Les têtes couvertes de blanc, suspendues au-dessus de la boue, ont pivoté doucement. Freddy jouait la comédie. Les yeux fermés avant de tendre le cou vers le toit, les paumes tournées vers le ciel :

— Alors bordel, de quel côté es-tu ?

L'autre est devenu livide. Transparent. Nous étions maintenant une armée zombie prête à le dévorer. Une boule de neige lui a atterri dans l'épaule. L'impact l'a un peu déstabilisé. Il a épousseté la poudreuse qui collait aux fibres de sa gabardine de laine. Une autre boule un peu trop courte s'est écrasée à ses pieds. Les zombies se sont rassemblés autour de la baraque. Pieyre s'est accroupi, le mégaphone devant la bouche. Mort de peur. Sa voix tremblait, amplifiée par l'appareil et l'écho dans la vallée. Il expliquait : « La direction m'a acheté. C'était ça ou mon job. Mettez-vous à ma place. Ils me parlaient de placard. Ils avaient monté des dossiers bidon sur moi. » Il déballait tout. Plus personne n'écoutait. Avant qu'il ait pu terminer, quelqu'un lui a agrippé la cheville. Quelqu'un l'a tiré au le sol – sa tête a heurté le marchepied en aluminium. Quelqu'un l'a traîné dans la boue, inconscient. D'autres lui ont craché dessus. D'autres lui ont envoyé des boules de neige remplies de graviers et de cailloux. Le sang coulait à l'arrière de son crâne. Le sang traçait un chemin carmin.

Job est sorti du bois en trottant avec un lapin dans la gueule.

*

Le mobil-home était glacial. À cette période de l'année, le soleil ne tapait pas plus d'une heure sur le plastique. Juste ce qu'il fallait pour alimenter les panneaux solaires sur le toit. J'avais mis quelques heures à déblayer la neige pour atteindre la porte. Je m'étais servi un dé à coudre de vodka *muscaria* avant de me mettre au travail. Je sautais d'un pied sur l'autre. Vu comme les choses se profilaient, nous allions tous en avoir besoin.

Les brûleurs avaient du mal à réchauffer la bassine. Et au bout d'un moment, le parfum du cuivre chaud et du sucre liquide a empli la pièce. J'ai programmé le thermomètre et j'ai regardé par la vitre gelée la neige entassée aux confluences des troncs et des branches. Les cristaux de glace se disloquaient sous mon souffle. Le sucre s'est mis à faire de grosses bulles. J'ai filtré la vodka. L'odeur âcre du *muscaria* a dansé autour de moi. Je n'ai branché le minuteur que sur deux minutes étant donné la température extérieure.

Par la fenêtre, le ciel et la neige uniformément blancs me donnaient le vertige, j'arrivais à un moment de ma vie où repartir de zéro semblait impossible. D'autant qu'il y avait cet appel d'air, ce machin dont je n'arrivais pas encore à voir les contours. Ce vide à combler.

Tom était mort.

Mais je ne réalisais pas ce que ça signifiait.

J'ai versé l'alcool sur le sucre refroidi ; j'ai mélangé un moment, le geste ample. J'ai étalé la pâte sur le plan de travail.

J'ai laissé le sucre durcir.

J'ai allumé une cigarette dans le feu des brûleurs.

*

Les flammes vives cognaient contre le bois du cercueil.

Kimi ne pleurait pas.

Les obsèques de Tom avaient eu lieu quinze jours après son suicide. L'acide iboténique avait donné du fil à retordre aux légistes.

— Ce n'est pas le premier cas. On en a de temps en temps. Le dernier remonte à un mois ou deux. Un jeune d'une vingtaine d'années au TiPi. On a fait des analyses complémentaires. Même constat. Tout laisse croire que votre frère avait consommé des amanites tue-mouches.

Le médecin avait fait une pause, le temps de relire des notes qu'il avait prises pendant l'autopsie :

— Sans doute pour se donner du courage. Les chamans du coin avaient des rituels comme ça.

Le crématorium était un bâtiment en tôle avec une cheminée munie d'un pare-pluie pointu et d'une enseigne au néon rouge et or. L'intérieur ressemblait à un décor de cinéma. Un tombeau égyptien en carton-pâte. Des dorures et des fleurs rouges partout. Une moquette bordeaux élimée. Une lumière tamisée façon couloir d'hôtel. Des cordons de velours vermeil. Une dizaine de chaises en plastique en arc de cercle autour d'un four Art déco. Ma mère s'accrochait à mon bras, enroulée dans un long manteau noir ouvert sur le devant pour laisser paraître deux colliers en résine imitation nacre. Kimi était déjà là, assise au milieu, en face du cercueil blanc. Des gens que je ne connaissais pas, sans doute des collègues écrivains ou des personnalités de l'édition arrivaient par groupes de trois ou quatre. En noir de la tête aux pieds. La tête baissée. Certains venaient nous saluer, ma mère et moi, et nous présenter leurs « sincères condoléances ». Quelques journalistes couvraient la crémation depuis l'entrée. Les paparazzis de *Lundis secrets* faisaient le pied de grue à bonne distance en fumant des cigarettes et en buvant du café dans des Thermos en alu. Le maire et quelques pontes serraient des mains en saluant la mémoire d'un homme brillant. Les gardes du corps et la police filtraient les entrées. Thomas aurait adoré.

Un concerto de Haydn sortait des enceintes. Ma mère s'est tournée vers moi, un peu intriguée :

— Qui sont tous ces gens ? Je ne savais pas qu'Echkol avait autant d'amis.

Elle avait la petite voix d'une fillette. J'ai posé ma main sur la bouche et pour la première fois depuis longtemps j'ai senti ma gorge se serrer. J'aurais pu pleurer mais j'ai passé mes doigts dans ses cheveux, la lèvre coincée entre mes dents.

— Ce sont des amis de Thomas. C'est lui qui est dans le cercueil. C'est ton fils. Il s'est suicidé.

J'ai vu une ombre passer devant ses yeux et sur son visage tout entier. Un éclair de tristesse pure.

— Ramène-moi. Je ne veux pas rester ici. Cet endroit me donne la chair de poule.

J'ai enfermé ma mère dans la voiture de Tom sous un déluge de flashs. Les feux ont clignoté dans la brume et j'ai laissé des consignes à un flic qui faisait le planton dehors. « Ne laissez personne s'approcher d'elle. »

À quelques mètres, le maire Roque a fait un petit signe à un assistant qui le suivait comme son ombre – « Attends-moi ici ». Il s'est approché de moi en regardant ses pieds, le col de son manteau remonté contre son cou. C'était un type charismatique, grand avec une gueule qui passe bien. On s'est serré la main.

— Votre frère était un ami. Je suis vraiment désolé pour tout ça.

— Oui, moi aussi.

— Si je peux faire quoi que ce soit…

Je l'ai regardé dans les yeux. Derrière lui, les journalistes faisaient des gros plans sur nos visages et tentaient de lire sur nos lèvres.

— Merci monsieur, mais vous connaissez notre situation. Il n'y a rien de plus que je puisse vous demander.

— Écoutez, je sais que ce n'est probablement pas le meilleur moment pour parler de ça…

— Je n'ai pas tellement de bons moments ces derniers temps.

— Je veux bien vous croire.

Les journalistes essayaient de se rapprocher pour entendre ce que nous disions mais le service de sécurité les maintenait au loin. Il a regardé par-dessus son épaule avant de poursuivre :

— N'hésitez pas. Appelez-moi.

On s'est serré la main de nouveau.

— C'est le moins que je puisse faire, il a ajouté. Et encore une fois, je suis vraiment désolé de tout ça.

Il m'a tapé sur l'épaule et il est allé rejoindre son conseiller en saluant la cohue des journalistes et des flashs.

— Monsieur le maire, vous connaissiez Thomas Bimore ? Comment vous sentez-vous ?

— Monsieur le maire, c'est une grande perte pour la ville ?

— Monsieur le maire, de quoi avez-vous discuté avec le frère de Tom Bimore ? La rumeur parle de donner le nom de Bimore au jardin botanique. Est-ce toujours d'actualité ?

— Monsieur le maire, que savez-vous sur l'avenir de la série que scénarisait Tom Bimore ? Vous étiez très impliqué, je crois.

Le bois crépitait dans les flammes. C'était la première fois que je revoyais Kimiyo depuis la mort de Tom. Elle était seule. Personne ne semblait l'accompagner et de ce que j'en savais c'est elle qui avait réglé tous les détails. Je me sentais comme un type qui ouvrirait une fenêtre dans une station orbitale. Inexorablement attiré par le vide. Pris de violents vertiges.

Le feu a mis plus d'une heure à réduire mon frère en cendres. À aucun moment Kimi n'a détourné ses yeux noirs encore cernés de vert, n'a bougé ses lèvres encore fendues. Impassible parmi les flammes et les courants d'air froid qui s'infiltraient entre les tôles, à l'endroit où les rivets avaient sauté avec le temps.

Je l'ai retrouvée sur le parking. Entre ses bras, une urne de cuivre fumait doucement.

— Je rentre avec toi.

*

Il faisait froid comme dans une grotte. Cette sensation glaciale qui vous pénètre les os et vous paralyse le cerveau. Kimi soufflait sur les braises à genoux devant le poêle. Grelottante. Enroulée dans une couverture qui sentait le chien mouillé. À côté d'elle, une grande bassine d'acier zingué était emplie d'une neige qui ne fondait pas. « Merde, ce machin ne veut pas prendre. » La source était toujours gelée mais elle ne voulait pas retourner à Poghorn. « C'est encore trop tôt pour que je retourne là-bas. Et puis, j'aime bien ici malgré tout. C'est mieux d'être avec quelqu'un. » On avait mis un tapis sur la tache de sang. J'avais demandé à Henri de passer avec du détergent de l'usine. Je n'avais pas le courage de le faire moi-même. On se retrouvait de nouveau tous les deux avec une sorte d'épée malsaine accrochée au-dessus de la tête et prête à nous découper.

Kimi avait les lèvres violettes et sa voix tremblait.

— Je vais m'occuper de ça, le tirage est merdique, j'ai dit en roulant un morceau de carton.

Le feu a fini par prendre mais il a fallu un moment avant que la maison ne se réchauffe entièrement, alors on est restés à fumer des cigarettes et à souffler sur nos tisanes, assis devant les flammes. Sans bruit. Et au bout d'un certain temps, Kimi a dit qu'elle tuerait pour un bain chaud et je me suis retrouvé dehors, armé d'une pelle à creuser un peu partout dans le jardin. Je cherchais à travers la couche de neige une vieille baignoire. Un paysan l'utilisait comme abreuvoir pour les vaches et il l'avait laissée là. J'ai fouillé un moment avant de mettre la main dessus.

— « *Tes miroirs / Séquestrent / Sous le tain / Des légions / De fantômes / Homoncules.* »

— Alors ? j'ai demandé depuis la chambre.

J'entendais de derrière les planches le remous de l'eau. Kimi récitait des poèmes sans répondre :

— « *Choses muettes ! / Qui en a parlé ? /Qui les a imbibées de désir, / qui les a méprisées plus que moi ! / Elles m'étaient tout d'abord étrangères, / je ne leur trouvais pas de signification, elles semblaient si inutiles / Comme si elles affluaient des temps d'autrui.* »

Bercé par sa voix et le clapotis de l'eau, j'ai dormi. J'ai rêvé de Tom. Je me suis vu lui forer les tempes avec une perceuse. Un liquide translucide coulait de ses plaies et je le récupérais dans des bidons et des citernes de plastique. Ensuite je le cuisinais ; j'en faisais des pastilles de Mô. Tom souriait comme jamais. Il disait en riant « Sale petite bête », et puis il s'est écroulé, secoué de spasmes. Je me suis réveillé. J'avais l'impression d'étouffer, que ma langue avait doublé de volume. À côté, Kimi gigotait dans son bain.

— Cal ? Tu pourrais me remettre un peu d'eau ?

Je me suis frotté les yeux.

Elle a ajouté :

— L'eau est froide. Tu peux m'apporter un peu d'eau chaude ? Celle qui est sur le feu fume.

Je me suis assis sur le côté du lit et je me suis massé les tempes.

La tête de Kimi flottait au-dessus de la baignoire, dans une vapeur surréaliste. Elle souriait. Dehors, le vent sifflait contre les arbres et les planches. J'ai enroulé mes mains dans deux torchons et j'ai attrapé la casserole qui gigotait sur le feu. La maison sentait le savon et la cendre de bois. La surface du bain était recouverte de mousse et d'auréoles de gras mais on devinait au travers la silhouette de Kimi. Ses jambes repliées l'une sur l'autre et ses poils sombres. Les bleus sous ses yeux et sur ses bras semblaient s'estomper. J'ai versé l'eau doucement. J'ai pris mon temps. J'étais comme ces pirates avançant sur une planche suspendue au-dessus d'un océan de requins. Et lorsque la dernière goutte d'eau est tombée, j'ai sursauté et je me suis réveillé pour de bon.

*

Une épaisse colonne de fumée noire montait derrière les grillages de sécurité. Les types qui avaient tenu le piquet de grève cette nuit avaient allumé un feu avec des palettes, des pneus de Fenwick et des produits inflammables. Les mecs me regardaient tous de biais. Certains m'avaient tapé dans le dos en me souhaitant bien du courage. En disant qu'ils comprenaient, que c'était loin d'être évident. Ils disaient « Condoléances » et « Vraiment désolé. C'est jamais le bon moment, mais là… » Le portail de sécurité avait été renforcé à coup de bidons éventrés, soudés entre eux, coincés derrière des fûts et des sacs de NH_4NO_3. Un mec qui travaillait pour l'équipe du matin m'a fait faire le tour des installations.

— On y a bossé toute la nuit. Les écolos rôdent de plus en plus souvent. Ils rêvent de suspendre une banderole en haut de la Harp.

Il me montrait des morceaux de grillage doublés de barbelé. Des soudures. Des rochers de près de deux cents kilos dans des trous et le long des clôtures.

— On a fait en sorte que ça soit le seul point d'entrée. On contrôle tout ce qui sort et tout ce qui entre.

J'ai rejoint Freddy dans la cour. Il écoutait un match sur un autoradio bricolé, branché directement sur une batterie. Il descendait des cannettes et du café. Il fumait des clopes. Il m'a vu arriver de loin. Il a baissé les yeux. Il s'est essuyé la main sur son jean. J'ai remarqué une petite fossette qui creusait sa joue.

— Je suppose que tu n'as pas encore vu ça, il a fait en me collant un magazine sur la poitrine.

J'ai secoué la tête. Tout le monde avait les yeux sur moi et ça me mettait mal à l'aise. J'ai fait un petit signe en direction du poste de radio :

— Où on en est ?

— Poghorn mène mais les autres campent dans nos 22, et ça dure depuis un moment. (Il a fait une grimace.) C'est pas bon. Mais si on tient le coup on peut remonter à la troisième place. Ça serait déjà ça.

— Et pour le reste ?

— Le reste ? il a demandé en se grattant la joue. Ceux qui veulent reprendre le boulot sont cantonnés au département médical. Ça tourne au ralenti. On les laisse faire : pour les caméras. Les types des bureaux ont été mis dehors. Mais la majorité des gars soutient la grève.

Le vent a tourné et on a pris un gros nuage de fumée noire dans les yeux. On s'est mis dos au vent en attendant que ça passe.

— Il faut qu'on trouve un porte-parole. (Encore son petit sourire en coin.) Autant te le dire tout de suite, les gars pensent à toi. J'ai appuyé ta candidature. J'ai même parié un peu de fric alors ne déconne pas. (Il m'a tapé la poitrine avec son index.) On a décidé d'organiser des élections dans l'après-midi. Les gars voteront pour toi. Tu leur refourgues tes machins au champignon depuis un moment. Ils te connaissent tous et ton frère était une célébrité. Et puis ils ont tous vu la photo de *Lundis secrets*. (Il a fait un mouvement de la tête en direction du magazine que j'avais entre les mains.) Celle où tu serres la main du maire. Celle où tu lui murmures à l'oreille. Ils pensent que tu lui parleras. Ils croient qu'il pourra faire quelque chose pour nous.

J'ai déplié le journal. J'ai vu la première page. La photo de Kimi. J'ai vu ma tête penchée sur celle du maire. Le titre disait : « Bimore, les frères qui murmuraient aux oreilles du Roque ». Sur la double page suivante, Kimi et moi nous regardions dans les yeux. L'urne fumait dans ses mains. La légende racolait : *Le frère toujours entre les deux*. J'ai jeté le journal dans le feu.

— Qu'est-ce que tu en penses ?

— Je me dis que c'est une option qu'il faut envisager, nos choix sont restreints de toute façon.

— Ça ne me plaît pas trop.

— Je me doute. En tout cas, ils t'ont à la bonne alors sois malin. (Il m'a tapé sur l'épaule.)

On a passé le reste de la journée à contrôler les machines et à stabiliser des cuves qui montaient en pression. On a descendu quelques cannettes dans une fin de journée glaciale. Le ciel tirait sur le rouge strié de cirrostratus. Sans grande surprise, les gars m'avaient élu pour les représenter. Et on avait fêté ça. J'avais besoin de ce genre de chose. De me vider la tête, de prendre une bonne inspiration avant de replonger la tête la première dans un océan turbide comme un fleuve en bout de course. Et vers 23 heures on titubait, tapis sous un océan d'étoiles, en direction du Nutts. Je n'y avais pas remis les pieds depuis l'incident avec Pieyre. La boue craquait sous nos pas.

Il faisait une chaleur à crever à l'intérieur, si bien que la sueur se condensait contre le plafond et les murs. J'étais mal en point. De temps en temps, des gouttes tombaient sur nos têtes. Il y avait pas mal de monde. Des types et des nanas avec les joues rouges et les yeux brillants comme des comètes. Certains léchaient de la Mô par petites touches, de petits coups de langue, reptiliens, avant de faire tourner la pastille à quelqu'un d'autre. Des langues roses et fourchues. Un troupeau d'iguanes tout sourire qui se claquaient les cuisses – haut et fort –, qui se marraient à en avoir mal aux côtes. Des éclats de rire les yeux révulsés, tout en iris. Bleu. Gris. Vert. Marron. La grève mettait tout le monde sur les genoux. Nous ne savions même plus ce que nous cherchions en fin de compte. Si ce n'était un peu de reconnaissance. Si ce n'était une sortie sous des tonnerres d'applaudissements. Et un petit chèque bien senti qui nous laisserait voir l'horizon sans trembler.

J'ai serré quelques mains. J'essayais de sourire. J'essayais d'avoir l'air cool mais je sentais l'acide iboténique faire des nœuds avec mes nerfs optiques et mettre mon cerveau à sac. Je me suis approché du bar dans l'espoir d'y trouver quelque chose qui me remettrait d'aplomb. Derrière le comptoir, Judith servait des shooters jaune fluo. Elle appelait ça des ProSol, et de ce que je pouvais voir ces cocktails remportaient un certain succès.

— Vodka, sucre de canne, maltodextrine et riboflavine, elle a fait en me tendant un gobelet.

J'ai secoué la tête et finalement elle m'a dégoté une boisson énergétique à base d'hormones de buffle que j'ai bue à grands traits. La Mô donnait soif. Judith a servi encore une dizaine de verres avant de décréter qu'elle en avait assez fait pour ce soir. Et puis elle s'est appuyée contre le comptoir, le visage à deux centimètres du mien. Sa peau était grise et usée. Et on pouvait voir sur ses joues les marques du tabac et de l'alcool. Des petites rides autour de ses yeux tombants. Des yeux vert et gris. Des colliers dorés autour du cou qui lui donnaient des airs de diva. Et une robe moulante qui ne lui allait pas si mal. Elle m'a appris que Pieyre était à l'hôpital pour une petite commotion cérébrale. Des dents en moins. Et la mâchoire à demi fêlée. « Des gars du matin sont allés lui rendre visite. Ils ont fait ce qu'il fallait. Il n'y aura pas de suite. Il aura glissé du toit, voilà tout. » Ma tête s'est mise à tourner. La voix dans ma tête…

Je suis allé vomir dans la neige.

VI

Hippies

Chambre du fond. Nina gloussait. Elle se tenait debout devant le radiateur. Elle portait une petite culotte translucide et un tee-shirt à manches longues de la ProSol. C'était la première fois que je voyais un modèle pour femme.

— Alors c'est toi, le chef ?

— Si on veut.

— Tu vas leur en faire baver.

J'ai rigolé. J'ai enfilé mes chaussettes. J'ai repris ma queue-de-cheval la mâchoire serrée. Nina s'est assise sur mes genoux. Elle a dit « Attends ». Elle a passé mes cheveux dans l'élastique. Elle a dit « Voilà. Voilà c'est mieux ». Elle s'est penchée dans mon cou. Elle m'a mordillé l'oreille. Elle a susurré :

— Tu vas faire un chef du tonnerre. Un chef du tonnerre et craquant comme tout.

*

On avait fait la route jusqu'au DeLuxe sans parler. La radio passait Bashung et des vieux trucs de Björk du temps de l'album Gling-Gló. Sur les bas-côtés, la neige défilait, jaune, éclairée par les phares de la bagnole. À l'arrière, Kudz fumait des cigarettes à la chaîne. À un moment, on l'avait même surpris à suçoter une pastille de *muscaria*.

— Arrête tes conneries, avait balancé Freddy, son regard dans le rétro. Merde, faut qu'on assure, il avait ajouté en tapant contre le volant avec sa paume. Faut qu'on assure un maximum. Ça ouais ! On va se les faire, ces connards !

J'avais demandé à Kudz et à Freddy de m'accompagner. Sur le côté de la route, des sangliers détalaient en direction de la rivière. Je grignotais le bout de mes doigts pour évacuer le stress – ils sentaient Nina et la nicotine. J'ai mordu un peu fort et ça s'est mis à saigner. On allait là-bas sans trop savoir à quoi s'en tenir. On avait demandé à être reçus. On avait demandé à renégocier. On s'était tous mis d'accord : une réévaluation de cent pour cent de la prime de licenciement. Avec un acompte immédiat de cinquante pour cent. Sans ça, l'usine ne redémarrait pas. Sans ça, les choses pouvaient dégénérer rapidement. On avait même évoqué des menaces si la situation n'évoluait pas dans notre sens.

On a tourné un moment avant de trouver une place de parking. Des filles montées sur talons, enrobées dans des robes à paillettes bleues et rouges. Des types avec des coupes de cheveux à la coule. Des lignes de bagnoles grand luxe. Rutilantes sous les néons. Calées sous des palmiers de synthèse. Le DeLuxe était une sorte de club hors de prix, et la direction avait insisté pour qu'on se voie là-bas. « Ce sera pour nous. Ne vous en faites pas pour ça. Surtout pas. »

Devant nous, un SUV hors de prix manœuvrait dans la douleur. Freddy se foutait de sa gueule et lui mettait la pression ; il lui faisait des appels de phares et s'approchait en faisant ronfler le moteur. Kudz se marrait.

On a fait la queue pendant un moment avant de pouvoir entrer. Le majordome, un natif à la peau luisante, a désigné le fond de la salle. « Ils vous attendent. Ils sont dans l'alcôve n° 2. »

La seule fois où j'étais entré ici, c'était avec Tom. Il tenait absolument à ce que nous venions là pour fêter les ventes de son roman. Les meilleures du pays. Il avait réservé la loge du haut ; un vaste balcon qui domine la grande salle. De là-haut, on pouvait voir le Tout-Poghorn grouiller dans des smokings et des costumes à strass, une vue magnifique sur la scène où un orchestre de blues reprenait des standards en sourdine. On avait bu du champagne jusqu'à plus soif, mangé des toasts de caviar et des verrines de crème à la cannelle. Tom rigolait comme un gamin, il en mettait plein la vue, Kimi pendue à son bras dans une robe du soir. Je me souviens lui avoir dit qu'elle s'en sortait bien.

— Ton frère flotte sur un petit nuage.

— On y serait à moins. Record des ventes. Personne n'avait jamais vendu autant de bouquins dans ce foutu pays.

— Tu as raison, elle avait acquiescé en souriant.

Tom appelait les serveurs par leur prénom et laissait des pourboires exorbitants. Il me surveillait du coin de l'œil et me présentait à tout le monde. « Voici le plus grand "polariste" du moment. Tu connais Ted, le dessinateur de BD ? Un type fascinant, il revient de l'Est avec des planches fantastiques. On a un projet ensemble. Une sorte de film d'animation. Pas pour les gamins. Quelque chose de sérieux. Une histoire de cow-boys. »

Autour de la table, on me demandait des anecdotes croustillantes. Des détails gênants. « Comment il était petit ? Je suis sûr que c'était un petit con. Le genre à foutre la merde. »

J'étais fier de lui alors je racontais des craques sur son côté casse-cou et touche-à-tout. Tom levait son verre dans ma direction. Il souriait. Il avait l'air heureux.

— Écoutez les gars, je crois que vous ne comprenez pas bien. S'ils veulent toucher cette prime, il faut qu'ils bossent jusqu'à la date des licenciements ! Dans six mois. Il n'y a rien de plus à négocier.

De l'autre côté de la table, un autre type avec une queue-de-cheval hochait la tête en passant sa langue contre ses dents. Il jouait avec son téléphone portable sans lever la tête. Il répétait bêtement :

— Rien de plus.

Les deux mecs chargés de la négociation se payaient nos têtes. Ils nous noyaient dans le jargon, nous perdaient à travers des termes administratifs. J'avais un mal fou à me concentrer. Ils nous baladaient comme des chiens. Ils disaient « Vous n'avez pas le choix. Il faut que l'usine tourne. Comprenez bien, si vous ne bossez pas, personne ne sera payé. Mettez-vous à notre place, les gars, si la ProSol n'honore pas ses dernières commandes, nos clients ne nous payeront pas. Et c'est exactement cet argent qui payera vos indemnités. C'est aussi simple que ça. Fin de la discussion ».

Le mec avec la queue-de-cheval a délogé un truc entre ses dents avec son doigt avant de nous regarder à tour de rôle :

— Vous êtes de bons ouvriers. Rarement en retard. Du bon boulot. Jamais de plainte. Même pas syndiqués. Vous ne voulez pas de problème. Vous ne cherchez pas d'histoires. Alors je me demande juste ce que vous faites là. Pourquoi ? Qu'est-ce que vous avez contre la ProSol ? (Il a tapé du poing sur la table et Kudz a sursauté.) Bordel ! Vous étiez contents de le trouver ce travail ! Toi (il a pointé son doigt – celui qui était dans sa bouche un moment plus tôt – vers Kudz), toi, putain, tu nous as suppliés de t'embaucher. Tu n'avais même pas de permis de séjour. Et putain, nous, on t'a pris sans poser de question. Tu avais besoin d'un boulot. ON t'en a donné un ! Et maintenant tu viens pleurer ! Encore ! Tu en veux plus ! Pour qui vous vous prenez ? Qu'est-ce que vous croyez ? Le pays tout entier est pris à la gorge. L'argent ? L'argent ! Bordel, l'argent y en a plus ! Mettez-vous bien ça dans le crâne ! (Il s'est donné une petite tape de la paume contre sa tempe.) C'est fini ! (Il s'est renfoncé dans son fauteuil. Il a lissé sa cravate et il a bu une gorgée de bourbon.) Pour qui vous vous prenez ?

L'autre a levé les yeux. Il a dit :

— Les ordonnances nous ont foutus dedans, et jusque-là. (Il a monté sa main au niveau des yeux.) On peut garder personne. On va déménager l'usine. On va l'emmener ailleurs et ça va nous coûter un petit paquet. On déplace pas une colonne Harp si facilement que ça.

Il a regardé son téléphone avant de reprendre :

— Alors laissez-moi vous dire que vous nous faites chier avec vos états d'âme à la con. Prenez ce qu'il y a à prendre et estimez-vous heureux.

La ProSol avait loué un box avec rideau. Dans le reste de la salle, on entendait le bruit feutré des couverts et des éclats de rire ; la musique d'un orchestre de jazz jouait quelque chose comme *Take Five*. Je regardais les deux types sans tellement les voir. J'avais l'impression d'avoir été transporté dans un univers parallèle. J'ai entendu quelques bribes de conversation. J'ai entendu Freddy dire « Des litres de produits chimiques dans la Bez », « Dépollution à la charge de la ProSol ». Et puis, « Vous êtes baisés ».

J'ai vu les autres retrousser les babines. J'ai vu leurs gencives. J'ai entendu de nouveau « Vous êtes de bons ouvriers ». J'ai entendu « On ne va pas en arriver là. Prenez ça. Faites-leur reprendre le boulot et vous aurez le double ». Le type à la queue-de-cheval a rigolé quand l'autre gars a posé sur la table une valise remplie de billets de cinquante, des liasses épaisses de trois centimètres. Plus de fric que j'en avais jamais vu. Le DeLuxe aime l'argent. Freddy s'est tortillé sur sa chaise, Kudz avait les yeux qui brillaient. L'humiliation s'est faufilée dans mon ventre lorsque j'ai compris qu'on allait prendre la mallette. Comment refuser ? Comment laisser passer ça ? Ces types grignotaient les chairs qui pendaient sous nos corps en riant à pleines dents. Ils nous acculaient dans des coins et ils nous rongeaient les os. Alors Freddy a dit « Faisons comme ça » avec la voix tremblante de rage. Il a cogné son poing contre la table à son tour en martelant :

— Faisons comme ça !

Les autres ouvraient des yeux ronds comme des pastilles pour chiottes, un sourire coincé dans le coin de la bouche. Alors il a attrapé la mallette. Je regardais dans le vide, les yeux rivés sur les mégots de clope qui ornaient le pot d'un ficus d'intérieur – plantés droit comme de petites pousses de bambou au milieu des billes d'argile rouge d'Andrinople.

Freddy continuait :

— Pensez aux conséquences d'une pollution des eaux à l'éthylène-glycol. (Le doigt pointé sur le type avec la queue-de-cheval.) Pensez à une usine piégée. Bourrée de bonbonnes de gaz. Pensez bien à ça !

Mes jambes se dérobaient. J'avais froid, j'étais trempé de la sueur glaciale de la rage et du stress.

Freddy insistait :

— Pensez bien à ça !

Kudz envoyait de grands coups de poing contre le plafond de la voiture. Il braillait :

— Putain. Regarde mes mains. Putain. Putain. (Il prenait une voix grave, imitant celle de Freddy.) Pensez à une pollution à l'éthylène. Merde. La tête… Et nous ! (Il avait du mal à reprendre son souffle.) Nous, on se barre avec le fric. Merde. Avec une montagne de fric. Putain, j'en ai la tête qui tourne.

Ses mains fourrageaient dans la valise. Froissaient des centaines de billets.

— Les mecs, j'en ai les mains qui tremblent. Merde alors. Merde ! Arrête-toi, je vais gerber !

Kudz était en train de vomir dans un fossé. Des petits flocons lui tombaient sur le dos. Freddy l'observait par la vitre.

J'ai demandé en regardant droit devant moi :

— Pourquoi est-ce qu'ils ne t'ont pas choisi, toi ?

— C'est ton frère qui est connu, pas le mien.

— Était.

— Ouais, était.

— Et ça, qu'est-ce que tu comptes en faire ?

— Le garder.

Il a tourné la tête vers moi, une clope pendant entre les lèvres. J'ai dit :

— On pourrait le partager en trois. Équitable. Avec ça, vous pourriez déménager et Kudz n'aurait aucun problème à faire venir sa femme et sa fille. Ça nous donnera une impulsion, de quoi remonter à la surface.

— J'imagine. Mais j'aime bien le Nutts, et puis j'ai mes oies. Ces bestioles-là n'apprécient pas tellement le changement. Et il y a les autres, s'ils entendent parler de cette mallette, ils te tueront. Et probablement que je les aiderai.

J'ai un peu souri en regardant Kudz s'essuyer la bouche avec la manche de sa doudoune. À aucun moment je n'avais pensé partager ce fric avec les gars de l'usine. Je voyais ça comme une porte de sortie, mais Freddy avait sans doute raison. Je me suis de nouveau demandé pourquoi ils ne l'avaient pas choisi.

Il a dit :

— Partageons-le. Ça fera toujours ça si on n'arrive pas à négocier plus.

J'ai fait une grimace les yeux levés au ciel.

Kudz est remonté dans la bagnole en apportant un petit courant d'air froid.

— L'adrénaline, les gars. Désolé. C'est la descente d'adrénaline. C'est dingue. Merde, c'est tellement dingue ! (Une pause le temps que la voiture reprenne la route.) Chez moi, on a de la corruption. Le pays tourne grâce à ça. Mais nous, on se fait confiance. Tu ne peux pas prendre le fric d'un côté et dire « Non, on retourne pas bosser » de l'autre. Tu ne peux pas faire ça. On a une éthique. Il faut la confiance. Ici on dit qu'il n'y a plus de corruption, qu'il y a les contrats, mais on ne peut plus faire confiance à personne. Même pas à moi. Et ça, c'est un problème. Un sacré problème.

*

Les écolos étaient sur tous les fronts et ils ne me sortaient pas de la tête. J'étais passé voir ma mère et j'avais emmené Kimi. On avait fait le chemin à pied, dans la neige, et en arrivant on s'était fait offrir un café par un infirmier qui portait des chaussures en plastique.

— Michelle est encore à la toilette, il avait fait, alors que je la cherchais du regard. Elle ne devrait pas tarder.

On s'est installés dans le coin fumeurs. À côté d'un ficus en PET. La salle sentait la bouffe industrielle et l'antiseptique médical. Les murs étaient blancs avec une frise jaune et vert. Des vieux jouaient aux cartes un peu plus loin sur une table en formica. Une dame avec de longs cheveux blancs mordillait un crayon gris, *Lundis secrets* ouvert à la page des mots croisés. Le café était brûlant et nous faisait du bien.

J'ai joué avec la petite cuillère en bois. Je l'ai fait tourner entre mes doigts.

— C'est la première fois que je viens ici, a fait remarquer Kimiyo en se versant du sucre.

— Ça ne m'étonne pas. Même si ça n'a plus beaucoup d'importance maintenant.

— Maintenant que Thomas est mort ?

La petite cuillère m'a échappé des mains. Elle est tombée à mes pieds.

— Quelque chose comme ça, oui, j'ai répondu en me baissant pour la rattraper.

— Calvin, elle a dit doucement. Il faudrait que tu voies les choses comme je les vois.

J'ai roulé une cigarette.

— Raconte-moi, j'ai dit en me moquant. Excuse-moi, ai-je continué. Ça me rend nerveux d'être ici avec toi. Tu sais qu'elle ne me reconnaît jamais. La plupart du temps, elle me prend pour lui. Et comme tu es là… ça risque d'arriver. Ça risque de l'embrouiller. Ça va pas être facile de lui expliquer. Elle croit que c'est mon père qu'on a incinéré. Elle ne comprend pas. Et parfois j'ai l'impression qu'elle ne veut pas comprendre.

Kimi a enlevé, du bout du doigt, un peu de maquillage noir qui l'agaçait au coin de l'œil et elle l'a regardé comme s'il s'était agi d'une espèce de mouche exotique.

— Alors ? Est-ce que tu vas me raconter toute l'histoire ? elle a demandé.

Hier matin, j'avais vu des écolos s'enchaîner au check-point. Ils bloquaient les allées et venues. Ils empêchaient les approvisionnements en matières premières. Certaines unités tournaient au ralenti. Certains processus ne pouvaient pas s'arrêter comme ça. Et pour des raisons d'image, on avait décidé de maintenir la production de produits médicaux de première nécessité. Le plastique des poches de sang. Les matériaux de prothèses, les enrobages de médicaments. *MAINTENANT C'EST FINI* était écrit à l'encre rouge sur leurs visages. J'avais essayé d'engager la conversation mais ils ne voulaient rien entendre. Ils répétaient « Je suis Camille et tu détruis ma planète ». Parfois, ils terminaient la phrase par « connard ».

— Calvin ? Pourquoi est-ce qu'il ne venait jamais ?

Ils étaient restés enchaînés plus de dix-neuf heures d'affilée. Une fille s'était même pissé dessus. J'avais essayé de les raisonner. « Vous pouvez pas faire ça. C'est dangereux. Soyez un peu adultes. » Elle avait dit :

— Je suis Camille et tu détruis ma planète.

— Calvin. Je te parle de Tom.

J'ai vu Kimi et un néon clignoter dans l'entrée. J'ai dit sans réfléchir :

— Pourquoi est-ce qu'il ne lui parlait plus ?!

Elle m'a regardé droit dans les yeux. J'ai cassé la cuillère en deux.

— Il l'a toujours tenue pour responsable. Pour lui, c'était de sa faute s'il avait eu cet accident.

Elle n'a pas dit un mot. Elle a bu une gorgée de café en attendant la suite. La vieille dame a trouvé le premier mot à l'horizontale. « Prend la mouche : truite. »

— Mais c'est le genre d'histoire qui n'intéresse pas grand monde.

Elle n'a rien dit de plus. Elle a juste secoué la tête en levant les yeux au ciel. J'ai raconté :

— Michelle avait beaucoup d'hommes dans sa vie. Et tu connais Tom. Il faut toujours… Il fallait toujours qu'il tourne tout en drame. Il fallait toujours qu'il y ait des liens de cause à effet. Comme dans un putain de roman ! Mais c'était juste un banal accident de moto. Il n'y a rien à ajouter. Il a perdu le contrôle. Il est mort. Que ma mère couche à droite et à gauche n'avait rien à voir avec ça.

J'avais dit ça à toute allure et sans chercher à arrondir les angles. Les mots tournaient dans mon cerveau depuis trop longtemps. Et j'avais l'impression qu'ils ne voulaient plus rien dire. Kimiyo a reculé un peu sa chaise. Elle a croisé les jambes. J'ai tourné la tête vers la télé.

TVP 1 montrait des gamins accrochés à des barrières et à des grillages. Ils répondaient à des interviews le cul dans la neige. Ils disaient les yeux remplis de larmes : « Pourquoi je fais ça ? Pour l'avenir. Il faut que ça cesse. Et comme il faut en passer par là... Pour le moment, on n'est pas violents. Mais c'est pour le moment... »

Il a laissé sa phrase en suspens et la caméra a filmé un camion ProSol qui entrait sur le site. L'infirmier avec les chaussures en plastique nous a amené Michelle dans un fauteuil roulant. Mon cœur s'est emballé et je me suis levé d'un bond. J'ai foncé sur elle. Mes jambes tremblaient.

— Qu'est-ce que ça veut dire ? ai-je réussi à articuler. Qu'est-ce qui t'es arrivé ?

Le type en blouse blanche m'a posé la main sur l'épaule. J'ai levé les yeux vers lui. Je me suis redressé. Il a dit :

— Ne vous inquiétez pas. Elle est juste un peu fatiguée en ce moment. Elle va bien.

— Comment ça ?

L'autre s'est gratté la tête et l'avant-bras. Il avait des traces de lichen plan un peu partout sur la peau. Il m'a entraîné à l'écart pendant que Kimi embrassait Michelle.

— Il ne faut pas vous en faire, il a poursuivi. Elle a fait une petite chute. Rien de méchant, je vous assure. Il n'y a pas de quoi paniquer. Elle a un gros bleu mais ça s'arrête là. Le fauteuil, c'est pour quelques jours et histoire de la rassurer. D'ailleurs, ça serait bien si vous pouviez marcher avec elle. Un petit tour de parc pour qu'elle retrouve de bonnes sensations et avec des gens avec qui elle se sent en sécurité.

J'ai secoué la tête sans trouver de mot en retour.

Dans mon dos, ma mère a dit :

— Tom, viens vite voir, ton frère passe à la télé.

Je me suis pincé l'arête du nez. La mâchoire serrée, j'ai remercié le type. Je lui ai serré la main. Sur l'écran, à l'autre bout de la salle : la ProSol. Des gamins enchaînés qui crachent sur les camions remplis de polyéthylène glycol à haute densité. Jacques qui fait la circulation le visage fermé. Et moi qui tente de parlementer. La caméra me film en plongée.

Je me frotte les yeux. Je cligne des paupières.

— Thomas, monte le son. Qu'est-ce qu'il dit ? Qui sont ces gens ? Qu'est-ce qu'il a encore fait ?

Kimiyo l'a rapprochée de l'écran. On m'y voit de dos, la caméra me suit. Le journaliste demande : « Quels sont les objectifs de cette grève ? »

Je me souvenais avoir fait volte-face les yeux plissés par une rafale de vent.

Depuis l'écran, j'ai l'air fatigué. Des cernes violets sous les yeux. Les traits tirés. D'une voix monocorde, j'explique que c'est tout ce qu'on a :

— On y a passé des nuits et des jours entiers. Pour beaucoup, on y a laissé notre santé. (Un camion-citerne passe dans mon dos. Les écolos crient sur son passage.) Nos maisons, nos peaux et nos âmes sentent le styrène et le polyéthylène. Quand on est là-dedans, on EST là-dedans. On en fait partie. Merde (ma mère a gesticulé sur sa chaise), et ils veulent nous enlever ça sans même nous consulter et avec des indemnités au rabais. Ils veulent nous délocaliser… On marche sur la tête. Alors on gueule (Michelle a fait non de la tête) pour la forme et pour un peu de considération. Ça serait la moindre des choses. Une rallonge sur nos indemnités serait un bon début. Un plan de reclassement honnête et réaliste serait une bonne chose aussi.

— Et ces jeunes écologistes ? Vous comprenez leur combat ?

J'ai envie d'une cigarette. Je marche sur des œufs et j'essaie de ne pas dire de conneries. Las :

— Bien sûr. Et on est tous d'accord avec eux. À cent pour cent. Mais il faut qu'ils se mettent un peu à notre place. On a des familles. Nos vies sont ici.

Je n'ai pas dit :

— Qu'ils aillent se faire foutre.

Je dis :

— On a du mal à encaisser, c'est tout.

On a fait le tour du parc à petits pas. Michelle pendue au bras de Kimi. Je marchais devant. Je les entendais ricaner dans mon dos. Cette histoire avec les écolos tournait en boucle dans ma tête.

Michelle disait :

— Il a toujours été comme ça. Un garçon très discret, pas à l'aise en public pour un sou. Très maladroit quand il s'agissait de prendre la parole. Mon Dieu. Vous vous rendez compte qu'il a dit « merde » à la télévision. Tout l'inverse de son frère. Thomas, lui, a toujours su être dans la mesure. Mais ce sont des braves petits. L'un comme l'autre, vous savez. Ils sont honnêtes. Si j'ai bien réussi une chose avec eux, c'est ça : l'honnêteté.

*

La neige avait cessé depuis deux jours et je commençais tout juste à respirer de nouveau. Personne n'était venu réclamer le fric mais personne n'avait fait de nouvelle proposition non plus. Pour assurer le coup, on s'était préparés et on avait invité TVP 1. Freddy et Kudz s'en étaient chargés. Les gars s'en étaient bien sortis. Ils avaient fait entendre nos revendications. « L'usine tourne simplement pour les produits médicaux et les biens de première nécessité. » Freddy avait pris sur lui et il avait dit :

— On comprend qu'ils aient peur. On comprend que les gens flippent en voyant tout ça et c'est justifié d'un certain côté. Mais on est des professionnels. Et on sait ce qu'on fait. Croyez-moi, il n'y a pas meilleur dans le coin pour entretenir une installation comme celle-là.

Ils avaient discuté. Ils avaient fait visiter. Ils avaient expliqué notre point de vue.

En attendant, on profitait de l'accalmie pour souffler un peu, pour boire des bières et fumer des clopes enveloppés dans un halo blanc. La neige fondait même par endroits, et on avait droit à une sacrée gadoue. Assis sur un quai de débarquement, Henri et Franck suçotaient des pastilles de tue-mouches en confectionnant des sandwichs thon-mayo. Et Franck ne lésinait pas sur la mayo. Ils géraient le stock de cannettes et veillaient en permanence à ce qu'elles ne soient pas trop froides. Les gars m'envoyaient des sourires et des signes de la main. Ils me disaient aussi « Merci. Merci pour la “prime”. (Ils mimaient des guillemets avec leurs doigts.) Ça tombe au bon moment ».

On a traîné toute la journée en jouant aux cartes et en improvisant une partie de football. De l'autre côté des grilles, les écolos traînaient dans des bagnoles pourries, ils fabriquaient des igloos et des bonshommes de neige avec des pancartes en bois et en carton. *La Bez est vivante, gardez vos merdes dans vos cuves* et autres variations sur le même thème. Sans qu'on y prête plus d'attention, mais depuis le début de l'après-midi, leurs rangs gonflaient considérablement. Il en arrivait de partout. Certains avec des camions énormes. Des machins avec plusieurs essieux et des caissons à l'arrière. À la fin de la soirée, on estimait qu'ils étaient plus de deux cents et qu'ils avaient monté suffisamment de cabanes et d'igloos pour rester encore un moment. Même les journalistes les regardaient avec des yeux ronds. Ils les filmaient de loin sans trop savoir comment les prendre.

— Cal, il faut que tu viennes écouter ça. Ils sont à la radio.

Je suis descendu de la barricade et j'ai rejoint Freddy et les autres près du poste de contrôle. Freddy avait toujours sa radio branchée sur batterie. Un type avec une voix de gamin racontait : « *L'usine va fermer. On est là en observateurs, on veut s'assurer qu'ils ne vont pas déverser leurs produits dans la Bez. On veut juste regarder. – Qu'est-ce qui vous a rassemblés ? – Une info a circulé sur les réseaux sociaux. À la base, c'était pour mettre la pression et s'assurer que l'usine allait bien fermer. Avec les ordonnances et tout. Et puis depuis deux jours, il y a un post qui dit que si les salariés n'obtenaient pas gain de cause ils rempliraient la rivière de produits toxiques. Ils ont piégé l'usine avec des bonbonnes de gaz. Les autres sont venus voir ce qu'il en était. – Vous avez eu des contacts avec les grévistes ? – Pas pour le moment, de notre côté c'est vraiment spontané. On n'est pas organisés. Je veux dire par là qu'on n'a pas de hiérarchie. On n'est pas un mouvement à proprement parler. Encore une fois, on est juste là pour regarder. – OK Camille, merci d'avoir bien voulu répondre à mes questions. Bon courage pour la nuit. Car elle s'annonce particulièrement froide, n'est-ce pas, Marie-Pierre ?* »

— Putain de beatniks, a commenté Henri.

— Ouais, avait ajouté Neuf. Tu ferais bien d'aller leur parler, Cal. Ils sont plus nombreux que nous maintenant. Et les choses peuvent mal tourner. Dis-leur de ne rien faire de stupide.

Le soleil disparaissait de plus en plus vite. On était à ce moment précis où les couleurs se ternissent et où tout bascule dans le noir et blanc. Les camions et les allées et venues des journalistes avaient drôlement amoché le coin. La boue collait à mes godasses. Je glissais sans arrêt. On devait frôler le zéro mais le ciel était dégagé. Gel-dégel mais sans doute pas de neige pour la nuit à venir. De petits nuages sortaient de ma bouche. Je me demandais comment aborder la question. Pendant un moment, j'ai pensé faire demi-tour, mais les types d'en face ne me quittaient pas des yeux. Ils étaient un petit comité, une dizaine quand je suis arrivé à l'entrée du campement. Çà et là des feux, des marmites, des mecs et des nanas qui trimballaient des morceaux de bois, d'autres avec des scies à bûche ou des haches émoussées. J'ai haussé les sourcils en me frottant le nez.

— On peut vous renseigner ? a demandé un bûcheron avec le bout du nez rouge et un bonnet de ski orange.

J'ai fait tourner un bâton de réglisse entre mes dents.

— Je bosse… enfin je bossais en face. Je suis venu voir si tout allait bien. Entre nous, quoi. Qu'il n'y ait pas de malentendu. On n'a pas été tendres l'autre jour. Je vous l'accorde. Mais faut aussi vous mettre à notre place. Cette situation n'est facile pour personne. On vous a entendus à la radio. Et je voulais juste vous prévenir que c'était du bluff. Personne là-dedans (j'ai montré du doigt l'usine) n'a l'intention de polluer la rivière. L'usine n'est absolument pas piégée. Ça, je peux vous le garantir. On habite tous le coin. On n'a aucune raison de faire ça. C'est juste pour négocier. Je sais pas qui a fait tourner cette info mais de notre côté c'est on ne peut plus clair. Je veux que les choses se passent bien entre nous…

— De toute façon, a balancé un petit barbu, une hache sur l'épaule, on vous a à l'œil.

— Oui, oui, je comprends bien. Vous voulez observer. Pas de problème. Je voulais juste m'assurer qu'on était au clair. On ne polluera pas la rivière.

Une fille avec un cache-col en polaire a lancé les hostilités :

— Ça ne serait pas la première fois ! La Bez en a déjà vu de toutes les couleurs. Et à cause de vous !

J'ai sorti les mains de mes poches et je les ai dressées devant moi en signe d'apaisement.

— Ouais. Vous avez parfaitement raison, j'ai dit. Mais c'étaient des accidents. Là, en ce moment, j'ai des ouvriers qui sont en train de vérifier la pression des cuves. Ils sont en train de faire tous les check-up nécessaires. Tant que cette usine est en grève, il ne peut rien se passer.

— Bande d'enculés, a dit la fille. (Les autres se sont marrés.)

J'ai joint mes mains. J'ai entremêlé mes doigts. J'ai commencé à battre en retraite, mon bâton de réglisse coincé contre la joue.

— OK. Maintenant je vais retourner là-bas. Et je veux que vous sachiez que s'il vous manque quoi que ce soit, vous pouvez venir nous voir. On est du même côté.

— N'exagérez pas, a répondu le bûcheron.

La petite troupe d'écolos qui m'avait accueilli avait progressivement gonflé pendant que je discutais, alors j'essayais de rejoindre la cour avant qu'ils ne pètent les plombs et s'engrènent les uns les autres. Ce campement était un bidon d'essence qui n'attendait qu'un mégot pour s'embraser.

Le soir, Freddy avait réussi à me convaincre d'aller voir les filles.

— Elles donnent une fête pour le retour de Karen. Il paraît qu'ils lui ont mis des prothèses nouvelle génération. Il paraît qu'elle a des chicots blancs comme des os de poulet. Ça nous changera les idées. Je crois que ça nous ferait du bien.

On était vautrés dans un canapé usé. Freddy parlait de la ProSol et des écolos qui se massaient autour de l'usine et je l'écoutais d'une oreille distraite. Nina portait une robe avec tout un tas de lacets et de ficelles dans le dos. Et j'avais envie de jouer avec comme un chaton. De tirer dessus gentiment, de les voir traverser les œillets de métal. De les enrouler autour de mes doigts. D'écarter ces écailles de soie. De passer mes pouces sur son dos. D'appuyer de tout mon poids et de sentir ses épaules se détendre. De caresser sa nuque. D'entrebâiller sa robe et de me glisser dedans.

— Ils jouent la montre, disait Freddy. Ils nous regardent de haut en attendant qu'on craque. Mais ça n'arrivera pas.

Nina discutait avec Paula. Elles buvaient des cocktails à base de gnôle, d'orange et de café. Elles rigolaient en regardant dans notre direction. Nina me faisait du rentre-dedans. Elle me fixait en mordillant sa paille. Elle prenait des poses lascives. Elle avait les lèvres maquillées de rouge. Elle dansait d'un pied sur l'autre avant d'éclater de rire. La lueur des bougies dansait contre les murs bordeaux et blanc, projetait des ombres monstrueuses.

— On les aura à l'usure. À la fin, c'est toujours les gentils qui gagnent. Pas vrai ?

— Je suis pas certain qu'on soit du côté des gentils, j'avais murmuré.

Tout autour, des filles en sous-vêtements ou en robes de soirée sexy distribuaient des boissons en envoyant des clins d'œil et des baisers. Elles tournaient autour des mecs en se disputant les plus friqués. L'ambiance était plutôt bonne et j'ai dit à Freddy de se détendre un peu. J'ai fait un petit signe à la nana aux cheveux bleus pour qu'elle nous apporte deux bières. Elle m'a tiré la langue et m'a fait un doigt d'honneur.

— Je crois qu'elle t'a à la bonne, il a rigolé en allumant une cigarette.

Je suis sorti du canapé en grognant. Le monde recommençait à tourner doucement. « Je vais nous chercher ça. » Une fille avec un soutien-gorge doré et des chaussures à semelles compensées se trémoussait derrière une console de DJ. Elle passait de la musique électronique planante avec juste ce qu'il fallait de rythme pour nous maintenir à flot. J'ai esquissé un petit pas de danse en me dirigeant vers le comptoir. J'ai commandé deux bières avant de me rendre compte que c'était Karen qui tenait le bar.

— Calvin, te voilà ! Tu es magnifique, j'ai menti.

Elle a souri. Ses dents étaient blanches, nacrées. Dans l'une d'elles, un petit diamant brillait. Le reste de son visage était boursouflé et bleu.

— Ouais, elle a dit. C'est pas si mal. (Elle m'a tendu les deux cannettes.)

— C'est pour moi, elle a ajouté. Nina m'a raconté pour ton frère. N'insiste même pas.

J'allais dire que je n'y tenais pas, que je n'avais pas envie qu'on me prenne en pitié quand la Maritchika m'a attrapé par le coude :

— Calvin, te voilà ! Tu n'es pas venu les mains vides ?

J'ai attrapé une des bières et j'ai demandé à Karen d'apporter l'autre à Freddy. J'ai bu une gorgée et j'ai dit « Allons ailleurs ».

Son bureau empestait la pisse de chat et le tabac froid. Une ampoule nue pendait du plafond. Les murs de lambris tombaient en lambeaux, ornés çà et là de photographies érotiques. La Maritchika s'est appuyée contre son bureau et pour la première fois j'ai pris conscience de son âge. C'était une vieille femme. Sa peau pendait sous son menton et le long de son cou. Il y avait cette canne qu'elle essayait de dissimuler ; qu'elle oubliait ou qu'elle compensait en s'appuyant contre les chaises et les meubles. Derrière ses lunettes à monture en plastique transparent on devinait des éclats de vie au fond de ses yeux. Des fulgurances qui passaient sur ses lèvres minces et violettes quand elle s'emportait.

— Comment ça se passe à l'usine ?

J'ai posé une boîte pleine de Mô sur son bureau. Elle a sorti une petite liasse de billets d'un tiroir verrouillé à clef. Je fournissais les filles en pastilles depuis longtemps. Et elles en voulaient toujours plus. Elles en prenaient tout le temps. Elle en mettait une pastille dans le café le matin. « Pour détartrer. » Elles devenaient accros. « C'est thérapeutique », disait Nina.

— On en bave.
— Mon Dieu.
— Ouais.
— On a moins de monde ici. Les gars n'ont plus de fric. Ils se serrent la ceinture. Ça va pas tarder à être compliqué pour nous aussi.

J'ai regardé ses yeux gris.

— Tu me demandes de les remettre au travail ?
— Je n'en sais rien. Mais fais quelque chose d'intelligent, sinon, on risque de tous y rester. Pour une histoire de « qui pisse le plus loin ». Des conneries de bonshommes.

On a discuté de la ProSol et du sens de la lutte. Je buvais ma bière par petites gorgées pour me donner des airs. Mais dans le fond elle était plus proche de la vérité que ce que je voulais bien lui laisser penser. Elle a remonté ses lunettes avec son poing. Elle a dit :

— Vous êtes des dinosaures. Il faut vous mettre ça dans le crâne. Votre espèce est en voie de disparition. Ça sert à rien de vouloir aller contre la nature. Vous avez fait votre temps.
— Et pas vous ?

Sourire en coin, les yeux levés au ciel.

— J'en doute.

J'ai passé la journée du lendemain à la ProSol à tenir le piquet de grève, à distribuer un peu de Mô, à signer des papiers – un huissier était passé prendre acte de l'occupation illégale de l'usine. Vers la fin de l'après-midi, j'étais parti avec quelques gars pour contrôler les cuves. Et à la tombée de la nuit, j'étais monté sur la passerelle avec une cannette de bière. La grève traînait. À cette heure, les ombres s'étiraient de tout leur long dans la cour et d'ici les gars ressemblaient de plus en plus à des spectres miniatures. Nous avions du mal, tous autant que nous étions, du mal à envisager la suite ; à trouver un second souffle. Si bien que parfois, j'avais une furieuse envie de foutre le feu à tout ça. J'avais rappelé les négociateurs mais ils n'avaient pas voulu nous recevoir. « Pas dans ces conditions. Vous avez reçu notre huissier ? » J'ai balancé mon mégot dans le vide et Judith est arrivée un pack de six sous le bras. Elle m'a embrassé sur le haut du crâne et s'est assise à côté de moi. Le vent lui ramenait les cheveux dans les yeux, elle les a replacés derrière ses oreilles et elle m'a tendu une bière.

— Comment tu te sens ? elle a demandé en posant une main sur mon genou.

— Ça va aller, j'ai répondu, le doigt glissé sous la languette de la boîte.

J'ai pris une longue gorgée. J'ai étouffé un rot dans ma main.

— J'ai de plus en plus de mal à envisager une fin heureuse.

Le vent a sifflé entre les tubes d'inox et les échelles à crinoline alu. J'ai même cru entendre un truc voler, taper contre une cuve.

— Merde, s'est énervée Judith en enfournant ses cheveux sous son bonnet.

Elle a rigolé et a versé un peu de vodka dans sa cannette.

— Mon ex-mari appelait ça un diesel.

Sa bière s'est mise à mousser et à ressortir par le trou. Elle a collé ses lèvres dessus, suçotant au passage une mèche de cheveux. J'ai tendu ma bière. On a bu en regardant les couleurs disparaître pour de bon. Quand on n'a plus vu grand-chose, Judith s'est mise à fredonner *Que sera sera.* J'ai allumé une autre cigarette.

De l'autre côté des barricades, les écolos se soûlaient et fumaient des joints. Ils rigolaient et se battaient avec des morceaux de bois. Ils lançaient des boules de neige et jouaient au base-ball avec des cailloux. De temps en temps, un projectile tapait contre une cuve et c'était l'éclat de rire général. Le métal vibrait comme un gong bouddhiste. Et puis, ils se sont mis à balancer des pommes de pin enflammées et des cocktails Molotov. Ils faisaient des moulinets avec leurs battes improvisées. Ils criaient pour de bon. Des auréoles bleues et jaunes s'étalaient dans la cour. En bas, les spectres s'agitaient, couraient avec des seaux remplis de sable et des extincteurs.

— Qu'est-ce qu'ils foutent ? a demandé Judith.

Je suis descendu à toute allure, la peur vissée dans les tripes. Judith sur mes talons. Henri, Franck et les autres me regardaient, hébétés et terrifiés. Personne ne comprenait ce qui se passait. C'était comme si tous ces mecs venaient de se faire tirer d'une sieste par de grands seaux d'eau froide.

— Bordel, mais à quoi ils jouent ? s'est inquiété Franck en clignant des yeux.

J'ai croisé le regard de Freddy ; ses lèvres articulaient : « La mallette. Ils nous font payer pour la mallette. »

En un rien de temps, une voiture bélier a défoncé la barrière du check-point et une autre a fait un trou dans une clôture plus au sud. J'ai vu des mecs bâtis comme des mercenaires distribuer des coups. Une centaine de gars armés de battes et de chaînes de vélo. Des images de guerre civile. Les ouvriers de la ProSol se prenaient des raclées. On entendait les impacts résonner partout et çà et là grossir les feux autour de bidons éventrés. Ces mecs-là n'avaient rien à voir avec les hippies que j'avais rencontrés quelques jours plus tôt. Quelque chose m'a frappé sur la tempe. Autre chose dans l'estomac. J'ai vomi de la bière et de la bile. Plié en deux. J'ai mis ma main en avant : « Stop. Attends. » Un coup de pied dans le nez et le goût métallique du sang. « Fils de pute », disaient les mecs. « Connards ! » ils criaient. Je me suis écroulé dans la boue froide. *Knock-out.*

Du sang me coulait du nez et de l'arcade. Un zébra lumineux passait devant mon œil, ondulait comme un ver et disparaissait dès que j'essayais de le fixer. J'avais les muscles raides et je passais sans arrêt ma langue sous une dent qui menaçait de se déchausser. Le nerf se tendait, et la douleur, alors, me lançait jusqu'à l'articulation de la mâchoire et jusqu'à la base du cou. De l'autre côté de l'habitacle, le paysage défilait dans le petit matin. Des reflets argentés, d'autres dorés. Une mine de diamant, juste là, de l'autre côté de la vitre, scintillait à s'en cramer les rétines. La voiture avançait dans le silence de l'aube. Et peu avant le Nutts, je me suis mis à hurler et à cogner contre le plafond. Le pare-soleil et les garnitures en plastique ont craqué sous les coups. Le rétroviseur est tombé. Le miroir s'est brisé. L'autoradio a craché une bouillie sonore inaudible et informe. Le klaxon a résonné contre les falaises. J'ai frappé contre le volant à en déformer le cercle. J'ai frappé contre le tableau de bord. Les machins se fendaient et se gondolaient. L'avenir dégringolait depuis le ciel à une vitesse phénoménale et la rage, la douleur, l'impuissance et la colère dévalaient dans un monde étincelant.

Le vieux jouait sur son téléphone. Il se passait la langue sur les lèvres et il plissait les yeux :

— T'es de l'équipe de nuit, pas vrai ?

J'ai tiré sur la languette et le truc a fait *pschitt*.

— Si on veut.

— Y a que ceux de l'équipe de nuit qui viennent boire des bières à une heure pareille.

— Alors je dois être de l'équipe de nuit.

Le Nutts sentait la sueur et l'alcool. J'étais fatigué, mais quelque chose grandissait dans ma tête. Une idée que je considérais, à présent, d'un œil nouveau.

*

Kimi avait mis Joanna sur la platine. Elle planchait sur la grille de mots croisés de *Lundis secrets*. Une odeur de chou rouge au vinaigre montait depuis une marmite qui bouillonnait sur le feu. Je tenais une poche de glace contre mon nez ; debout sur le tapis à l'endroit exact où Tom s'était tué. Je contemplais Kimi, assise dans la lumière grise de l'après-midi. Elle remuait le fond de la gamelle sans quitter des yeux son magazine. Je suis passé dans la cuisine et nous ai servi un verre de vin blanc. De ma main, j'ai effleuré son cou en passant dans son dos. On n'avait jamais reparlé de ce soir-là. On se regardait plutôt en chiens de faïence en attendant que les étoiles soient de nouveau alignées. Et c'était le genre de chose qui pouvait prendre du temps.

— Des casseurs de grève, tu dis ?

— C'est ce que pense Freddy.

— C'est l'usine qui les aurait envoyés ?

Elle a porté un verre à ses lèvres et j'ai arrêté de respirer.

— Tu crois qu'ils pourraient faire quelque chose comme ça pour vous obliger à reprendre le boulot ?

— On s'est fait démolir… Alors oui.

J'ai repensé à la Maritchika. Elle avait dit « Vous êtes des dinosaures ».

— On les a pris pour des hippies. Ils cherchaient à brouiller les pistes, j'ai continué, la main glissée derrière la tête. Et on n'a rien vu venir.

Kimi marchait à travers le salon. Talon. Tranche. Orteils. Elle portait une robe en laine ; un collant en nylon sans chaussures. Je regardais ses pieds avancer sur les lames. Talon. Tranche. Orteils. Ils donnaient l'impression de se dérouler sur le parquet. Talon. Tranche. Orteils. Légèrement de biais, sur l'arête. Talon. Tranche. Orteils. Elle scandait à voix haute : « *Des coups ! Des coups dans l'eau ! Dans l'eau bénite, des hommes / harassés se baignant nus / Et les nuisibles voient tout / Tous les cous. Tous les cous dans l'eau. Tous les cous tordus / Pendus à l'échafaud.* »

— Tu travailles sur quelque chose ?

Une fossette s'est dessinée sur ses joues. Et j'ai cru déceler de la fierté derrière ses yeux.

— C'est possible. Et je crois que ça s'appellera *De glace*.

— Tu veux m'en réciter un ?

J'ai accentué une grimace de douleur en m'allongeant tout au fond du canapé. Talon. Tranche. Orteils. Elle s'est assise sur la malle de bois. Une jambe repliée sous les fesses. Ses doigts lissaient la laine de sa jupe. Elle a bu une nouvelle gorgée ; s'est éclairci la gorge dans son poing.

— « *Un cortège de corps passe dans la rue. Les pieds devant. Les pieds blancs. Les pieds nus* (Une pause.) *Au-dedans, au-dehors, des fanfares. Aux airs mineurs. Aux airs pleureurs. Aux airs hagards. Tandis qu'aux balcons les squelettes attendris. Aux os décidus. Aux os tordus. Aux os meurtris. Lancent des confettis bariolés. Qui virevoltent. Désinvoltes. Dans l'été* (Une nouvelle pause.) *Le cortège de corps gravit les monts. Les pics, les cols. Les torrents dégringolent. L'aval et l'amont. S'épuise dans la quête du pardon. Vœux pieux. Vœux à Dieu. Vœux fripons. Les corps roulent sur leurs maigres rotules. Avancent à pas lents. Avancent délirant. Avancent puis reculent.* (Elle regarde par la fenêtre et poursuit.) *Ils creusent l'argile ; ils creusent des tombes. Sèment des fleurs. Sèment des pleurs. Sèment et succombent.* (Dehors il neige.) *Sur le cortège de corps tombe la pluie.* Flic flac. Flic flac. Flic floc *et puis…* »

Nouvelle fossette, triste celle-ci.

Elle s'est approchée. Elle a enroulé ses bras autour de moi. J'ai passé ma main dans ses cheveux et dans son dos. Elle sentait le parfum. Elle a levé les yeux et j'ai remarqué les cicatrices autour de ses arcades. Je l'ai serrée contre moi. Les paupières closes. Le menton posé dans le creux de son épaule.

J'ai dit :

— Ça ne me plaît pas, mais je vais rencontrer le maire. Il a laissé entendre qu'il pourrait nous aider.

Elle m'a caressé la joue du revers de la main. J'ai ajouté :

— Qu'est-ce que tu en penses ?

— J'aime vous voir tourner autour de la lumière comme des papillons féroces. Vous voir buter contre des parois de verre. Tenter de les contourner. Tenter de les traverser. Tenter d'atteindre ce filament rouge safran.

Un courant électrique le long des côtes. Le sang qui me coule du nez. *Merde.*

Elle s'est éloignée de moi. Elle s'est adossée contre un mur. Elle a regardé ses pieds et s'est gratté la nuque. Elle a dit :

— Fais attention à toi.

Elle a dit :

— Ton frère est devenu fou en poursuivant des rêves qu'il ne pouvait pas réaliser. Choisis bien tes rêves, Calvin.

Je me suis mordu l'intérieur de la joue en la regardant s'éloigner en direction de la cuisine. Ses hanches balançaient à droite et puis à gauche, comme un pendule.

*

J'ai rejoint la route qui mène à la baie. Le ciel était bleu, les champs couverts de neige constellés de choucas et de corbeaux. L'océan brillait dans le soleil. Je jetais des coups d'œil à Job assis sur le siège passager. Je lui donnais des caresses sur le museau et sur le flanc. La voiture de Tom était confortable et silencieuse. Intérieur cuir. Le soleil jouait à cache-cache derrière les arbres et les montants du pare-brise. Il dessinait des arcs de cercle multicolores sur les vitres. Les rétroviseurs se mouchetaient de particules de poussière.

Le maire avait dit « Si je peux faire quoi que ce soit, n'hésitez pas ».

Un rayon de lumière a traversé les nuages. J'étais en avance. On m'avait donné rendez-vous dans une paillote du littoral un peu à l'entrée de la ville. Une bicoque de planches enduite de goudron, et à l'intérieur parsemé de décorations de surf et d'éléments de bateau. Une large baie vitrée donnait sur la mer. Dehors, les mouettes et les goélands planaient sur les courants d'air en provenance du sud. Et mis à part quelques promeneurs, les plages étaient désertes. Les vagues charriaient du sable et des bouts de plastique. Je me suis promis d'y emmener Kimi un jour. Dans mon dos, une serveuse regardait au loin la tête posée dans les mains, appuyée contre le comptoir. Elle mâchonnait du chewing-gum ; j'étais le seul client. La radio diffusait un reportage sur l'USP. L'entraîneur disait « *L'objectif est toujours le même. On vise toujours la première place. On a eu un début de saison difficile. Il faillait qu'on trouve nos marques avec une charnière centrale toute neuve, mais je crois qu'on tient quelque chose. On ira jusqu'au bout* ».

— Putain, vous avez intérêt, a marmonné la serveuse.

Le maire est arrivé par la plage en tenant ses chaussures à la main. Il a fait coulisser la baie vitrée et les effluves de l'air marin sont entrés avec lui.

— Rien de tel qu'une balade le long de la côte pour vous remettre les idées en place, a-t-il dit en passant la main dans ses cheveux.

Il a pris un fauteuil en plastique et s'est installé en face de moi.

— Avant d'être élu, je commençais chacune de mes journées par une balade sur le front de mer, pieds nus. Quel que soit le temps. L'iode aide à se concentrer, il paraît que ça fluidifie les connexions neuronales.

Il s'est tourné vers la serveuse.

— Marie, mettez-moi comme d'habitude.

Et, se tournant vers moi, la main sur mon bras :

— Et apporte-lui une bière. Peu importe combien il en a bu avant, c'est pour moi.

Il m'a souri et on est restés silencieux jusqu'à ce que nos verres arrivent. On a tous les deux bu une gorgée, comme de vieux copains qui ne sauraient pas par où commencer.

Ses mains étaient posées sur la table. De part et d'autre du verre.

— Comme je te l'ai dit, Tom et moi étions proches. Plusieurs fois, j'ai bloqué des dossiers des services sociaux faisant état de violence conjugale. Tom avait un trop-plein d'énergie qu'il avait du mal à canaliser et Kimi… Kimi est une femme splendide.

Il m'a regardé du coin de l'œil, d'une tête de plus que moi.

— J'essaie de ne pas trop penser à ça en ce moment. Ou en tout cas, j'essaie de m'en souvenir comme quelqu'un de bien… La dernière fois, vous avez proposé de nous aider.

Il s'est essuyé la commissure des lèvres avec les doigts :

— Sur la défensive. Comme lui. Il avait du mal à faire confiance aux gens. Il n'arrivait pas vraiment à se confier. C'était un solitaire et Kimi était, littéralement, tout ce qu'il avait. Et il était en train de la perdre. Je comprends ce qui leur est arrivé.

J'ai avalé ma salive bruyamment en suivant des yeux un oiseau qui faisait des cabrioles dans le ciel.

— On a besoin d'aide. À l'usine, je veux dire.

Il se tenait droit et de temps en temps on pouvait entendre ses boutons de manchette cogner contre la table.

— Pourquoi est-ce que je ferais ça ? Qu'est-ce que j'ai à y gagner ? L'opinion publique voit d'un bon œil la fermeture de la ProSol. Ce serait stupide d'aller contre.

Il a bu une gorgée de bière.

— Je ne peux rien faire pour vous. Surtout avec cette grève qui tourne à la farce. Des rumeurs circulent sur les réseaux sociaux. Il se dit que vous allez vider les cuves dans la Bez. Il se dit que vous rejetez sciemment du CO_2 dans l'atmosphère. Il y a des vidéos d'écolos avec des masques à gaz enchaînés dans la boue et dans la neige ; des camions-citernes en arrière-plan. Des vapeurs gris et orange qui sortent des cheminées. À quoi vous jouez ?

Il a cru bon d'ajouter :

— L'opinion est contre vous. Je ne peux pas vous soutenir. Pas de cette façon.

Les gouttes de condensation ruisselaient contre mon verre. J'étais incapable de bouger ou même de me concentrer. Un gamin courait sur la plage en tirant un cerf-volant à sa suite. Un losange vert et rouge.

Un sourire méprisant est passé sur ses lèvres sans qu'il cherche à le cacher. Par la lucarne du passe-plat, je devinais Marie aller et venir à travers la cuisine.

— Malgré tout, j'ai peut-être un projet pour vous.

Un long silence.

— Qu'est-ce que vous avez en tête ? j'ai demandé sans lever les yeux de l'indicible ligne qui séparait la mer du ciel.

Il a regardé les vagues s'échouer sur le sable avant d'annoncer :

— J'ai de grandes idées. L'unité Recherche et Développement de la ProSol travaille sur un projet de centrale au thorium. Cofinancé par la Mairie. (Je me souvenais que Judith m'avait parlé de ça.) On pense garder le site pour produire le combustible. Il y a des pourparlers avec ProSol Industrie, les choses ont l'air bien engagées.

— Quel rapport avec nous ?

— Nous pensons être en mesure de monter une nouvelle génération de centrales prochainement, mais il va nous falloir du personnel. Ça va sans dire.

— Vous reprendriez les ouvriers de la ProSol ?

— Un rapport dans ce sens a abouti sur mon bureau. Et j'y ai porté un certain intérêt.

J'ai attendu la suite et j'ai entendu :

— Thomas m'avait raconté que tu fabriquais des pilules de chamane. De la Mô… J'aimerais que tu en distribues dans les quartiers ouest.

Je n'ai rien dit. J'avais la gorge sèche. Des billes de plomb roulaient sous ma langue.

— Je ne veux avoir aucun lien avec ça. Distribue simplement ta Mô ; et tes petits camarades et toi pourriez trouver une place dans ce projet de centrale au thorium. On aura besoin de gars qualifiés et qui n'ont pas peur de se salir les mains. Des gars qui connaissent les procédures.

Mon cerveau refusait de comprendre.

— Pourquoi les quartiers ouest ?

— Dis-moi que tu es d'accord avec ça. Tu me dis juste « Monsieur le maire, je suis votre homme. Dis-moi juste ça et, qui sait, tu iras peut-être un peu plus loin que ton frère ».

J'ai passé les mains sur mon visage sans répondre. Dehors, les drapeaux claquaient sous les rafales de vent. J'ai pensé aux dinosaures.

Roque perdait patience et me menaçait :

— Tu n'as pas l'air de bien comprendre. Ton frère était pareil. Des cadres de la ProSol racontent qu'on t'a offert une mallette. J'ai des photos, une vidéo de toi et de deux autres ouvriers en train de prendre cette mallette dans un box à rideaux du DeLuxe. Le box n° 2. Je pense que des juges aimeraient avoir des photos comme celles-ci entre les mains.

Le maire me faisait chanter.

J'ai arrêté de respirer en cherchant dans ses yeux une part de bluff mais je n'y ai trouvé que le reflet de l'océan. Il a poursuivi en cherchant son téléphone portable dans la poche intérieure de sa veste :

— Et ne te fais pas d'illusions, la ProSol sous-traite pour ce genre de négociation. En aucun cas, elle ne peut être inquiétée. Eli Lamb est un homme bien conseillé. Quelqu'un de prévoyant.

Son index a ensuite navigué sur l'écran et il a dit « Voilà » en tournant l'appareil dans ma direction. Kudz, Freddy et moi étions assis dans l'alcôve n° 2 du DeLuxe. La mallette était posée sur la table. Les lèvres de Freddy articulaient « Faisons comme ça ! ». J'ai fermé les yeux. La vidéo défilait toujours sur l'écran. Et j'ai remué la tête de haut en bas sans savoir ce que je faisais. De la sueur glacée me coulait dans le dos. J'avais peur. Le corps parcouru de faisceaux électriques. Pris au piège, par une machine que j'avais moi-même mise en route.

Roque a rangé son téléphone. Il s'est radouci. Et l'air ravi, presque jovial, une main sur mon épaule :

— Parfait. (Une pause, examinant mon visage.) Tu as sûrement entendu parler de Youri Guedjh ? Celui qu'on appelle le gourou Guedjh ?

J'ai fait signe que oui, sans chercher à comprendre.

— C'est un candidat sérieux à la Mairie. Les sondages le placent en tête. Il administre les quartiers ouest et je compte bien sur tes pastilles pour le mettre hors course. En attendant, et pour que l'opinion change de camp, je vous conseille de reprendre le travail. J'ai entendu dire que Lamb vous avait envoyé un peu de compagnie... Tu dois te douter qu'il ne s'arrêtera pas là. Je te l'ai dit, c'est quelqu'un de bien conseillé.

Il s'est levé. Sarcastique :

— Ravi de pouvoir vous rendre service.

Il a continué :

— Quelqu'un de mon équipe te contactera. Hannibal Harlysburgh. Il connaît tout et tout le monde. Il estime que deux à trois mois seront nécessaires. On est encore dans les temps. Bon courage, Calvin, et mes amitiés à Kimiyo.

Avant qu'il passe la porte, j'ai grogné :

— Il faudrait que vous veniez à la ProSol pour leur expliquer le projet. Ça serait la moindre des choses.

— Hors de question. (Deux pas dans ma direction.) Tant que les sondages ne vous sont pas favorables, je ne mettrai pas un pied dans cette vallée.

*

Les oies étaient collées les unes contre les autres, la tête enfouie sous leurs ailes. J'ai tapé doucement contre la porte de vinyle gris. Freddy avait les yeux gonflés de sommeil. Il portait un short de marathonien et un tee-shirt sans manches qui laissait apparaître ses tatouages. Il était 9 heures. Il s'est marré :

— T'as vraiment une sale gueule. (Il a enfilé un jogging, un manteau et des chaussures en plastique transparent.) J'arrive.

J'ai soufflé dans mes mains. Freddy m'a rejoint de l'autre côté de la clôture avec deux bières. Avec la grève, on avait pris des habitudes à la con.

— Paula dort encore. (Il m'a tendu la cannette.) Qu'est-ce qui se passe ?

J'ai raconté le maire et le chantage à la Mô. Je lui ai parlé de l'appartement de Tom. « Ça pourrait nous servir de base arrière. » J'ai demandé : « Qu'est-ce que tu en penses ? »

— Avec ce projet de thorium, on serait de nouveau dans la partie.

— La Maritchika t'a fait le coup du dinosaure, à toi aussi…

Il a bu une gorgée. Le ciel autour de nous était gris acier. Calme. Sans un bruit. La végétation était couverte de givre. Pas une lumière ne filtrait des bungalows alentour. Les arbres décharnés, de part et d'autre des allées, faisaient peine à voir.

Freddy :

— Où est l'arnaque ?

— Il faut retourner bosser. La grève donne une mauvaise image. Elle nous fait passer pour des fainéants, des bons à rien. De ce côté-là, on n'a rien gagné du tout. L'interview pour TVP 1 ne nous a pas servi un seul instant. (Une pause ; une gorgée – froide et amère.) Ça fait partie du deal.

La porte du bungalow s'est ouverte. Paula portait une robe de chambre en éponge bleue.

— Y a du café chaud. Vous allez attraper la mort dehors.

On s'est installés au fond. Freddy a passé la main par la fenêtre pour attraper deux autres cannettes et le vaste petit monde du mobil-home s'est illuminé sous mes yeux. Chaleureux mais triste. La bière était froide à m'en brûler la gorge. J'ai bu en prenant des nouvelles des autres. Et en un rien de temps, l'alcool m'a déposé sur un tapis roulant. J'écoutais. Je regardais les petites ampoules d'une guirlande tendue dans la largeur de la maison éclairer leur univers d'une lueur de carnaval. Je rigolais tandis que Freddy dépliait un trombone. Dehors, le ciel était uniformément gris, et de temps en temps quelques flocons venaient danser devant les vitres.

— Alors, j'ai demandé tandis que mon index glissait sur le goulot. Qu'est-ce que tu en penses ?

Il a brûlé avec son briquet une des extrémités du trombone et pendant que le métal était encore chaud il l'a enfoncée dans une pastille de *muscaria*. Il a soufflé pour que le sucre se soude un peu plus vite. Il a fait rouler le fil de fer entre ses doigts avant de caler la sucette à l'intérieur de sa joue. Il a suçoté la Mô pendant un moment, avant de dire qu'il trouvait ça stupide.

— Vraiment idiot. Mais s'ils ont des images de la mallette, on est baisés. Alors je vais te dire que j'en suis. Mais si à un moment les choses tournent mal je veux que tu m'écoutes et qu'on sorte de là immédiatement. Je ne te demande rien d'autre. Juste de mettre les voiles si, d'une façon ou d'une autre, ça se met à sentir le roussi. Et il faudra qu'on ait ce Harlysburgh à l'œil.

Paula a sorti le nez de son café fumant :

— Il va falloir parler à tout le monde. À votre place, c'est surtout de ça que j'aurais peur. Je ne suis pas certaine que tout le monde accepte de reprendre le travail sans discuter. L'histoire avec les casseurs en a mis plus d'un sur les dents. Ils s'en veulent de s'être fait surprendre. Ils veulent une revanche.

Freddy m'a tendu la sucette au vélum. J'ai dit « Merde il est encore un peu tôt » avant de l'attraper et de la glisser sous ma langue.

— Ça ne me plaît pas d'avoir à leur imposer ça.

— Ils t'ont à la bonne, a dit Freddy la main sur la casquette. Ils le feront. Pas de gaieté de cœur, mais ils le feront.

Le temps s'est arrêté et l'avenir m'a semblé être un long chemin de croix. Un truc lourd à porter.

J'ai passé le bonbon au tue-mouches à Paula et elle l'a considéré un moment avant de le poser sur sa langue :

— D'où ça vient ces pastilles, la Mô ?

Je me suis éclairci la gorge. Et la réalité est revenue sans passé ni avenir. Juste l'instant présent.

— Arrête, a plaisanté Freddy. Il l'a raconté des centaines de fois, ne me dis pas que tu ne l'as jamais entendu ?

— Jamais de sa bouche.

— Eh bien crois-moi, il va se faire un plaisir.

Je souriais en pensant à Thomas. C'était un des bons souvenirs que je gardais en tête.

— C'était du temps du collège, j'ai expliqué. Tom était dans une période anthropologie. Il portait des chapeaux à la Indiana Jones et des pantalons avec des poches latérales. (Je me suis marré.) Il lisait des bouquins sur les clans et les tribus qui vivaient à Poghorn avant qu'on arrive pour y chercher de l'or et des diamants. Un de ces livres parlait de la Mô. *Des trois veines au Rauc : une histoire de Poghorn*. Lujin Liveurleeg a écrit ça. Il explique que les natifs avaient des sortes de guérisseurs, des chamanes. Et il donne la recette d'une potion à base de miel et de *muscaria*. Il faut sécher les champignons en les enfilant sur une ficelle et puis les réduire en poudre et les mélanger avec du miel. Ils appelaient ça la Mô et ils avaient des rituels qui allaient avec. Des rites de passage pour les adolescents. Pour les mariages…

— Ce qu'il ne te dit pas, c'est qu'une fois que les colons sont arrivés dans les vallées pour chercher l'or, les natifs ont été exterminés. Les chamanes sont devenus mendiants. Pour un sou, tu pouvais tremper ton doigt dans leur pot de miel. D'une façon ou d'une autre et quelle que soit l'époque, quelqu'un se fait baiser.

Les pupilles de Freddy avaient disparu mais il continuait de parler. Il encaissait bien mieux que moi.

On a fini la journée en disputant plusieurs parties d'échecs. Concentrés sur les petits carreaux blancs et noirs, la ProSol était loin.

*

Une boule de stress grossissait dans mon ventre et dans ma gorge. J'avais réuni tout le monde au Nutts afin d'éviter les écolos qui campaient toujours en nombre devant l'usine. Judith et Kudz servaient du vin chaud et des tartines sorties du four. Au-dessus de nos têtes, les nuages s'agglutinaient entre les montagnes. Des nuages teintés au cuivre et au mercure. Une fine pellicule de neige couvrait les pins et les contreforts de Grand C. La radio jouait une musique commerciale que nous n'écoutions pas. La boule de stress se contractait. La plupart des gars voulaient connaître la suite et ce que j'allais leur annoncer n'allait pas leur plaire. Certains avaient des envies de vengeance et ils voulaient qu'on réplique de façon violente.

La boule de stress roulait contre mon estomac.

J'ai confié Job à Freddy et Paula et ils m'ont souhaité bon courage. La boule de stress est devenue dense comme une supernova, je me sentais comme un môme qui arracherait les ailes d'une libellule pour la toute première fois. Profondément triste et impuissant à réparer l'irréparable. J'ai pris une profonde inspiration. L'air empestait le plastique chirurgical, la cannelle et le clou de girofle. J'ai repris ma queue-de-cheval en pensant à Nina. Elle avait dit « Tu vas faire un chef du tonnerre ». Je suis monté sur le toit du bungalow.

Et d'en haut, j'ai bafouillé des mots inaudibles. Quelqu'un a gueulé « Plus fort ! ».

J'ai repris :

— Merci d'être venus.

— Y a pas de quoi ! a crié quelqu'un d'autre.

Et les gars se sont marrés. J'avais les mains moites. Mon estomac faisait un bruit d'enfer. Les nuages ocre et gris gonflaient comme des montgolfières au contact de l'air chaud qui montait de l'usine. Du toit du Nutts, j'apercevais les colonnes de fumée qui s'élevaient des cheminées de la ProSol. Gris orangé. Et je voyais tous les yeux dans la neige et la boue tournés vers moi. Timides et fiers. Impatients et teigneux. Alors j'ai raconté par le menu le maire et sa proposition de reclassement. J'ai raconté le projet de central au thorium. J'ai dit :

— Il nous propose des emplois. Il nous propose un avenir et une paye.

Les gars ont applaudi et sifflé.

Je n'ai rien dit sur la Mô. J'ai dit :

— Il nous demande de reprendre le travail.

La foule s'est tendue ; envahie de silence. Les flocons, fins comme des têtes d'épingle, flottaient dans l'air. « Pas question ! » ils braillaient. « Ouais, qu'ils aillent au diable et se faire foutre. »

J'ai argumenté pour leur faire entendre raison.

— Le mouvement a mauvaise presse. Il nous faut l'opinion publique avec nous. C'est à cette condition que le maire pourra officialiser son projet de reprise.

— Tu vaux pas mieux que Pieyre !

— Ouais ! Vendu !

J'ai encaissé sans rien dire. Tous leurs yeux étaient injectés de sang. La fatigue et le stress nous rendaient irritables. La fatigue et le stress jouaient contre nous. Des groupes se formaient, défendaient leur point de vue et gueulaient sous un ciel d'apocalypse. Une épaisse couche de boue s'accrochait à nos chaussures et nous donnait des démarches étranges. Freddy et quelques autres ont même été obligés d'intervenir et de séparer deux gars de l'après-midi qui en venaient aux mains. Job s'était réfugié sous le mobil-home, roulé en boule comme un gros chat. Et j'aurais donné n'importe quoi pour pouvoir en faire autant. Et au moment du vote, j'ai arrêté de respirer.

— Qui est pour reprendre le boulot ?

Les mains se sont levées au compte-gouttes et sans entrain, mais la majorité était dépassée. À l'ouest, des arcs électriques ont claqué à travers les nuages. Le temps ainsi suspendu était en mal d'avenir.

*

Depuis l'aube j'ai dormi
Les styrènes glissaient
Entre les hêtres et les pins
Je me suis levé tard alors.

*

Poghorn.

Ça grouillait dans tous les sens. Des vendeurs ambulants, des types à vélo avec des parkas du surplus militaire ou des vestes de fausse fourrure. Des gens partout. Des réseaux de câbles électriques comme tissés par des araignées géantes. Des containers à poubelles le long des trottoirs. Des gouttes d'eau sous les blocs des VMC. Des bagnoles. Des bagnoles. Des bagnoles. Des bagnoles qui projettent des gerbes de sel et de sable. Des blocs de glace dans les escaliers. Des mendiants. Des montagnes de neige sur les places de parking. Des sacs de shopping. La chaleur des bars. Des vitrines de restaurant. Des mendiants. J'errais dans les rues comme un zombie. Mes jambes me portaient à peine. Groggy.

Je traînais dans les quartiers ouest.

Je traînais aux abords de Greön.

Sans but et pour tuer le temps.

Le rendez-vous avec Harlysburgh était prévu pour le lendemain. Attendre était insupportable.

Greön.

Des bars et des clubs à perte de vue. Le bruit de la mer couvert par l'amas sonore des musiques électroniques. Des filles en minijupe et des mecs en denim moulant qui défilent sous des débris de neige. Des néons partout. Une avenue piétonnière de cinquante mètres de large parée de débits de boissons, de boîtes de strip, d'ivrognes, de publicités, de lampions et de guirlandes multicolores. Des types en smoking et des filles en combinaison moulante distribuaient des flyers promotionnels. *LE PREMIER VERRE OFFERT DE 15 À 16 HEURES. VOS CONSOMMATIONS JOUÉES À PILE OU FACE. LA PINTE AU PRIX DU DEMI. FÛT FINI, FÛT GRATUIT.*

J'ai repéré un groupe de dealers avec des casquettes à oreilles en fourrure, des doudounes cintrées et des pantalons de ski, agglutinés autour d'un banc. Le plus petit racolait pour le reste de la troupe. Il allait contre le courant et naviguait dans la foule comme un saumon à la recherche d'une proie. Et de temps en temps, il escortait un client à la peau grise et aux dents pourries. Les autres les regardaient s'amener en tenant leurs clopes avec trois doigts. Ils essayaient d'avoir l'air dangereux et respectables. Ils jouaient avec des canifs et des couteaux papillons. Des plastiques de cigarettes remplis de cocaïne sortaient des poches de leur manteau. Ils se donnaient des tapes sur les bras et sifflaient les filles.

Je suis descendu un peu plus bas dans la rue et je me suis arrêté là où des bancs de ciment forment des blocs de récif. J'ai fumé une cigarette ou deux ; je me suis soufflé dans les mains en attendant un signe du ciel. Et rien n'est venu. J'ai fermé les yeux et lorsque je les ai rouverts, il m'a semblé voir entre les corps, les bonnets et les sacs plastique, il m'a presque semblé apercevoir Joanna Newsom sautiller parmi la foule, enroulée dans une cape de feutrine rouge bordeaux.

À mi-voix dans ma tête : *Sale toute petite bête.*

Depuis la fin de la journée, de gros flocons dégringolaient du ciel. Dans les Trois Vallées, de l'autre côté du Fageas, on s'attendait à voir tomber une avalanche. Tandis qu'à P. les chasse-neige tournaient chaque nuit et sans relâche. On voyait leurs gyrophares orange et rouge clignoter dans l'appartement de Thomas.

Il était 5 heures du matin. J'essayais de ne pas faire de bruit pour ne pas réveiller les autres. J'ai traîné un peu dans le salon. J'ai soulevé un rideau pour regarder par la fenêtre. Les rues étaient dégagées mais les bagnoles garées le long des voies étaient enfouies sous des montagnes de neige. Des guirlandes lumineuses : des sapins en néon ou des sucres d'orge. Sur les trottoirs, des natifs cassaient la glace avec des barres de métal. J'ai fait chauffer de l'eau. J'ai rempli une boule à thé avec de la verveine. Aucun son n'entrait ou ne sortait d'ici. Et il régnait une sensation de sérénité incroyable. De sécurité. Une enveloppe de coton feutré. Le monde extérieur semblait loin. Sans prise. Mais passé cette impression, il y avait les bouteilles à demi vides sur les meubles et sur le parquet. Les piles de bouquins écroulées ou éparpillées le long des murs. Les poubelles débordaient de dessins, de textes, d'idées. Des cartons de bouffe surgelée. Des packs de bière. Des millions de stylos-billes noirs. Des photos de Kimi en 24 x 32. Des articles sur Tom, d'autres sur Kimi, encadrés. Sous verre, la couverture de *Poghorn Magazine* et des photos de Tom avec le maire, et avec d'autres huiles. Dans le bureau, sur l'étagère, *Esquisses*, son best-seller traduit en dix-huit langues et adapté au cinéma. La fierté de la ville. Les étages du dessous, les recueils de Kimi : *Le Totem des enfants*, *Pleine d'orage*, *L'Or du monde*, *Calcinée*, *Un court battement*, *Des fougères plein la gorge*, *Bile*, *Tables d'arithmétiques naturelles*, *Bestiaire de mon estomac*, *Depuis l'orchestre dans la boue jusqu'aux cimes inatteignables*, *Le Regard des pendus*. Des contrats. Des scripts pour la télé. Des scénarios.

Mon frère avait fait la couverture de *Poghorn Magazine* et il s'était donné la mort. Et je n'avais rien vu venir. Aveuglé par les lampions et les titres des journaux.

J'ai fait pivoter le fauteuil du bureau et j'ai plongé mon regard de l'autre côté de l'imposante baie vitrée ; une vue imprenable sur le centre-ville et sur la baie.

À mi-voix : « Sale toute petite bête. »

Je suis passé dans la cuisine, j'ai préparé une tisane. Dans la chambre voisine, Kudz et Freddy ronflaient. Kudz était au DeLuxe pendant les négociations. Son visage était sur les enregistrements. Les menaces de Roque le concernaient autant que nous, alors on l'avait recruté.

J'ai attendu que les feuilles aient infusé avant de me servir une tasse.

Assis dans le bureau de mon frère, je me suis pincé l'arête du nez. Job a posé sa tête sur ma cuisse. J'avais laissé les somnifères dans la vallée. Et les rafales de vent qui tourbillonnaient dans les rues ne m'incitaient pas à me mettre en quête d'une pharmacie ouverte la nuit. Je me suis frotté les yeux. Quelqu'un a demandé :

— Tu ne dors pas ?

Je me suis retourné, une tasse serrée entre les mains juste sous la lèvre. La silhouette de Kudz se confondait avec la pénombre.

— J'ai fait de la tisane.

— Freddy ronfle trop fort. Faudra remédier à ça.

J'ai servi une autre tasse, je la lui ai tendue et il s'est assis à table, en face de moi.

— Tu as des nouvelles de ta femme ?

Kudz soufflait sur sa tisane les yeux dans le vide. Les yeux chargés de larmes.

— Elles ont trouvé un passeur. Un mauvais. Il… Il les a abandonnées au milieu du désert. Il a pris leur argent.

Il a poursuivi après un moment :

— Elles ont réussi à rejoindre un petit port de pêche. Elles ont trouvé quelqu'un qui pourrait les faire traverser mais il demande beaucoup.

Je n'ai rien dit et on est restés sans bruit à regarder la mer apparaître dans le petit matin.

Le DeLuxe. Hannibal Harlysburgh nous avait donné rendez-vous table 22, juste devant la scène – un orchestre jouait du ragtime. Tout autour, ça papotait. Ça gesticulait. Ça cancanait. Le DeLuxe était l'endroit où les choses se passaient ; l'endroit où les choses se négociaient ; l'endroit où les choses se décidaient. Sans Le DeLuxe, cette ville n'aurait été qu'une marionnette aux fils sectionnés.

Freddy a remis sa casquette en place. Il a passé la main sur sa bouche.

— Tu fais confiance à ce type ?

J'ai haussé les épaules. J'ai soufflé la fumée vers le plafond. « Difficile à dire pour l'instant. » Harlysburgh marchait avec une canne. Il était gras et gros. Son cou débordait de son col. Il s'est assis en face de moi et s'est tamponné le front avec un mouchoir brodé – *HH* en lettres gothiques. On s'est serré la main, la sienne était moite et épaisse. Sa chevalière m'a pincé la peau. Il a consulté le menu. Il a commandé sans lever les yeux. « Il va falloir agir vite. C'est la clef dans ce genre d'opération. » Sous son doigt : canard à l'orange et merlot. Son cou gigotait comme un morceau de viande dès qu'il ouvrait la bouche. J'ai écrasé mon mégot. J'ai tiré une nouvelle cigarette du paquet et je l'ai tapée contre la table. Il nous a regardés à tour de rôle avant d'ajouter :

— Écoutez (il a joint ses doigts devant sa bouche, les coudes posés sur la table), l'arrivée de ces pilules dans l'ouest va faire pas mal de vagues. Je suis consultant pour la Mairie depuis des années. J'aide à résoudre certaines crises et pour être tout à fait franc ceci est mon opération. Alors oui, ça risque de créer des tensions. Mais si on fait ce travail correctement, cette histoire peut être rapidement réglée.

Freddy a eu un mouvement d'épaule et de tête, signe d'exaspération. Harlysburgh a tourné les yeux vers lui sans montrer la moindre expression.

Freddy :

— Pourquoi les quartiers ouest ?

L'autre a soupiré et s'est gratté le cou.

— Disons que nous allons faire en sorte que votre Mô éclabousse dans la bonne direction.

— Guedjh ?

— Bien entendu. Guedjh est un natif. L'utilisation de *muscaria* lors de leurs rituels est aujourd'hui avérée. Le public fera le lien en un clin d'œil. Quelques mois tout au plus. Et on l'y aidera.

Il a joué avec sa chevalière.

— Comme vous le voyez, je suis un homme prévoyant. J'aime les détails, et par-dessus tout j'aime voir mes plans aboutir.

Il s'est gratté une joue. Ses ongles ont fait un bruit de velcro sur sa barbe mal rasée. « Je peux ? » il a demandé en montrant du doigt le paquet de cigarettes qui traînait sur la table. Freddy le lui a tendu. Il s'est servi en faisant un petit signe de tête. Freddy a pris une cigarette à son tour. Une serveuse a débouché une bouteille de merlot. Elle le lui a fait goûter. « Excellent. » Elle a posé la bouteille à côté de lui. « Votre canard arrive dans un instant. » Il a fait tourner le vin dans son verre. Des jambes d'alcool dégoulinaient sur les parois.

— Pour commencer, il va falloir organiser la vente et je connais une galerie d'art qui fera parfaitement l'affaire. Vous livrez. Ils distribuent. Ensuite, il va falloir couvrir nos arrières et mettre sur pied une certaine propagande.

J'ai appelé ça la ProMôtion. Ah, ah, ah, ah. ProMôtion. (Un moment, le temps de nous laisser apprécier son sens de l'humour.) En face, ils ne nous feront pas de cadeau. Mais Guedjh est un pauvre type. Bientôt, il y aura des junkies plein les rues, une insécurité galopante. Des descentes de police régulières dans les quartiers ouest. Notre mission, c'est d'écorner sa belle image de « gars du coin » (il avait mimé des guillemets avec ses doigts). Sans compter que ça calmera un peu cette idée grandissante que l'Ouest est un quartier à la cool. Noé V., de *Poghorn Magazine*, est sur le coup.

La serveuse a réapparu. Une énorme assiette ovale sur la paume. Elle l'a posée devant Harlysburgh en lui souhaitant bon appétit. L'autre avait les yeux qui scintillaient et de la salive plein la bouche.

— Bien entendu, il n'y aura pas de fric. Pas pour vous. Vous produisez et vous livrez. Ça s'arrête là. Les flics suivent toujours le fric. Et s'ils vous trouvent, ils me trouvent. Et puis, comme ça, vos pilules seront à un prix attractif et elles se répandront dans les quartiers ouest à vitesse grand V. La rapidité. Tout va se jouer là-dessus. Il faut aller vite et ne pas laisser à Guedjh le temps de se retourner.

Harlysburgh a attaqué le canard avec les doigts. Freddy a ouvert la bouche : « Pas de fric ? » L'autre avait les mains dans son assiette et du jus de viande autour de la bouche. Il a grogné en faisant non de la tête. Les lèvres luisantes, il a dit :

— Messieurs. Je ne parle jamais boutique en déjeunant. Première et unique règle.

On l'a regardé manger sans rien ajouter.

Il a terminé la bouteille de merlot. Le gras ruisselait sur ses lèvres épaisses. Il s'est levé en soufflant. On s'est serré la main.

— Messieurs, je crois en vous. Dieu vous garde.

*

Kudz et Freddy avaient volé à l'usine de quoi purifier de l'alcool à brûler et des bidons d'éthanol dénaturé pour remplacer la vodka.

Kudz se rongeait les doigts. Il était dans un état second. Il ne dormait pas. Les cernes grandissaient sous ses yeux. Sa femme et sa fille ne sortaient pas de sa tête. Le passeur véreux. Il pensait au pire et faisait des cauchemars. De mon côté, j'essayais de ne pas prêter attention à l'angoisse qui me parasitait la gorge comme une amibe gigantesque. « Les dés sont jetés », me répétait Freddy. « De toute façon, les dés sont jetés. »

L'odeur des champignons se confondait avec celle du plastique à l'intérieur du mobil-home. Des serpentins violets glissaient devant ma cornée. J'avais l'impression de ne plus quitter ni mon masque ni mes lunettes. La poussière de *muscaria* se dissolvait doucement dans l'alcool. À la surface flottaient des poils de chien et des brindilles de lichen, parfois des insectes crevés que j'écumais avec le doigt.

Le thermomètre s'est mis à biper et j'ai versé la préparation sur le sucre chaud. Le mélange a fait des bulles et une écume blanche est montée le long des parois. Par la fenêtre, un épais brouillard recouvrait la forêt. Freddy et Kudz alimentaient l'alambic, semblables à des spectres errant parmi la neige et la brume. J'ai cogné contre la vitre et leurs têtes ont pivoté vers moi. J'ai fait signe à Freddy de venir m'aider. Je l'ai regardé donner une petite tape sur l'épaule de Kudz avant de lui glisser par la fenêtre une combinaison de peintre et du matériel de protection. Il les a enfilés en grognant et le mobil-home a grincé lorsqu'il est entré. « Avec tout ce merdier sur le dos, j'ai l'impression d'aller bosser. » Derrière ses lunettes et son masque, ses yeux souriaient. Rien ne semblait ébranler sa bonne humeur. Jamais. On a compté jusqu'à trois avant de soulever la marmite et d'étaler la pâte sur une plaque d'OSB stratifié. La différence de température a provoqué un nuage blanc qui s'est rapidement répandu à travers la baraque. On est sortis en attendant que ça refroidisse. Dehors, l'alambic crachotait laborieusement sous la bruine glaciale, entouré d'une lumière pâle et laiteuse. Kudz suçotait une pastille de Mô, les yeux dans le vide. On a fumé des cigarettes. Des gouttes perlaient le long des branches. Et on s'est remis au travail. On a découpé des milliers de pastilles. Le sucre froid cassait et poissait sous la lame de nos couteaux. Ça nous a pris des heures et une partie de la nuit. Les mains couvertes d'ampoules. Mais on était prêts.

La voix dans ma tête susurrait sans cesse *Sale petite bête.*

*

Le CAUQOU, pour Centre artistique et urbain des quartiers ouest, était un vieux hangar ferroviaire avec des tubes en aluminium et une isolation à l'amiante. Une galerie spécialisée dans l'art de rue et qui ressemblait plutôt à un squat ou à une salle de shoot clandestine.

Les cloisons de brique étaient couvertes de graffitis et de tags. Des signatures à la con : *MisterPendule / ZaïaSka / Antics / SS-Imoral.* Le genre d'endroit qui semblait s'appeler « galerie » juste pour toucher des subventions d'État. Des types en survêtement dormaient dans des canapés, les pieds sur des fauteuils flambant neufs. De la musique à fond la caisse. Des cigarettes et des joints fumaient dans des cendriers et un jeune mec avec un tablier en plastique transparent griffé *Mairie de Poghorn* ramassait des cannettes en métal qui roulaient sous les tables. J'inspirais et j'expirais à grand-peine. Les jambes comme des bâtons de guimauve oubliés derrière un pare-brise.

— Messieurs, bienvenue.

Le directeur du CAUQOU était grand avec un anneau dans le nez et des muscles gonflés aux stéroïdes. Il portait une chemise blanche et un pantalon à pinces. Il avait un accent que j'avais du mal à identifier. Il a écarté les bras en nous voyant arriver.

— Hannibal m'a parlé de votre projet.

Une pause.

— Venez. Je vais vous présenter l'équipe. On a mis en place un réseau qui quadrille l'ensemble des quartiers ouest. Des gars du coin. Des gars sérieux.

*

La fatigue accumulée m'obligeait à tout vérifier trois ou quatre fois de suite. J'avais des pertes d'équilibre et un bourdonnement sourd dans l'oreille. La machine s'enrayait à cause des catalyseurs en platine. L'oxydation du dioxyde de soufre en SO_3 polluait le contact et la réaction. La sueur me dégoulinait dans le bas du dos et macérait dans ma combinaison étanche. Une pellicule de buée se déposait contre la visière du masque à chaque expiration. L'acide sulfurique rongeait tout. L'acide sulfurique s'insinuait partout et durablement. J'ai ouvert la vanne du SO_3 vers l'échangeur thermique puis vers la tour d'absorption qui fumait à cause de l'oléum. La Mô circulait dans les quartiers ouest. J'ai mouillé le H_2SO_4 dans un tank avant de sortir prendre l'air. La neige m'a fait du bien. La Mô se répandait vite et il en fallait toujours plus. On livrait le CAUQOU deux fois par semaine. On travaillait dur. Et la Mô gagnait du terrain. Petit à petit. Jour après jour.

On tournait entre l'usine et Poghorn. On fabriquait des gélules de *muscaria* et du PEG ; on jouait aux chimistes à longueur de journée. On dormait peu et on bossait bien. On abattait un travail considérable sans lever les yeux une seule seconde. On squattait et on stockait les pilules chez Tom avec la bénédiction de Kimi. On s'arrangeait pour qu'il y ait toujours quelqu'un. Et en règle générale, Kudz servait de sentinelle.

Depuis la balustrade du département médical, Franck a crié :

— Alors l'chimiste, tu t'en sors ?

— Je suis pas chimiste, Franck, j'ai dit en rigolant.

— Ça fait aucun doute. Ça empeste l'acide sulfurique jusqu'ici. Et la fumée qui sort de la colonne est carrément verte.

— Les catalyseurs sont morts. J'y peux rien.

— Les gamins, en face, voient les choses autrement.

J'ai levé les yeux sur le camp de l'autre côté des grillages. Le long des clôtures, des mecs et des nanas se donnaient la main. Ils portaient des panneaux en carton autour du cou où on pouvait lire *RIP*.

— Ces mecs-là sont barges, il a ajouté.

*

Noël.

La pièce était entièrement décorée. « Les pensionnaires ont participé. Ils ont collé les affiches et fabriqué les guirlandes. » Dans un coin, un sapin en polychlorure de vinyle avec des boules et des farandoles de polystyrène clignotait sous des lampes multicolores. « On a monté une scène. Chacun a préparé quelque chose. On peut être fiers d'eux. Et votre maman n'est pas en reste. Je crois qu'elle s'en sort même très bien. »

— Oui. Elle a toujours aimé ces ambiances de cabaret.

Kimiyo avait accepté de m'accompagner mais j'avais dû batailler dur pour la convaincre. « Il faut que tu sortes. Que tu penses à autre chose. Depuis combien de temps tu n'as pas mis le nez dehors ? »

— Ce n'est pas le dehors qui me fait peur.

— C'est à cause de la Mô ?

Elle n'avait rien répondu. J'avais secoué la tête. J'avais ouvert la bouche et elle m'avait coupé :

— Tu lui ressembles vraiment beaucoup.

Elle avait dit ça sans méchanceté mais j'en avais eu les larmes aux yeux.

Les pensionnaires avaient cuisiné des toasts de pain d'épices avec du pâté de foie. Des huîtres que je n'avais pas touchées et du vin blanc doux. Kimi et maman ragotaient sur des stars de la télé. Maman rigolait drôlement et je lui ai dit d'y aller doucement avec le vin. « Tu n'arriveras plus à chanter. » Kimi me couvait d'un regard bienveillant. J'aimais ça. Je jetais des coups d'œil vers elle lorsqu'elle regardait ailleurs. Il y avait cette lumière que j'avais repérée dès le premier jour où elle avait débarqué chez moi et qui me plongeait dans une profonde mélancolie. Inaccessible et impossible.

La sono jouait de l'accordéon et des ballades un peu datées. Un vieux sur la scène faisait un sketch hilarant à propos de son dentier et d'une vieille avec un déambulateur. Un peu plus tard, ma mère a chanté *Michelle* des Beatles accompagnée par un aide-soignant à la guitare.

Après le repas, la télé tournait dans le salon. Les vieux dormaient. On aidait à débarrasser et j'ai failli lâcher une pile d'assiettes lorsque j'ai entendu : « *C'est une nouvelle drogue.* » Sur l'écran, une blonde disait « *Nous sommes avec Noé V., journaliste à* Poghorn Magazine, *spécialiste des cultures urbaines, et le premier à avoir enquêté sur ces mystérieuses pastilles de* muscaria *: la Mô.* »

Noé V. pérorait. Il s'écoutait parler :

— Ce qu'il faut comprendre c'est qu'à l'origine, les bonbons au tue-mouches, la Mô, étaient utilisés par les chamanes des tribus premières de Poghorn lors de rituels. C'était un élément central lors des grandes cérémonies comme les mariages et les enterrements. Relisez Maurice Godelier. Le retour de cette drogue, disons... oubliée, est un signe fort de notre époque et de notre société. On peut faire une lecture politique de l'utilisation des drogues. Il ne s'agit pas d'une drogue de synthèse. De chimie. De substance qui projetterait vers l'avenir. Il s'agit d'une drogue archaïque qui véhicule à travers elle des valeurs d'une autre époque.

*

Le téléphone a sonné. « Excuse-moi. » J'ai fait signe à Freddy qu'il n'y avait pas de problème. Il a décroché et j'ai attrapé le balai qu'il me tendait. On était passés au mobil-home pour s'occuper des amanites séchées. Le vent d'ouest soufflait fort, emportant avec lui des murs de neige. De gros nuages gris s'entassaient contre les falaises. On avait affiné notre recette et pour gagner du temps, on réduisait les champignons en poudre avant de les balancer dans l'alcool. On les broyait dans un seau à serpillière avec un mixeur à pied. On balayait le sol méthodiquement pour récupérer les miettes et ne rien perdre. Les stocks descendaient vite. L'oreille collée contre l'appareil, Freddy fronçait les sourcils et bredouillait :

— Quoi ? (Un moment.) Merde, je t'entends mal. Où ça ? (Il a relevé sa casquette. Il était blanc.) Putain de merde ! On arrive.

Freddy était livide. Il avait du mal à trouver ses mots. J'avais les dents serrées moi aussi. De la neige fondue atterrissait sur le toit sans un son.

— C'est Kudz. Il est à l'appartement. J'entendais pas bien. Mais il y a un sérieux problème.

Il y avait une circulation épouvantable et on a mis plus d'une heure et demie à rejoindre le centre-ville. Je cognais contre le volant et m'énervais. Les phares des bagnoles se perdaient dans la nuit et la pollution. Et petit à petit, une bouillie blanchâtre recouvrait tout.

Chez Tom, une radio en sourdine jouait un concerto de Bortnianski. Une odeur de Mô et d'antiseptique. Du sang depuis l'entrée de l'immeuble. Du sang devant la porte. Du sang qui coule le long du bras de Kudz et sur son visage tout entier. Freddy ne me regardait pas, il faisait craquer ses phalanges. Il envoyait des coups de poing dans le mur et dans les portes ; prêt à s'arracher les yeux. Kudz était allongé sur le canapé. Le visage tuméfié. Il respirait par la bouche parce que son nez était cassé. Je me suis mis à genoux. À sa hauteur. L'air sifflait dans sa gorge. Sa bouche était pleine de sang et de chair arrachée. Il se tenait l'épaule. Je me suis mordu une lèvre, une main posée sur le visage. J'ai demandé :

— Tu m'entends ?

Ses paupières clignotaient mais pas suffisamment. Elles avaient triplé de volume.

— Comment tu te sens ?

Il essayait de sourire. Certaines de ses dents manquaient. Nouvelle grimace. Il a articulé un truc que je n'ai pas compris. Je me suis approché. Il a répété : « Soif. »

— Il veut de l'eau. Freddy, apporte-lui de l'eau.

J'avalais ma salive difficilement. Je me mordais l'intérieur de la joue. Je me mordais le poing.

J'ai demandé :

— Qu'est-ce qui s'est passé ?

Freddy lui a tendu un gobelet. « Tiens, bois ça. Bois ça et raconte-moi. Raconte-moi tout. » Kudz buvait. L'eau coulait le long de sa bouche teintée de sang. Il n'arrivait plus à articuler le moindre son. « On t'amène à l'hôpital. Accroche-toi. »

La lumière des néons bleus dans la nuit : *Entrée – Urgences*. J'ai allumé une cigarette en regardant les ambulances et les gyrophares aller et venir. Le tabac me brûlait la gorge. Des rafales venues de l'ouest faisaient s'envoler des papiers gras et rouler des gobelets en carton. Plus loin, devant une porte de service, un type baratinait des infirmières qui fumaient des clopes de marijuana pendant leur pause. J'ai écrasé mon mégot dans un cendrier plein de sable et de neige. J'ai pensé : *Accroche-toi.*

On avait laissé Kudz entre les mains des médecins. Freddy était rentré et j'attendais d'en savoir plus. Je traînais dans la salle d'attente. Je m'asseyais et me levais sans arrêt. Une pastille de Mô fondait dans mon café. L'odeur de la javel, l'éclat des néons me donnaient mal à la tête. Je sursautais dès qu'un médecin ouvrait une porte. Je tendais le cou ; j'écoutais les conversations. Je prenais mon mal en patience et la Mô me déposait dans un film hors du temps. Les scènes se répétaient à l'infini. La lumière des néons sur le trottoir. Des cigarettes à s'en brûler la langue. Le goût amer du café au *muscaria.* J'avais sommeil et peur de dormir. Des cauchemars éveillé. Du sang suintait des murs. Et puis, le bruit des portes à battant. Une fille à queue-de-cheval que j'avais rencontrée plus tôt me cherchait du regard. Elle s'est approchée en souriant doucement. Elle avait des poches mauves sous les yeux. Elle a dit :

— Il est hors de danger.

Je me suis passé la main sur le visage en remerciant le ciel.

— Je peux le voir ?

— Bien sûr. Mais on va devoir le garder en observation quelques jours.

Elle a regardé ses pieds et puis le plafond pour y trouver un peu de courage.

— Le chirurgien a dû lui recoudre la langue.

Dans la chambre, les machines clignotaient. Kudz souriait. On avait nettoyé ses plaies mais il avait encore une sale gueule. Je me suis penché sur lui en disant que j'étais désolé. Contre ses joues roulaient des larmes. La langue dans sa bouche était enflée. Il parlait difficilement. Je lui ai dit de se taire et de rester calme. La douleur irradiait dans ses yeux pour chaque mot prononcé.

— C'est moi… moi qui suis désolé, Cal. J'avais besoin… d'argent. Ma femme… Ma fille… J'ai vendu des… bonbons… dans la rue.

J'avais compris sans peine. Les dealers de Mô n'avaient pas apprécié la concurrence. Et ils le lui avaient fait comprendre.

VII

Sommets

En quelques mois, la Mô avait atteint des sommets. Et on se retrouvait à la sortie de l'hiver avec des stocks vides et du sommeil en retard. Harlysburgh nous mettait la pression. Ses yeux étaient vitreux et brillants. Il jouait avec sa chevalière sans arrêt.

— Il nous en faut plus. Encore quelques semaines et l'histoire sera réglée. Un dernier effort et vous serez justement récompensés. Guedjh est sur la sellette à l'heure qu'il est. Il ne manque pas grand-chose.

Alors on avait donné un dernier coup de collier.

Désormais, le gros de l'hiver semblait derrière nous. C'était une question de jours avant que les noisetiers ne fleurissent à nouveau. Et que tout un fatras d'insectes ne se remette à bourdonner dans la vallée. Pourtant, il faisait particulièrement froid quand on a entrepris la première cueillette de l'année. Kimiyo et Paula étaient venues nous donner un coup de main et on avait aussi recruté les deux gamins qui braconnaient dans la vallée – contre des clopes et des pastilles à l'œil. Ils avaient des chapeaux en fourrure trop grands pour eux et des bracelets en poil de rat. Ils nous regardaient en tordant la bouche. Ils étaient chétifs et mal nourris. Le plus petit avait les dents noires et des boutons. L'autre avait l'air d'avoir grandi trop vite, il avait une sorte de bosse sur le haut du dos, il était voûté et avait l'air mal dans sa peau. Ils faisaient la gueule mais on voyait bien qu'ils étaient excités comme des puces. Les filles jouaient les mères poules. Le soleil arrivait à peine et des nuages de vapeur s'échappaient de leurs bouches. Freddy regardait Paula en se rongeant les ongles. J'ai déplié la carte sur le capot de la bagnole. J'ai montré un secteur orienté au sud.

— Je pense que ce coin-là devrait pas être mal.

J'ai expliqué trois ou quatre fois comment reconnaître les *muscaria*. « Coupez-le bien. Laissez la racine en terre. » Et on s'est mis en route. Freddy nous avait dégoté deux paniers à vendange et les autres avaient simplement noué un drap autour de leur taille et de leur cou. On a ratissé en ligne droite, on a pris la pente de face, alignés les uns sur les autres. À quelques mètres de moi, Paula respirait bruyamment. Job reniflait. Il faisait des allers-retours entre le groupe et le sommet. Et au bout de quelques mètres, Kimiyo a trouvé le premier.

— Ça faisait un moment qu'on n'avait pas fait quelque chose ensemble. Je veux dire, quelque chose de marrant, a fait remarquer Freddy en réajustant sa casquette.

— Entre l'usine et Poghorn..., j'ai soupiré, le visage déjà strié de sueur.

Il a hoché la tête. Il a baissé la voix :

— Admets que toucher un peu du fric des pastilles nous aurait fait du bien.

Il s'est arrêté au milieu de la pente pour regarder le paysage qui se découvrait en contrebas. Sur l'horizon, la mer semblait calme. Kudz ne me sortait pas de la tête, il avait encore du mal à parler et à se déplacer mais il récupérait lentement. Et parfois, lorsque je fermais les yeux, son visage tuméfié se mélangeait à celui de Thomas.

Je serrais les poings et les dents.

On s'est tous retrouvés sur la crête, dans un coin à l'abri du vent. La récolte n'avançait pas.

Paula soufflait dans ses mains. Les yeux plissés dans la lumière. Les gamins se passaient une clope et manquaient de s'étouffer à chaque bouffée. Et Kimi regardait la plaine désertique du Rauc qui s'étirait au pied des montagnes. J'avais apporté des conserves de fruits au sirop, de quoi grignoter, une thermos de café et un pack de bière. Freddy était euphorique mais sa bonne humeur ne m'atteignait pas. J'avais du mal à ne pas me sentir coupable. Au bord de la falaise, Kimi était assise en tailleur et tenait ses chevilles dans ses mains.

Elle récitait des poèmes tristes : « *Le faux sourire qui / Déchire ton visage / Laisse cruellement / Pénétrer le soleil / Comme le vin ou la / Vigne en points d'/ Interrogation tu / T'interroges sur l'/ Apparence et tu / Doutes de la terre.* »

On a repris en descendant sur l'autre versant, obligés d'étendre les zones de recherche.

— Vu ce qu'on a trouvé ce matin, je crois qu'on a intérêt à pousser un peu plus vers le nord.

À l'ubac, l'air était humide et glacial et les bois sentaient la pourriture. Les premières pousses de fougère étaient encore roulées sur elles-mêmes – comme ces friandises rouge et blanc. Le sol était glissant aux endroits où la pente augmentait mais, de temps en temps, on entendait les gamins crier « Regarde un peu celui-là ».

Je me suis engagé dans un vallon étroit en suivant Job, Freddy sur mes pas. La voix de Kimiyo, en boucle dans ma tête, disait *Et tu doutes de la terre*. Autour de nous, les pics tapaient sur des troncs creux, communiquaient, se répondaient comme par écho ; ils s'envolaient et planaient au passage du chien. On fouillait dans les feuilles sans succès. Et malgré la fatigue qui nous cisaillait le bas du dos et les cuisses, on ne s'arrêtait pas. On a marché courbés en deux pendant des heures. Nos sacoches nous sciaient les épaules. On sentait les lanières creuser nos clavicules. On transpirait et on avait froid. La lumière bleue du soir gagnait dans le sous-bois. On a fait une petite pause pour récupérer. On s'est partagé une cigarette – la dernière – en dissertant sur la façon dont les choses s'étaient passées.

— On va remonter par là, j'ai dit. Ensuite, en longeant la crête, on devrait retrouver le belvédère au-dessus du Rauc.

On est arrivés en haut trempés de sueur. Nos sacs devaient peser dix kilos. Au sommet, des montagnes vertes illuminées par les rayons rasants du soleil. Des montagnes à perte de vue ; des montagnes dans toutes les directions. Je me suis passé la main sur la nuque. J'ai regardé le ciel. J'ai tendu la main vers le sud – des montagnes à s'en faire mal aux yeux.

— On habite par là-bas.

— Ça a pas l'air, a ironisé Freddy en bâillant.

— On a dû se perdre. Il va falloir dormir ici.

Freddy a posé son panier. Grimace. Os qui grincent.

— Il va nous falloir du bois.

La nuit était tombée rapidement. Le feu crépitait mais peinait à nous réchauffer. Autour de nous, des bestioles cherchaient dans les fourrés, se déplaçaient dans l'obscurité. Job, roulé en boule, dressait l'oreille sans arrêt. Au-dessus de nous, le ciel était moucheté d'étoiles.

Sans lune. On suçotait des bouts de bois pour pallier le manque de nicotine. Un goût amer dans nos bouches, écœurant, nous faisait saliver. Je récitais de mémoire. Je marmonnais sans même m'en apercevoir :

— « *Dieu ne vous gardera pas ! Pas plus longtemps en tout cas / Moi d'ailleurs, je moisis ici parmi l'humus et les bogues vertes et piquantes / Disons depuis des siècles / Depuis des siècles entiers.* »

Je répétais : « *Je moisis ici parmi l'humus et les bogues vertes et piquantes.* »

— Qu'est-ce que c'est que ça ?

J'ai craché un bout d'écorce qui s'était coincé sous ma langue. Les yeux vides comme au sortir d'une transe.

— J'ai écrit ça un soir avec Kimi. Elle m'apprenait à écrire de la poésie.

— Redis-le encore. Redis-le.

— « *Dieu ne vous gardera pas ! Pas plus longtemps en tout cas / Moi d'ailleurs, je moisis ici parmi l'humus et les bogues vertes et piquantes / Disons depuis des siècles / Disons depuis des siècles entiers.* »

— Y a pas tellement de rime. Mais c'est plutôt joli. Y a un rythme sympa.

Freddy essaye :

— « *Moi d'ailleurs, je moisis ici parmi l'humus et les bogues vertes et piquantes.* »

Un oiseau de nuit est passé au-dessus de nos têtes. J'ai répété comme un mantra :

— « *Moi d'ailleurs, je moisis ici parmi l'humus et les bogues vertes et piquantes…* »

— Merde, je tuerais pour une cigarette.

Silence. Bruit de feuilles. Job qui respire fort. Le feu qui crépite. J'ai remué les braises avec un bâton. Et je me suis soufflé dans les mains. Freddy avait le regard vide, braqué sur les flammes. Et puis il a retiré le bâton de sa bouche en le tenant avec deux doigts. Il a craché sur les braises. La salive a crépité en faisant des bulles.

— Qu'est-ce que tu fous avec Kimi ?

J'ai levé les sourcils.

— Ça à l'air d'aller entre vous. J'ai vu comment tu la regardes. (Il a souri.) Ça ne passe pas inaperçu.

Un truc a pétillé dans le feu. Le truc a sifflé et explosé comme du pop-corn.

— Ça va mieux. Mais je crois qu'on s'en tiendra là.

— T'as raison, il a dit sans que j'arrive à savoir pourquoi.

— C'est une chouette fille, il a ajouté, déterminé. Mais il y a Nina. J'ai tort ?

J'ai résisté un moment, absorbé par les braises chaudes et brillantes. Rouge et orange.

— Il y a Nina. Oui. Et lâche-moi avec ça.

— Ouais. Nina. De chez la Maritchika.

Obstiné.

— Permets-moi de te dire que c'est son job. Et elle le fait bien. J'adore ces filles mais je sais aussi comment elles fonctionnent. Des types à la colle avec Nina il y en a un paquet. C'est elle qui bosse le plus là-dedans. Tu veux que je te dise ? Elle choisit. D'après toi, pourquoi est-ce que c'est Karen et Lucie qui s'envoient les cogneurs ? Pourquoi est-ce que c'est Karen qui s'est fait sauter les dents à coups de canif ?

Nos chaussettes séchaient pendues à une branche au-dessus du feu. Nos pieds étaient bleus et fripés. Et nos chances de passer la nuit me semblaient se réduire à chaque seconde qui passait. J'avais cruellement envie d'une cigarette.

Freddy se massait la paume des mains :

— Tu devrais te trouver une femme. N'importe qui, mais avoir des vues sur une pute… Kimi est parfaite. Elle est jolie. Sacrément brillante. Drôle. Et elle a cette lumière qui scintille autour d'elle.

Le silence. Les bêtes qui fouillent dans le froid.

J'avais presque envie de lui dire que je n'avais pas baisé Nina depuis un moment. J'ai ouvert la bouche. J'ai dit :

— J'aimais bien la trouver endormie sur le canapé en rentrant de l'usine… J'aimais bien traîner avec elle avant d'aller bosser.

Silence.

— J'ai aussi rêvé d'elle une ou deux fois, j'ai ajouté en souriant.

— C'est déjà pas si mal. C'est même un bon début…

— … C'est aussi la femme de mon frère.

— C'était. Et il la tabassait. Alors où est le mal ?

— Et puis… Enfin, tu vois…

— Alléluia !

— Ta gueule.

— Merde, je tuerais pour une cigarette.

J'ai attrapé un champignon dans le panier et j'ai arraché deux pustules blanches.

— Avec ça, on ne verra pas la nuit passer.

— Autant ne pas crever à jeun. (Une pause.) Mais pense à ce que je viens de te dire. Penses-y sérieusement. Avoir une femme, c'est un peu comme croire en Dieu, ça pose des bases morales. Et à mon avis y a pas grand-chose au-dessus.

Une pluie fine tombait depuis un moment. L'eau me faisait du bien. J'étais blotti contre Job. Incapable de bouger. Les nuages bas s'accrochaient aux montagnes, s'étiraient, se déchiraient. Parfois, nous passions au travers et nous ne voyions plus à trois mètres. J'ai trouvé Freddy un peu plus loin, roulé en boule. Un filet de bave pendu au menton. Je l'ai réveillé. « Il faut qu'on se mette en route. Ça peut encore dégénérer. » Les champignons nous avaient fait passer la nuit. Des rêves et des cauchemars entortillés autour d'une vis sans fin. Les vélums m'avaient donné mal à la tête et au foie. La pluie me faisait du bien.

— On ferait mieux d'y aller.

Freddy s'est massé la nuque. Il a remis sa casquette en place. Il s'est frotté les yeux. Ses pupilles étaient minuscules. « Ouais. Allons-y. »

On a marché pendant des heures en direction du sud. On est descendus dans les vallons et remontés sur les sommets. Job suivait les pistes des champignons et nous induisait en erreur. De temps en temps, j'en glissais un particulièrement gros dans mon sac. Les nuages s'enroulaient entre les arbres, plongeaient sous les rochers. Les nuages stagnaient dans les vallées. Les nuages nous faisaient tourner en rond. Les nuages nous trempaient les os. Les pierres et les tapis de mousse glissaient et par endroits nous pataugions dans la boue. J'avais les pieds gelés. Je remuais mes orteils pour faire circuler le sang. Ici, les passages étaient escarpés. Nous tombions sans arrêt. Abrutis. Nous marchions depuis l'aube et nous avions déjà franchi deux sommets en direction du sud. On ne voyait ni la mer, ni même Poghorn. Aucun point de repère. J'avais faim et envie de fumer. Les champignons nous donnaient soif. On suçotait les feuilles naissantes et dans les vallées on s'abreuvait d'eau boueuse.

Mon dos était trempé de sueur. Des gouttes perlaient au bout de mon nez ; tombaient de mes arcades ; ruisselaient sur mes joues. On ne parlait pas. On soufflait, et des colonnes de vapeur dansaient au-dessus de nos épaules. On essayait de tenir sur nos pieds. D'avancer. De tenir le coup jusqu'au sommet. Derrière les nuages, le disque gris du soleil descendait vers l'ouest.

On a gravi un nouveau sommet alors que la nuit tombait et on a découvert Grand C. La mer jusqu'à l'horizon. Un nuage de pollution flottait au-dessus de Poghorn. À la maison, les filles étaient mortes d'inquiétude. « On n'osait pas appeler les flics. »

Kimiyo me regardait de biais pendant que je m'affairais en cuisine. Elle posait ses cigarettes à la commissure des lèvres. Freddy avait dit « Elle est jolie. Sacrément brillante. Drôle ». Il avait dit « Kimi est parfaite ». Je me suis pincé l'arête du nez, je suis passé à autre chose.

Kimiyo s'est penchée pour jeter son mégot dans le feu. Je me suis passé la langue sur les dents.

*

Je me suis levé relativement tôt. Le café coulait déjà. Kimiyo était en pyjama debout devant la fenêtre. J'aimais qu'elle soit là. J'aimais habiter avec elle. J'ai traversé la pièce emplie d'une lumière dorée à la recherche d'une tasse. J'ai fait glisser mes doigts contre le lambris éclaté et contre la poutre dans laquelle était encore fichée une des balles que Tom avait tirées. Sur la tasse était inscrit *À L'USAGE EXCLUSIF D'UN GÉNIE INCOMPRIS.*

— J'ai donné à manger à Job, a fait Kimi sans se retourner – un halo couleur perle ondulait autour de ses épaules.

Je me suis servi du café. J'ai glissé Joanna sur la platine. Have One On Me. Le premier disque parce que j'avais envie d'entendre '*81*. Le DJ du Plissken avait passé ce morceau lors de mon dernier repas avec Tom. Et le jour qui naissait dehors s'y prêtait tout à fait. « *I found a little plot of land / In the garden of Eden.* »

— Ça faisait longtemps, s'est moquée Kimiyo.

J'ai souri moi aussi en écoutant la harpe monter vers les limbes.

— Ça fait du bien de pouvoir compter sur quelque chose.

— Et moi ? elle a fait, pince-sans-rire.

Je me suis gratté l'arrière de la tête, j'ai bafouillé :

— C'est pas tout à fait pareil…

— Je te fais marcher, elle m'a coupé. Je commence à te comprendre.

La moto filait entre les arbres. L'odeur de l'humus en décomposition. L'eau de la Bez bouillonnante et grosse. Je roulais vite, penché sur le guidon. Les branches basses me fouettaient le dos. Les branches basses focalisaient mon attention. J'avais du temps à tuer avant de prendre mon poste à l'usine. J'ai traîné sur les crêtes lavées par le vent.

Je me suis arrêté au Nutts pour souffler un peu. Il y avait pas mal de monde pour un soir de semaine. L'ambiance était bonne. Beaucoup des gars étaient contents d'avoir repris le boulot même si personne ne voulait l'avouer. J'ai glissé quelques pièces dans la caisse. J'ai attrapé une bière. Julian, Neuf et des types du matin parlaient des écolos. La télé était branchée sur une chaîne de musique. Des clips en sourdine – des bagnoles de sport, des palmiers, des filles en fourrure et en bikini.

J'ai fait tomber ma cendre dans un coquillage en plâtre et j'ai réalisé que c'était pour garder ces moments-là qu'on s'était foutus dans la merde. Pour les bières au Nutts. Pour les virées à moto et les parties d'échecs. C'était la routine, mais c'était aussi notre vie.

À côté de la porte, les gars jacassaient. Neuf commentait une émission diffusée dans la nuit. Il parlait de la Mô :

— D'après eux, il y a de plus en plus de junkies et de mecs accros.

Les autres me regardaient et Neuf continuait. Il expliquait le reportage en parlant fort. Il s'adressait à moi sans me parler. Il racontait ce qu'il avait vu à la télé.

Un junkie avec le visage émacié et des cernes bleus bredouillait en se grattant l'arrière du crâne « *Oui. Oui, oui. Régulièrement. Tout l'temps en fait.* » Il souriait et on voyait ses dents pourries tachées de nicotine, bouffées par les acides.

La voix off demandait :

— Vous voulez dire que vous gardez votre urine ?

Le junkie clignait des yeux entre honte et fierté :

— Ouais. Tout l'monde le fait.

— Pouvez-vous nous expliquer ça ?

— Y a rien à expliquer. On pisse dans des bouteilles et on les garde au frais pour plus tard.

— OK, Nelson. Tu gardes ton urine au frigo. Mais il faut que tu expliques POURQUOI tu fais ça. Les gens veulent savoir.

Le junkie retroussait la lèvre supérieure sur ses dents.

— Eh ben… En fait, quelqu'un disait qu'il…

— Qui ça ?

Le junkie paniquait :

— Chais pas… un clodo. Ouais, un clodo. Y disait qu'y buvait sa pisse et que ça l'défonçait. Alors on s'foutait d'sa gueule. Pisse-Trip qu'on l'appelait.

— Racontez-nous comment ça s'est passé.

Le junkie s'est gratté la joue et puis l'entrejambe. Il cherchait un peu de soutien. Le cameraman lui a tendu une clope et il l'a allumée avant de continuer.

— J'étais en manque. Je tremblais. J'avais chaud. Pisse-Trip était là aussi. Alors… Alors je lui ai dit « Pisse-moi dans la gorge ».

— Vous lui avez demandé de vous uriner dans la *gorge* ? Vous avez demandé à un SDF de vous *pisser dans la gorge* ?

Le junkie a fait oui de la tête.

— Et alors ?

— Sa pisse défonçait vraiment.

Les gars à la table près de l'entrée ont parlé plus fort :

— T'as entendu, Cal ? Il paraît que dans les quartiers ouest ils sucent aussi tes pastilles. Ils vont même jusqu'à se pisser dans la bouche. Qu'est-ce que tu dis de ça ?

Un autre a presque gueulé. Il me charriait :

— Tu te fais du fric au moins ?

Deux mondes se télescopaient dans mon esprit. Et ça faisait un bruit assourdissant. Je me suis tourné vers eux, et Julian et les autres ont cessé de parler. J'essayais de garder mon calme :

— La recette est dans tous les livres d'histoire. On gobe de la Mô à Poghorn depuis toujours. Depuis bien avant qu'on arrive.

À la table de derrière, un des gars a fait oui de la tête. Il a dit :

— C'est vrai. C'est de la came d'autochtones. Ils parlent que de ça à la radio. Ils racontent même qu'on trouve des tutos sur des sites pronatifs. J'ai aussi entendu que le maire des quartiers ouest avait de la famille dans le Rauc.

Un autre qui buvait un soda light a commenté :

— Je me suis toujours méfié de ces types-là.

Je les ai écoutés encore un moment. Et puis j'ai écrasé ma cigarette dans le cendrier de plâtre et je suis parti bosser. De la bile plein la gorge.

Sale petite bête, disait la voix dans ma tête.

*

J'ai passé la porte. Des vieux jouaient aux dominos. D'autres pariaient du fric les yeux braqués sur une télé portable noir et blanc. J'ai levé le doigt et Job s'est arrêté devant la porte. J'ai pris un tabouret au comptoir. La lumière traversait douloureusement les vitres crasseuses. On entendait le murmure des joueurs – des prières à des dieux incompris – et le frigo qui tremblait. J'ai parcouru le journal et commandé un café. Une double page consacrée à la Mô. Photos couleurs. Analyses chimiques. Témoignages d'usagers : « *C'est comme de nager au milieu des braises. C'est fou. C'est dangereux. Bad trip. Dragons.* » Témoignage de la police : « *Malheureusement, c'est incontournable. Les gamins pensent que ce sont des sucettes. Ils lèchent ça jusque dans les salles de classe. Ils se pissent dans la bouche. Le légiste en a de plus en plus. Ils ont des hallucinations. Ils se battent contre des zombies et des dragons.*

L'un d'entre eux jouait au football avec la tête de son chien. Ils l'appellent le Druide – personne ne sait de qui il s'agit, ni même s'il existe. Dieu merci, ça reste cantonné aux quartiers ouest. » De la propagande sur deux pages complètes signées Noé V.

Le barman – un tatoué (une toile d'araignée sur le coude) avec une coupe de Waffen-SS – a posé une tasse à côté de moi. J'ai regardé les pages sport. L'USP remontait timidement vers le haut du classement. J'ai avalé mon café d'un trait. J'ai laissé de la petite monnaie sur le comptoir et je suis sorti. « Job. » Le chien m'a suivi, un petit mètre sur mes talons. J'ai rejoint la voiture et j'ai fait le tour du quartier les mâchoires serrées. Une camionnette blanche est sortie d'une place de parking et j'ai pris sa suite. J'ai attendu. La voix dans ma tête grinçait : *T'as du boulot, le Druide.* Elle rigolait : *Fais-en des bien costauds cette fois !*

La vitre ouverte, une clope entre les lèvres. Job sur le siège passager tirait la langue. Kudz et Freddy livraient des gélules à la galerie. Kudz avait un bras en écharpe et une minerve. Le visage encore déformé et couvert d'ecchymoses. Je les laissais faire en regardant ailleurs.

Sur le trottoir d'en face, un rappeur scandait « *Mon papa ? / Willy Wonka. Ma vieille ? / Alice du pays des merveilles*. Le rappeur chantait « *Raide mort à la Mô / Comme un Mex à Fort Alamo* ». À côté, une fille avec un cache-oreilles chauffant donnait le beat. J'ai remonté la vitre. J'ai consulté l'horloge du tableau de bord. Et quand j'ai relevé les yeux, Freddy et Kudz sortaient de la galerie. Kudz boitait et son visage me faisait chaque fois penser à Tom. Ils ont ouvert les portières. Kudz bafouillait : « Cinq… uante mille… pour un po… poster… »

Freddy :

— C'est sûr. Mais regarde les choses sous cet angle : ce bout de papier fait vivre deux types pendant un an. C'est génial. Simplement génial. On s'emmerde à l'usine et lui, il barbouille une photo et demande à un type de la vendre pour lui. Qu'est-ce que je peux te dire de plus : j'admire ce mec. Ajoute à ça qu'il va sans doute la vendre à un mec plein aux as qui aura l'impression de faire une bonne action en achetant une œuvre dans les quartiers ouest. Franchement, je trouve ça génial.

Kudz, qui était monté à l'arrière, a passé sa tête entre les deux sièges pour me prendre à partie. Il avait du mal à parler. Sa langue était encore bleue et enflée.

— Là-dedans, il... il...

Freddy a soupiré et a raconté à sa place :

— Ils vendent une photo, le visage d'une femme tiré d'un programme télé. Avec une moustache façon Tom Selleck, gribouillée au marqueur. Et ils en demandent cinquante mille.

J'ai haussé les sourcils avant de me glisser dans le flot de bagnoles qui rejoignait les banlieues. Les voitures s'étiraient pare-chocs contre pare-chocs le long des avenues. Les feux changeaient de couleur. Des mecs klaxonnaient. Les feux changeaient de couleur. On avançait de quelques mètres. J'ai allumé la radio :

— Quelles sont les composantes de cette nouvelle drogue ?

— L'acide iboténique en est la principale... C'est une des molécules actives, mais il y en a bien d'autres.

— Lors d'une conférence de presse, les membres de l'Église, dont on sait qu'ils sont très influents dans les quartiers ouest, ont parlé d'une manifestation sous les fenêtres du maire pour réclamer plus de moyens afin de lutter contre la Mô. Guedjh accuse la Mairie et personnellement le maire, Alexis Roque, de faire traîner et de laisser pourrir la situation. Qu'est-ce que vous en pensez ?

— La rivalité entre Roque et Guedjh n'est un secret pour personne. Et d'un point de vue purement politique, Roque n'a aucun intérêt à intervenir. Ces pilules affaiblissent considérablement les positions de Guedjh. Il perd un peu plus en crédibilité chaque jour.

— On connaît les ambitions de Guedjh. Est-ce que cet épisode pourrait lui faire renoncer à la Mairie ?

— Si la situation n'évolue pas très rapidement, c'est un risque pour lui. Très certainement.

J'ai tourné le bouton jusqu'à tomber sur le *16 Horsepower* et j'ai pris vers l'est. J'ai déposé tout le monde chez Tom avant de rejoindre la vallée.

J'ai stoppé la voiture le long de la route.

Par la vitre : le cœur à la craie rose au-dessus de la porte de bois blanc. J'ai allumé la radio. Des mecs sortaient de la baraque en secouant la tête, le sourire jusqu'aux oreilles. J'ai repensé à Freddy, il avait dit : « Des types qui sont à la colle avec Nina il y en a un paquet. » J'ai allumé une cigarette avec la précédente. La brume remontait de la Bez. Elle s'engouffrait entre les arbres, disparaissait. Renaissait. Elle peuplait la nuit de spectres et de fantômes. J'ai suçoté une pastille de *muscaria* ; je l'ai calée entre ma mâchoire et ma joue. Quelqu'un a allumé la lumière du porche. Le cœur rose tracé à la craie flottait dans une bruine électrique. À la radio, Brigitte Fontaine chantait « *Tu es mon terrible tyran et mon naïf petit enfant*». Une nappe de brouillard est passée devant la maison – le cœur rose comme un phare. Derrière les vitres des étages, des ombres chinoises. Des lumières tamisées. Des ambiances feutrées. J'ai allumé une cigarette avec un mégot. Les mains sur le volant. Brigitte disait : « *Parfois j'oublie jusqu'à ton nom. Tu es un meuble un bruit de fond. Puis tu te dresses scintillant. Vainqueur comme un soleil levant.* »

J'ai traversé la rue au ralenti. J'ai posé la main sur la poignée. J'ai entendu la panthère grogner et la Maritchika. À l'intérieur, Thalestris était roulée en boule sur le carrelage. Des notes de piano montaient de la platine. À l'étage, des fous rires et des messes basses. L'odeur de la cire qui se consume lentement. Les ombres qui dansent contre les murs.

— *Shalom alekhem.*

J'ai posé un carton de dragées sur le comptoir.

— Je monte voir Nina.

Chambre bleu ciel à liseré noir. *Toc toc.* Les charnières qui grincent. Nina. Ou plutôt quelqu'un qui ressemble à Nina mais avec des cheveux rouges. « Qu'est-ce que tu as fait à tes cheveux ? » Mes mains tremblaient. Elle a levé les sourcils. Elle s'est ébouriffée.

Elle rigolait :

— T'inquiète pas, c'est juste une perruque. (Elle l'a retirée en la faisant glisser sur le côté.) Tu n'aimes pas ? C'est parce que… Écoute… Tu es sûr que tu n'aimes pas ?

J'avais les jambes en coton. La bouche sèche. Freddy avait dit : « Des types qui sont à la colle avec Nina il y en a un paquet. » J'ai claqué la porte. J'ai dévalé les marches. Les notes de piano s'accrochaient contre les murs et résonnaient dans les couloirs. Les ombres gigotaient. En bas, la Maritchika déballait le carton. Elle comptait les pastilles et les répartissait dans des piluliers. J'ai pointé mon index sur elle. La bouche grande ouverte. Elle a remonté ses lunettes sur son nez avec son poing. Je n'arrivais pas à dire le moindre mot.

*

J'ai déplacé mon cavalier en vue d'une intimidation grossière.

— Il y a de plus en plus de tension avec les écolos. Les gars les cherchent et les provoquent. Et les autres ne sont pas en reste non plus. Il va falloir que quelqu'un intervienne. D'une façon ou d'une autre, mais il va falloir qu'on fasse quelque chose.

Freddy a déplacé sa tour pour parer l'agression de mon cheval. J'ai souri et j'ai attrapé un bâton de réglisse entre le pouce et la jointure de l'index.

— J'ai vu. Ils sont à cran, eux aussi. Mets-toi à leur place.

— On peut au moins leur reconnaître ça. Ils sont sacrément tenaces.

Il a posé le doigt sur un pion avant d'ajouter :

— Et quand le maire Roque annoncera qu'il va transformer l'usine en centrale au thorium, laisse-moi te dire qu'ils vont nous en faire baver.

Il a capturé mon cavalier avec un fou qui avait le champ libre après la retraite de sa tour.

— Merde.

*

Les rues étaient remplies de supporters aux couleurs de l'USP. Vert et noir. Elles étaient pleines de drapeaux vert et noir, de visages vert et noir, de costumes vert et noir, de perruques vert et noir ; de types déguisés en lutins qui tapaient sur des tambours ou bien jouaient dans des fanfares. Paula et Kimi étaient bariolées, elles aussi. Des traits sur les joues. Freddy avait une moitié de visage verte et l'autre noire. Kudz, tout en vert, portait un costume noir. Il avait encore du mal à parler et les yeux pochés. L'hématome sur son épaule désenflait petit à petit. Sa femme et sa fille étaient injoignables. Introuvables. Il semblait errer, mort parmi les vivants.

De glace, le recueil de Kimi, est sorti le jour où Guedjh a annoncé qu'il quittait la mairie des quartiers ouest et se retirait de la vie politique pour se consacrer à sa famille. «*Je vais retourner dans le Rauc, c'est là que j'ai passé une partie de mon enfance. Mes grands-parents avaient des terres de ce côté-là du monde. Des oranges et un casino. Je tiens enfin à m'excuser publiquement pour ma façon de gérer ce que la presse a nommé la crise de la Mô.* »

On avait décidé d'aller voir jouer l'USP pour fêter ça. Harlysburgh nous avait obtenu des billets. Et il avait dit en souriant « Profitez du spectacle ».

L'air était incroyablement chaud.

D'ici on entendait résonner les chants à l'intérieur du stade. « Go, go, Poghorn ! Go, go, Poghorn ! » Les filles tapaient dans leurs mains. Elles chantaient elles aussi « Go, go, Poghorn ! Go, go, Poghorn ! ». Elles étaient excitées comme des puces. Freddy répétait sans cesse que ça allait être un match fantastique. Si l'USP gagnait ce soir, les Lutins de Poghorn pouvaient prendre la tête du championnat. La ville entière avait fait les calculs et la ville entière affluait.

« Go, go, Poghorn ! Go, go, Poghorn ! »

Devant le stade, des mecs avec des sacs bananes en bandoulière vendaient des clopes et des billets au marché noir. Le parvis était illuminé de vert et de noir. Des écrans géants présentaient les équipes, diffusaient en boucle des essais et des plaquages spectaculaires, soulignés par des haut-parleurs qui crachaient une musique guerrière. Et l'ensemble des tribunes chantait.

On a fait la queue. Des mouvements de foule nous compressaient les uns contre les autres. Et à certains moments Kimi ne touchait plus terre. Elle me regardait en tordant la bouche et en tirant la langue. Des fossettes au creux des joues. On s'est fait fouiller. « Sac à dos. Poches. Bouteilles ? Verres ? Plastiques ? Objets tranchants ? Métalliques ? OK. Allez-y. (Geste de la main.) Suivant. » On est passés devant la boutique. Devant les entrées VIP et les cordons de velours rouge. On a gagné nos places en suivant le flot de la foule.

Freddy avait les yeux qui brillaient :

— Merde ! Et on est foutrement bien placés.

Sur la pelouse, le maire Roque tenait une conférence de presse improvisée que personne n'écoutait. Des sponsors sur des écrans géants et des panneaux publicitaires à cristaux liquides. *AVEC LES CONCESSIONS BEN CORT, L'USP VA LOIN, VA FORT, VA BIEN.* Des milliers de personnes en vert et noir qui gueulaient « Go, go, Poghorn ! ». Et c'est le stade tout entier qui résonnait. Le maire, sur l'écran principal, découpé en milliards de pixels, disait :

— J'ai tenu à vous annoncer la nouvelle en personne. J'ai voulu vous l'annoncer ce soir, car les bonnes nouvelles n'attendent pas.

Le maire souriait, debout, devant une vitre de plexiglas parsemé de logos et de noms de marques de bagnoles. Il se faisait mousser. Il se donnait des airs sympas et conquérants :

— Bientôt, l'énergie électrique de ce stade, de notre stade de Poghorn et de la ville tout entière, sera produite grâce à une centrale de nouvelle génération. Une centrale au thorium. Nous serons la première ville de ce pays à nous doter d'une telle technologie. Une énergie propre et infinie. Sans danger. Une centrale que nous allons bâtir sur le site de la ProSol. Et comme les bonnes nouvelles n'arrivent jamais seules, je peux d'ores et déjà vous annoncer que nous allons proposer ces emplois aux ouvriers de la ProSol. En priorité.

Il se vantait au milieu du brouhaha de la foule :

— J'ai discuté avec eux. Ce sont des gens bien. Des gens capables. Des gens qui ne demandent qu'à travailler durement afin de nourrir leur famille et de payer les études de leurs enfants. Ces gens ont toute ma confiance. C'est pourquoi je tenais à annoncer ces bonnes nouvelles sans attendre, ce soir. Je sors à l'instant d'une réunion avec M. Lamb. Nous venons de signer un accord. L'encre est encore fraîche. (Il rigolait.)

Il a marqué une pause et un journaliste a posé des questions inaudibles.

— Comme je viens de le dire, la municipalité a négocié avec M. Lamb. Il est prêt à nous céder le site à condition que la Mairie se charge de sa mise en conformité. De la dépollution. Des questions techniques qui ne poseront aucun problème. Soyez-en certains.

Le public dans le stade hurle « Go, Go, Poghorn ! » sans prêter attention à Roque. Je pensais à Harlysburgh, il avait dit en souriant « Profitez du spectacle ». Sur l'écran et sur la pelouse, le maire continuait, les mains dans les poches :

— Nous souhaitons commencer sous peu afin qu'il y ait le plus petit temps de latence pour les ouvriers de la ProSol. Merci. Merci beaucoup. Et allez, les Lutins !

Nous étions sonnés. Autour de nous le stade grondait. Un sourire irrépressible s'accrochait à nos lèvres. « Profitez du spectacle » :

« *Coup de sifflet. Coup d'envoi. Bonne prise de balle et premier ballon pour l'USP. Qui s'en débarrasse rapidement. Le ballon qui circule vite. Le ballon qui circule bien. Et qui arrive déjà dans les bras du numéro 15. Max est monté sur l'aile pour prêter main-forte… Et il est passé ! Il raffûte, il évite un premier plaquage… Waouh ! Énorme cartouche !* »

La foule reste sans voix quand l'écho de l'impact retentit à travers le stade. Le 14 rigole et secoue la tête. Il se donne des coups sur le crâne et se relève. Il trottine. Il rejoint son poste et se concentre sur le jeu.

« *Mêlée, introduction à l'adversaire. Poghorn résiste à une première poussée. Poghorn résiste à la pression. Poghorn inverse même la vapeur. Les nouvelles recrues Ettore et Ali assurent un maximum. Le ballon sort et c'est un très beau coup à jouer pour Félix, le numéro 9, qui transmet à son numéro 10, Martial qui joue dans le fermé.* »

L'USP perd le ballon. Le stade s'énerve. Le stade gronde. « *Le numéro 10, d'en face, passe les bras et parvient à donner le ballon. Magnifique ! Le ballon en bout de ligne. Le décalage est fait… Essai !* » La foule siffle. La foule hue. La foule braille et du fond de ses tripes la foule gueule

« Go, go, Poghorn ! Go, go, Poghorn ! » Le trois-quarts aile faisait le spectacle. Et Poghorn revenait tranquillement au score en prenant les points. La foule dansait et paradait. Sur l'écran géant, Martial faisait le beau et se recoiffait en regardant l'horloge. Cinq minutes à jouer. « *Le numéro 10 élimine son vis-à-vis avec un petit coup de pied par-dessus. Le rebond est favorable. Le 10. Le 10... un crochet... Le 10 jusqu'au bout... Et qui aplatit derrière la ligne. Essai.* » Kimi dit « Merde ». Paula se ronge les ongles. Freddy, les mains sur la tête, la bouche ouverte, n'en revient pas. Kudz, sur son fauteuil en plastique, ne cille pas. Ailleurs.

Derrière les poteaux, la foule hurle. La foule lève les bras et gigote. La foule crie comme un animal. Et le botteur rate sa deuxième transformation.

À la fin de la première mi-temps, Poghorn était mené d'un point. Neuf à dix.

Freddy a profité de la pause pour aller nous chercher des bières. Et je suis allé pisser du côté des entrées VIP. On s'est retrouvés peu de temps après, Freddy avait les mains encombrées de gobelets. Je l'ai débarrassé et on a remonté un flot de supporters à contre-courant jusqu'au hall B pour fumer une cigarette avant de rejoindre les autres. J'ai couvert la flamme de mon briquet avec la paume de ma main. J'ai aspiré la fumée sans sourire. Freddy avait la moitié du visage verte et l'autre noire. Il a tapé une clope contre son pouce. Les yeux dans le vague.

— On s'en sort bien.

— Tu trouves ?

— Je parlais du match.

J'ai soufflé la fumée vers le sol de béton.

— Moi aussi.

— Tu pensais à l'usine. À la Mô et aux junkies qu'on voit partout à la télé. Dis-toi que ça n'a rien à voir avec nous. La plupart étaient déjà dans un sale état avant qu'on arrive. Alors lâche un peu prise et profite du spectacle. Ce soir, il peut nous arriver quelque chose de grand.

J'ai secoué la tête de haut en bas.

— Raconte ça à Kudz.

Il a soutenu mon regard pendant un long moment.

— Amène-toi, ça va reprendre.

On est retournés dans les tribunes, les bras chargés de gobelets. La bière virait de bord à chaque marche et j'en prenais plein les mains.

La voix dans ma tête ne disait rien pour la première fois depuis longtemps.

Les joueurs sont entrés sur le terrain au petit trot. Les vert et noir en premier.

« *Coup de sifflet. Coup d'envoi. Le ballon remonte rapidement. L'USP a décidé de mettre la pression dès l'entame de seconde mi-temps... Longue passe sautée. La porte se ferme et le ballon retourne vers le milieu du terrain. Martial crée un point de fixation à l'entrée des vingt-deux. Il envoie Ali au charbon. Et c'est au tour d'Ettore. La défense est bien en place. Septième phase de jeu. Aucune ouverture... La défense tient le coup. L'adversaire défend en avançant. Et les Lutins de P. sont repoussés à trente mètres.* »

Mes mains poissaient. La foule qui gueulait me faisait peur. Je les imaginais tous chargés à la Mô. Je réalisais difficilement que c'était terminé. Et que, d'une certaine façon, on avait réussi.

« *Le ballon part au large... Passe croisée pour Maxence... Stoppé net dans son élan mais qui parvient à libérer pour son capitaine... Oh ! le drop... Drop de Félix... Et ça passe. Douze à dix.* » Freddy serre le poing, la foule chante « Go, go, Poghorn ! Go, go, Poghorn ! » mais les lèvres de Kudz ne bougent pas.

La foule n'obéissait à aucune loi. La foule qui braillait me rappelait la ProSol. La violence brute. La foule comme un cerbère écervelé grondait pour un rien. Elle râlait sans cesse et sans raison. Vert et noir.

L'équipe adverse obtient une pénalité à trente mètres. « *Et ça passe !* » La foule était KO. Elle huait et sifflait.

« *L'USP repart à la charge... Il libère vite le ballon... Martial pour Félix, puis pour Max qui déboule plein fer... il récupère... et aplatit. Essai ! L'USP repasse devant. Il reste un quart d'heure à jouer et Poghorn mène dix-neuf à treize.* »

Freddy et Paula n'en croyaient pas leurs yeux. Ils se frottaient les mains et souriaient comme des idiots. Kudz flottait parmi les fantômes.

Et puis « *Le numéro 9 joue vite et profite de la désorganisation de la défense. Il raffûte. Une fois. Deux fois. Il déborde complètement et enrhume un défenseur. Il est seul et cette fois, l'USP est à genoux ! Essai du numéro 9. Essai qu'il s'empresse de transformer. Face aux poteaux, une formalité. Dix-neuf à vingt* ».

L'horloge indiquait deux minutes à jouer et déjà les supporters quittaient le stade sans un bruit. Des cortèges noirs sans le vert.

Le maquillage coulait sous les yeux de Freddy et sous ceux de Paula.

— On était à ça, Freddy montrait l'espace entre son pouce et son index. À ça de gagner et de prendre la première place. Il nous a manqué ça, tu m'entends.

Je l'écoutais d'une oreille distraite. J'étais concentré sur les flashs et les micros télescopiques qui gigotaient plus loin. Le long d'un couloir de béton derrière des barrières antiémeutes. Le maire au centre d'un troupeau de journalistes répondait de nouveau aux questions. J'ai croisé son regard entre les mains tendues armées de dictaphones. Quelques secondes. Ses lèvres remuaient mais je n'entendais rien. Tout autour la foule s'énervait et les plus braves hurlaient à la mort « GO ! GO ! POGHORN ! ». Je me suis approché sans raison.

Une fille qui bossait pour un quotidien sportif demandait :

— Et qu'avez-vous pensé du match de l'USP ce soir ?

Le maire souriait et ne me regardait plus.

— La défaite est amère mais rien n'est encore joué et les Lutins peuvent encore accrocher la première place, sans problème.

Je suis resté debout devant les blocs de béton jusqu'à ce que Kimi et les autres viennent me chercher. La place était déserte à présent et l'air froid de la fin de l'hiver nous faisait souffler de petits nuages de vapeur à chaque expiration. Tout était fini.

Terminé.

*

La lumière des bougies gigotait sur les murs. Thalestris était assise façon chienne de garde. Elle s'endormait. Ses oreilles bougeaient toutes seules. Ses oreilles captaient les sons et pivotaient de façon indépendante. Sur le canapé, une fille à califourchon sur les genoux d'un type. Ils parlaient à voix basse. Ils chuchotaient et le mec s'est fendu d'un rire suraigu.

Do Make Say Think jouait *White Light Of*.

Derrière le bar, la Maritchika comptait des liasses de billets et mouillait son index avec sa langue. Dans l'ombre, Thalestris a grogné doucement. La Maritchika a remis ses lunettes en place avec son poing et elle a levé les yeux vers moi :

— *Shalom*.

J'ai posé une boîte de dragées sur le comptoir. J'ai dit « Le compte y est ». J'ai demandé « Nina est là ? »

La Maritchika a plissé le nez et les yeux, elle a fait une grimace en tenant ses lunettes entre deux doigts.

— J'en ai pas pour longtemps. Il faut que je lui parle. Au moins que je la prévienne.

— Qu'est-ce que c'est que ce charabia ?

J'ai croisé les mains derrière ma nuque.

— Je ne viendrai plus la voir. C'est fini.

Elle a fait un sourire. Des dents pourries. Des dents pointues.

— Vas-y. Monte.

Chambre du fond. Chambre bleu ciel à liseré noir. *Toc, toc, toc*. Des bruits de fringues et de matelas à ressorts.

La voix de Nina qui chantonnait :

— Oui. Entre.

J'ai à peine eu le temps de faire trois pas dans la pièce qu'elle m'a sauté au cou. Elle m'a embrassé sur les joues et sur la bouche. Elle disait « Merde, Calvin, tu m'as manqué ! ». Elle a enroulé ses jambes autour de ma taille et j'ai passé mes mains sous ses fesses ; on a vacillé. On est tombés sur le lit – les ressorts ont grincé. J'étais sur le dos. Et déjà, elle sautait sur le lit en disant « Calvin est revenu ! Calvin est revenu ! ». Son tee-shirt bâillait un peu. Il bâillait juste ce qu'il fallait. Elle a pris son élan. Elle a sauté en l'air et elle s'est laissée tomber à côté de moi, la main glissée sous la tête.

Le souffle court :

— T'es plus fâché ?

Elle a fait glisser le zip de ma braguette. Sa main a fouillé à l'intérieur de mon pantalon. Sa main m'a branlé doucement.

Nina demandait – la langue dans mon oreille :

— Tu ne m'en veux plus ?

Sa bouche disait :

— Les journées sont plus longues quand tu ne viens pas.

Elle me baratinait et me sortait le grand jeu et sa main me branlait doucement. En bas, la Maritchika souriait de toutes ses dents pourries et pointues.

J'ai ouvert la vitre. L'odeur de Nina me collait à la peau. Job était assis sur le siège passager, il regardait la route défiler. Des mares de boue. Des torrents marron chargés de cailloux et de morceaux de bois. Des flaques. Des étangs dans les champs et de l'eau qui dégringole de la montagne. Dans le ciel des nuages noirs qui s'agglutinent, se déforment et se métamorphosent. Une lumière de fin du monde.

Quelques semaines plus tard, Kimi faisait onduler sa main par la vitre de la bagnole. Le chantier avait débuté sur la ProSol. Le matériel quittait petit à petit le site et on enchaînait les journées de formation débile. On essayait de prendre du bon temps et de regarder l'avenir sans cligner des yeux. L'air empli d'iode roulait dans l'habitacle. Le soleil brillait et pour rien au monde je n'aurais échangé ma place. Kimi portait une robe à fleurs et de temps à autre une des bretelles glissait sur son épaule. J'avais préparé des sandwichs et pris des cannettes.

On s'est installés au plus près de l'eau, à l'endroit où le sable mouillé se démarque du sable sec mais suffisamment du côté sec pour pouvoir enfoncer nos orteils dedans. Job aboyait après les vagues et les mouettes, et le vent barrait le visage de Kimi d'une mèche de cheveux noirs. On a déballé nos casse-croûte en regardant les porte-conteneurs manœuvrer à l'entrée du port.

— Je vais aller tester l'eau, j'ai dit.

Je tenais mon pantalon relevé en tirant sur les jambes.

— Elle est bonne, tu devrais venir.

Je me suis retourné pour répéter qu'elle était « vraiment bonne » et j'ai vu Kimi faire dégringoler sa robe sur ses chevilles. Ses petits seins pointaient dans le vent. Ensuite, elle a couru dans l'eau avec Job sur les talons et ils se sont retrouvés à nager parmi les poissons et les étoiles de mer.

Je n'ai pas réussi à aller plus loin que les genoux.

— On y retournera après le changement de lune. Elle sera bien meilleure.

Kimi se foutait de moi et montait le chauffage au maximum tandis que je regagnais la route. Un paysage de printemps le long des collines qui mènent au col. Et au milieu du col, une patrouille de police qui me faisait signe de me garer. J'ai obtempéré, la gorge nouée. Je pensais à la Mô, je pensais à des millions de choses.

J'ai coupé le moteur et baissé la vitre. J'ai soufflé à Kimi de ne pas s'inquiéter :

— Ça va aller.

Le flic s'est approché de la voiture sans se presser. Il portait un uniforme et des lunettes de soleil. Il s'est penché par la vitre. Il transpirait.

— La route est barrée. Faites demi-tour. Il y a un incendie plus bas.

— La ProSol, il a ajouté.

Je n'ai pas pu parler.

Kimiyo a posé sa main sur mon bras.

— On habite de ce côté-là. À quelques kilomètres de l'usine.

— Je suis désolé mais vous ne pouvez pas passer. Faites demi-tour. Les secours sont sur place. La Mairie a mis un gymnase à disposition à l'entrée de Poghorn. Je peux vous donner l'adresse.

Je poussais les rapports au maximum. On était repartis en sens inverse et on était montés sur l'échangeur en direction de l'aéroport. Il y avait une petite route de montagne qui descendait dans la vallée un peu avant les gorges. Je roulais sur la file de gauche la mâchoire serrée. Mon cerveau tournait dans le vide. Je réfléchissais à toute allure aux conséquences. J'élaborais des scénarios. Je répétais, incrédule et à voix basse, « La ProSol est en feu ». Kimi essayait de me rassurer, de me raisonner, mais je n'entendais rien. Simplement ma voix qui disait « La ProSol est en feu ».

Des gyrophares. Des lumières rouge et bleu. Des flammes qui lèchent les falaises jusqu'aux sommets. On avait du mal à respirer à cause des vapeurs qui sortaient de l'usine. Les pompiers et les flics couraient dans tous les sens avec des masques à oxygène et des lampes torches. Il y avait de la fumée partout. Tellement épaisse que les faisceaux de lumière n'arrivaient pas à traverser. J'avais du mal à m'orienter. Je titubais en traînant les pieds. J'ai perdu Kimi dans un brouillard de suie. Au bout d'un moment, j'ai aperçu le check-point entre deux colonnes noires denses comme du béton. Je me suis écroulé dans la boue au milieu du campement.

J'ai cherché Kimiyo, Judith, Henri et les autres du regard. Les phares des bagnoles couraient sur les falaises. La ProSol brûlait. Une épouvantable odeur d'éthanethiol se répandait dans la vallée. Des trucs explosaient, transportant leur haleine chaude et fétide jusqu'à la lisière de la forêt voisine, jusqu'à moi. On entendait des hurlements, le crépitement du feu et celui des talkies-walkies, et de temps en temps une bourrasque froide venue de l'ouest nous donnait un peu d'air. Un incendie s'est déclaré dans la salle du PEG. Les métaux se sont dilatés sous la chaleur, des cuves ont explosé, provoquant des réactions en chaîne. Je ne peux pas dire combien de temps je suis resté à regarder les flammes danser devant la montagne. Hébété et perdu. En contrebas, tout le monde s'agitait. Ça gueulait. Ça hurlait. « Dégagez ! » Et en un battement de cils, plus rien n'a bougé. Le temps s'est contracté. Un fragment de seconde dans la fumée d'iode avant un choc étouffé. Le rugissement d'un dragon. Un bruit profond et lourd à en ébranler la montagne. Et puis le souffle qui propulse des bidons dans les bagnoles de la police. Les arbres qui cassent comme des allumettes. Des débris de métaux et des gouttes d'acide qui tombent tout autour de moi. Une déferlante luminescente. *Les oreilles qui larsen.* Un fracas de poussière.

— Merde, où est-ce qu'elle est passée ?

La bouteille de tequila roulait au pied d'un rocher.

— Comment a-t-elle pu être éjectée sans casser le pare-brise ?

Les oreilles qui larsen.

La peau d'Adji faisait des bulles noires et marron sous la chaleur des flammes. Les types m'ont emmené. Les types m'ont enchaîné dans une cave. Un réduit en parpaings sans fenêtre, avec des infiltrations d'eau et des taches de salpêtre. Les types m'appelaient le Druide. Je leur fabriquais des pastilles de *muscaria* et ils les gobaient toutes. C'était une bande de junkies crasseux. Le genre qu'on aurait pu devenir. Le larsen avait mis plusieurs jours à disparaître.

Les types me ramenaient des champignons.

— T'as du boulot, le Druide, ils rigolaient. Fais-en des bien costauds cette fois.

Les types ramassaient toutes sortes de champignons, des amanites des Césars, des tue-mouches, des cèpes, des bolets de Satan, et un jour, ils ont rapporté une dizaine de phalloïdes. Des oronges vertes : mortelles. Plusieurs fois, j'avais essayé de surdoser en *muscaria* mais ça n'avait jamais rien donné. Les types ont mis neuf jours à crever. Je les entendais gueuler et vomir. Je les entendais délirer. Ils voyaient le diable. Il voyait Dieu. Ils lançaient des trucs à travers la baraque et hurlaient comme des animaux. Le huitième jour, le type avec le jogging noir est entré dans la cave. Du sang coulait de son nez, il avait la peau jaune, marbrée de violet. Il avait du mal à marcher et à articuler. Il murmurait : « Sale bête. Sale petite bête. » Il geignait : « Sale toute petite bête. » Il s'est approché de moi en traînant les pieds.

Il était à bout de souffle, ses yeux avaient des reflets rouges et jaunes. Il m'a attrapé par le col. Il a aspiré le sang qui lui tombait sur les lèvres. Je me suis débattu. À ce stade, ses chances de survie étaient réduites à néant. J'étais fier et terrifié. Il s'est retrouvé par terre à vomir ses tripes sur le béton sale. Je l'ai regardé de haut, je l'ai retourné du bout du pied comme on fait des feuilles mortes. J'ai posé mon talon nu sur son visage. Ses lèvres, son souffle et son nez me chatouillaient. J'ai augmenté la pression encore. Et encore. J'ai basculé tout mon poids. Des os ont craqué – son nez, sa nuque. La plante de mon pied s'enfonçait comme dans la boue. J'ai sauté sur sa mâchoire et elle s'est détachée de son corps. Le sang et la gerbe se répandaient en faisant des bruits impossibles.

Les oreilles qui larsen.

La cendre m'enveloppait tout entier et je pouvais voir à travers elle une lueur diffuse. Blanche. Céleste. J'ai cru être mort mais l'acouphène s'est amplifié dans mon oreille. Je me suis relevé en grimaçant. Il faisait jour, des flammes vertes dansaient autour de l'usine. Des colonnes de fumée s'élevaient à se confondre avec les nuages. Ma tête s'est mise à tourner. Mes os étaient gelés. Mon estomac et l'ensemble de mes organes se ratatinaient sur eux-mêmes pour échapper au froid. J'ai tiré sur le tragus de mon oreille pour arrêter le bruit. J'ai serré les mains contre ma poitrine. Je me suis tapé les bras et les flancs sous la cendre qui n'en finissait pas de tomber. Mes mains et mes doigts étaient recroquevillés. Impossible de les ouvrir. J'aurais dû y laisser ma peau.

J'ai marché jusqu'à la maison et j'y ai retrouvé Kimi. Elle avait calfeutré les fenêtres avec de la bande adhésive et de la sève de pin. J'avais le visage constellé de brûlures d'acide. Dehors, il neigeait de nouveau. La Bez était jaune fluo. À la surface, les poissons flottaient le ventre gonflé. Rien n'avait survécu. Des kilomètres de méandres et des tonnes de bestioles crevées recouvertes de ce machin jaune et gluant. La forêt et la plaine tout entières empestaient le caoutchouc synthétique et le cadavre. Je me passais la main sur le front sans arrêt. De derrière la fenêtre je guettais une accalmie. La plupart des gens que je connaissais à la ProSol s'en sortaient avec des contusions, des os brisés ou des intoxications sévères. Seuls Henri et Franck avaient été transférés à l'hôpital de Poghorn, au service des grands brûlés. Personne n'avait la moindre info.

Kimiyo dormait blottie contre moi.

Nous prenions notre mal en patience. J'avais rentré du bois dans le salon pour éviter de sortir. J'avais rempli des tonneaux et des gamelles de neige dans l'espoir de ne pas manquer d'eau. On écoutait de la musique en tournant en rond. Un soir, incapable de fermer les yeux, je m'étais confectionné un grog avec des fleurs d'aubépine sèches et de la vodka arrangée au *muscaria*. Cette nuit-là, j'ai vu des poissons mauves tanguer parmi les flocons. Et lorsque le soleil s'était levé, j'avais refermé *Underworld USA*.

Je dormais blotti contre Kimi.

Je devenais cinglé. Comme grignoté de l'intérieur. Au bout de trois jours, l'électricité et le téléphone ont rendu l'âme. La voix dans ma tête parlait haut et clair. On tournait en rond. On relisait en souriant les machins qu'on avait écrits pendant la grève. « *Des prophéties de sucre d'orge : des os qui crissent sous les chenilles des titans. Des os rouge et vert comme les feuilles des chênes. Des os d'où poussent des lianes affolantes, aériennes. Des os aux effluves sucrés de noisette. Des os comme des pantins mécaniques montés de bric et de broc. Des os dans nos télés. Des os dans nos assiettes. Des os sous nos peaux. Et des os remplis de plomb.* » Je lisais à voix haute ou en hurlant. Derrière les fenêtres, de temps en temps, passaient des nuages d'acide. Je gobais des *muscaria*. Je fumais des clopes. Kudz bafouillait dans mon cerveau. La mort de Tom revenait dès que je fermais les paupières, ne serait-ce que pour cligner des yeux. La chatte de Kimiyo me suivait dans mes cauchemars. Des types avec des inscriptions *RIP* en collier derrière chaque fenêtre. Avec le recul et le temps, mes choix me semblaient aléatoires. Irraisonnés. Irréfléchis.

Le légiste avait parlé d'une quantité élevée d'acide iboténique dans le sang de Thomas. Je me suis pincé le nez et j'ai fait tomber une pastille de Mô dans une théière de tilleul. Oublier pour oublier. À partir de ce moment-là, les jours et les nuits se sont confondus dans un brouillard orange. J'ai quelques flashs, des souvenirs écaillés : la gueule dans la gamelle du chien. Des braises qui consument l'entrejambe de mon pantalon. Des phénix planant dans les vapeurs d'acide. Tom dans l'encadrement de la porte et le sang qui gicle, régulier, par les trous dans ses tempes. Des fous rires. Des ricanements. Des mégots qui débordent des cannettes de bière. Des mots qui s'empilent sur le sol et sur les murs. Kimiyo nue dans la neige.

Au lendemain du septième jour, un flic est venu frapper à la porte pour nous annoncer que l'alerte était levée. J'avais presque envie de le toucher pour m'assurer que je ne délirais pas. Je le regardais de biais avec un air ahuri.

Il y avait tellement de neige que le type était venu en raquettes. Par endroits, il devait y avoir pas loin de deux mètres ; à d'autres, des congères joliment sculptées au pied des arbres et contre les talus. J'ai regardé le flic rejoindre sa bagnole, garée sur l'autre rive, sur la route fraîchement dégagée, en battant des paupières. Les derniers humains que j'avais vus étaient brûlés au troisième degré ou couverts d'acide. Lorsque je m'étais relevé après l'explosion, j'avais erré entre les voitures de la protection civile et celles des journalistes, bousculé par des zombies hurlant de douleur les chairs calcinées, soudées sur les os et les vêtements, les lèvres et les ongles violets. Les médecins, les secouristes et les flics alimentés en oxygène par des bonbonnes et des masques, galopaient aux quatre coins de l'usine sans savoir où donner de la tête.

Il avait fallu attendre une semaine avant que le vent d'ouest ne se lève suffisamment pour chasser les nuages de cyanure de potassium et de sodium qui stagnaient dans la vallée ; coincés contre les parois du Fageas. Les sources d'eau douce avaient elles aussi réussi à diluer l'arsenic et les métaux lourds qui polluaient la Bez. Mais on en trouverait encore des traces pendant des années.

Personne ne savait ce qui s'était exactement passé. L'enquête était en cours. La thèse officielle émanait de la Mairie. Un manœuvre chargé de la déconstruction aurait laissé tourner un chalumeau et des bidons d'acide auraient pris feu. Officieusement, la centrale au thorium n'était qu'un écran de fumée. Un hochet que le maire nous avait agité devant les yeux. La dépollution du site ProSol demandait un budget colossal. Et les caisses étaient vides. Les rumeurs circulaient au Nutts et dans la vallée tout entière. Je marchais sur les crêtes avec Kimiyo et Job baignés dans une lumière divine. Kimi à mes côtés récitait :

— « *Terrains hostiles / Sombres et glacials / Où s'enlacent des guerres puériles / En un ballet impérial / De tristes montures / Parées de soie / Parcourent ces terres impures / À la recherche du roi / Enfin la reine a fui / Le sol pavé / La menace grandit / Les tours sont tombées / Au corps à corps / Les hommes se battent / Mais triste sort / Le Roi est mat.* »

VIII

Épilogue

La forêt était entièrement verte. De nouvelles feuilles sortaient tous les jours. Et pour le moment on avait droit à un soleil éclatant. Un ciel bleu. Uniforme et rassurant. Mais les bulletins météo prévoyaient des vents du sud pour les jours à venir. Des entrées maritimes. Des nuages gris chargés d'eau qui s'accumulent contre les falaises du Fageas et déversent des trombes sur la vallée. Ça pouvait durer des jours et réduire à néant les cueillettes du printemps. Alors on s'était remis au travail sans tarder. On avait organisé une nouvelle journée de récolte. Et cette fois, on était partis vers l'ouest. Dans le vallon où la voiture de Palenko finissait de rouiller et servait d'abri aux lichens et aux myriapodes. On remontait en soufflant. Des fourmis avaient construit leur nid au pied d'un chêne, à mi-pente, dans un bidon au plastique rendu cassant par le soleil. Percé de partout et à demi enfoncé dans la terre. Sur l'étiquette : *ProSol Technologie*. Les filles parlaient de la prochaine saison de l'USP. Freddy commentait :

— La charnière centrale. Ça passe par là. Il faut que ça circule, que ça vive.

Kudz et moi suivions les débats de loin. Kudz récupérait doucement. Il essayait petit à petit de refaire partie du monde mais ses yeux étaient vides. Le cadavre de sa femme avait été retrouvé sur une plage du Rauc. Il était sans nouvelles de sa fille. On essayait d'être là, sans y parvenir.

Nos paniers se remplissaient vite en cette saison. Job faisait des cabrioles. Il se roulait dans le terreau et dans les tas de feuilles accumulées dans les vallons. Les rayons de soleil jouaient à cache-cache derrière les feuilles et réchauffaient les sous-bois. L'humidité remontait dans l'air. On scrutait au pied des troncs et sous les arbres morts. On cueillait en chantant et en racontant des blagues. On essayait de rendre ça sympa. On essayait de se focaliser sur le fric que tout ça engendrerait. Inexorablement.

Je peaufinais mon plan et la voix dans ma tête hurlait de rire.

Un peu avant la fin de la journée, Freddy a distribué des bières. J'en ai profité pour féliciter tout le monde au son des cannettes qui s'entrechoquent.

Des fils suspendus de part et d'autre de la baraque, des champignons dessus enfilés comme des perles. L'odeur amère des *muscaria* et celle de l'alcool. Petit à petit la maison avait pris des allures de laboratoire clandestin. Des bidons, des seaux de miel, des sacs de sucre de vingt-cinq kilos. Des machins gribouillés au marqueur noir. Des tableaux remplis de schémas et de dates que moi seul pouvais comprendre. Des schémas et des formules codées. Des gamelles en inox et des brûleurs sur trépied. Des boîtes en carton dans des quantités industrielles. Des boîtes à dragées en guise de camouflage.

J'ai remis quelques bûches dans le feu pour déshydrater les tue-mouches dans les meilleures conditions, histoire de mettre toutes les chances de notre côté. J'ai fumé une cigarette avec les autres, sur la terrasse. Kimiyo, dans le pré, faisait la course avec Job. Elle chantonnait des comptines pour gamins : « *Viens petit chien. Viens pour un câlin. Viens y aura du lapin. Viens viens viens. Petit chien. Petit chien.* » Dans ma tête, la voix du junkie en jogging murmurait *Sale petite bête. Sale toute petite bête.* Un frisson m'est remonté le long du dos. J'ai tiré une longue bouffée. J'ai soufflé la fumée vers le ciel. J'ai ouvert les yeux. Kimi criait « Waouh ! » à chacune des acrobaties de Job. Elle chantait : « *Viens pour un câlin. Viens y aura du lapin. Viens mon petit chien. Viens je t'aime bien. Allons dans les bois. Allons tu me protégeras. Viens avec moi. Viens dans mes bras. Viens Viens viens.* » Il y avait encore autour d'elle cette lumière blanche. Cette force invisible. De temps en temps, elle me jetait des coups d'œil furtifs et je faisais mon possible pour ne pas y prêter attention.

Paula a éjecté sa clope d'une pichenette en disant « Cette fille est incroyable ».

Les autres sont partis. J'ai monté la bagnole sur les hauteurs. Job était enroulé sur le siège passager, crevé. Le ciel était d'une beauté à couper le souffle. Au loin, le halo lumineux de Poghorn. Au sud, des nuages noirs – des arcs électriques qui dansent et qui grondent au-dessus de l'océan. Le vent qui souffle dans mes oreilles. Je me suis couché de bonne heure.

Extraits de chansons,
poèmes et romans cités dans *Amanita*

P. 10 : Joanna Newsom, « Emily », *Ys*, Drag City, 2006

P. 16 et 130 : Tom Waits, « Sins of my father », *Real Gone*, Anthi-, 2004

P. 44 : Marina Tsvetaeva, *Le Gars*, Paris, Éditions Des Femmes, 1992

P. 81 et 82 : The Beatles, « Michelle », *Rubber Soul*, Capitol, 1965

P. 85 : Dennis Lehane, *Coronado*, traduction d'Isabelle Maillet, Paris, Rivages, 2007

P. 150 et 216 : Patrick Varetz, *Premier mille*, Paris, P.O.L, 2013

P. 150 : Zvonko Makovic, « Ailleurs », *Larges espaces, courtes ombres*, Paris, Éditions Caractères, 2003

P. 230 : Brigitte Fontaine, « Profond », *Kekeland*, Virgin France, 2001

Photocomposition PCA

Achevé d'imprimer en janvier 2020
par Normandie Roto Impression s.a.s., 61250 Lonrai
pour le compte des éditions Calmann-Lévy
21, rue du Montparnasse 75006 Paris

N° d'impression : 2000434
N° d'éditeur : 8872353/01
Dépôt légal : mars 2020
Imprimé en France.